美文 三十年精选

且观山海，静待花开

贾平凹 主编
美文杂志社 编

SPM 南方传媒 花城出版社
中国·广州

图书在版编目（CIP）数据

且观山海，静待花开 / 美文杂志社编. -- 广州：花城出版社，2022.6
（《美文》三十年精选 / 贾平凹主编）
ISBN 978-7-5360-9551-9

Ⅰ.①且… Ⅱ.①美… Ⅲ.①散文集－世界－现代 Ⅳ.①I16

中国版本图书馆CIP数据核字（2022）第020970号

出 版 人：张　懿
特约策划：顾爱彬
特约编辑：王潇然
责任编辑：许泽红　徐嘉悦
技术编辑：凌春梅
宣传营销：方孟琼
封面设计：张年乔
封面插画：柠檬漫游

书　　名	且观山海，静待花开 QIEGUAN SHANHAI, JINGDAI HUAKAI
出版发行	花城出版社 （广州市环市东路水荫路11号）
经　　销	全国新华书店
印　　刷	佛山市浩文彩色印刷有限公司 （广东省佛山市南海区狮山科技工业园A区）
开　　本	880毫米×1230毫米　32开
印　　张	9.875　1插页
字　　数	215,000字
版　　次	2022年6月第1版　2022年6月第1次印刷
定　　价	50.00元

如发现印装质量问题，请直接与印刷厂联系调换。
购书热线：020-37604658　37602954
花城出版社网站：http://www.fcph.com.cn

目 录

第一辑

2　清塘荷韵 / 季羡林

7　水乡招魂——记汨罗江现场祭屈 / 余光中

18　北桥，北桥 / 陈忠实

24　中国初印象 / [法] 白乐桑

37　山间出月 / 谢子安

44　远方的海 / 余秋雨

56　菩提树 / 吴冠中

59　居延海 / 朱增泉

68　中国制造 / 胡宗峰

81　中国早就变化了 / 余 华

第二辑

88　沙家浜记 / 贾平凹

90	6月8日,在草原 / 李敬泽
103	在北京 / 林秋霞
107	在台北 / 赵振川
115	口外行纪 / 陈 锋
123	你可曾走过乌蒙 / 弋 舟
127	西藏啊,西藏! / [美]叶 坦
133	定 边 / 刘成章
139	黄帝之陵 / 阿 莹
144	中原,在我经过的时候黄了 / 王小妮
156	南京的秋天 / 叶兆言
158	回老街走走 / 舒 婷
167	江南第一楼 / 梅 洁

第三辑

174	让岩石告诉我们 / 阿 来
187	六棵树 / 贾平凹
198	活在秦岭南北 / 陈 彦
207	山水清音(二篇) / 高亚平
213	阿央白 / 迟子建

216　大雁·细狗 / 叶广岑

225　燕燕于飞 / 任林举

234　历史是一条河 / 葛水平

第四辑

244　海　市 / 张抗抗

249　都市漫游者 / 李欧梵

261　后　院 / 北岛

267　守望峡谷 / 周　涛

274　耶路撒冷日记 / 张平（以色列）

283　阿拉斯加：蓝、白、黄 / 袁劲梅（旅美）

298　圣罗伦斯岛和白令海 / [美]巴里·洛佩兹 著

张建国 译

第一辑

且观山海，静待花开

清塘荷韵

季羡林

楼前有清塘数亩。记得三十多年前初搬来时，池塘里好像是有荷花的，我的记忆里还残留着一些绿叶红花的碎影。后来时移事迁，岁月流逝，池塘里却变得"半亩方塘一鉴开，天光云影共徘徊"，再也不见什么荷花了。

我脑袋里保留的旧的思想意识颇多，每一次望到空荡荡的池塘，总觉得好像缺点什么。这不符合我的审美观念。有池塘就应当有点绿的东西，哪怕是芦苇呢，也比什么都没有强。最好的、最理想的当然是荷花。中国旧的诗文中，描写荷花的简直是太多太多了。周敦颐的《爱莲说》，读书人不知道的恐怕是绝无仅有的。他那一句有名的"香远益清"是脍炙人口的。几乎可以说，中国人没有不爱荷花的。可我们楼前池塘中独独缺少荷花。每次看到或想到，总觉得是一块心病。

有人从湖北来，带来了洪湖的几颗莲子，外壳呈黑色，极硬。据说，如果埋在淤泥中，能够千年不烂。因此，我用铁锤在莲子上砸开了一条缝，让莲芽能够破壳而出，不至永远埋在泥中。这都是一些主观的愿望,莲芽能不能长出,都是极大的未知数。反正我总算是尽了人事,把五六颗敲破的莲子投入池塘中,下面就是听天由命了。

这样一来,我每天就多了一件工作:到池塘边上去看上几次。心里总是希望,忽然有一天,"小荷才露尖尖角",能有翠绿的莲叶长出水面。可是,事与愿违,投下去的第一年,一直到秋凉落叶,水面上也没有出现什么东西。经过了寂寞的冬天,到了第二年,春水盈塘,绿柳垂丝,一片旖旎的风光。可是,我翘盼的水面上却仍然没有露出什么荷叶。此时我已经完全灰了心,以为那几颗湖北带来的硬壳莲子,由于无法解释的原因,大概不会再有长出荷花的希望了。我的目光无法把荷叶从淤泥中吸出。

但是,到了第三年,却忽然出了奇迹。有一天,我忽然发现,在我投莲子的地方长出了几个圆圆的绿叶。虽然颜色极惹人喜爱,却细弱单薄,可怜兮兮地平卧在水面上,像水浮莲的叶子一样。而且最初只长出了五六个叶片,我总嫌这有点太少,总希望多长出几片来。于是,我盼星星,盼月亮,天天到池塘边上去观望。有校外的农民来捞水草,我总请求他们手下留情,不要碰断叶片。但是经过了漫漫的长夏,凄清的秋天又降临人间,池塘里浮动的仍然只是孤零零的那五六个叶片。对我来说,这又是一个虽微有希望但究竟仍是令人灰心的一年。

真正的奇迹出现在第四年上。严冬一过,池塘里又溢满了春水。到了一般荷花长叶的时候,在去年漂浮着五六个叶片的地方,一夜之间,突然长出了一大片绿叶,而且看来荷花在严冬的冰下并没有停止行动,因为在离开原有五六个叶片的那块基地比较远的池塘中心,也长出了叶片。叶片扩张的速度,范围的扩大,都是惊人地快。几天之内,池塘内不小一部分,已经全为绿叶所覆盖。而且原来平卧在水面上的像是水浮莲一样的叶片,不知道是从哪里积蓄了力量,有一些竟然跃出了水面,长成了亭亭的荷叶。原本我心中还迟迟疑疑,怕池中长的是水浮莲,而不是真正的荷花。这样一来,我心中的疑云一扫而光:池塘中生长的真正是洪湖莲花的子孙了。我心中狂喜,这几年总算是没有白等。

天地萌生万物,对包括人在内的动植物等有生命的东西,总是赋予一种极其惊人的求生存的力量和极其惊人的扩展蔓延的力量,这种力量大到无法抗御。只要你肯费力来观察一下,就必然会承认这一点。现在摆在我面前的就是我楼前池塘里的荷花。自从几个勇敢的叶片跃出水面以后,许多叶片接踵而至。一夜之间,就出来了几十枝,而且迅速地扩散、蔓延。不到十几天的工夫,荷叶已经蔓延得遮蔽了半个池塘。从我撒种的地方出发,向东西南北四面扩展。我无法知道,荷花是怎样在深水中的淤泥里走动。反正从露出水面的荷叶来看,每天至少要走半尺的距离,才能形成眼前这个局面。

光长荷叶,当然是不能满足的。荷花接踵而至,而且据了解荷花的行家说,我门前池塘里的荷花,同燕园其他池塘里的,都不一样。其他地方的荷花,颜色浅红;而我这里的荷花,不但红色浓,而且花瓣多,每一朵花能开出十六个复瓣,看上去当然就与众不同了。这些红艳耀目的荷花,高高地凌驾于莲叶之上,迎风弄姿,似乎在睥睨一切。幼时读旧诗:"毕竟西湖六月中,风光不与四时同。接天莲叶无穷碧,映日荷花别样红。"爱其诗句之美,深恨没能亲自到杭州西湖去欣赏一番。现在我门前池塘中呈现的就是那一派西湖景象。是我把西湖从杭州搬到燕园里来了。岂不大快人意也哉!前几年才搬到朗润园来的周一良先生赐名为"季荷"。我觉得很有趣,又非常感激。难道我这个人将以荷而传吗?

前年和去年,每当夏月塘荷盛开时,我每天至少有几次徘徊在塘边,坐在石头上,静静地吸吮荷花和荷叶的清香。"蝉噪林逾静,鸟鸣山更幽。"我确实觉得四周静得很。我在一片寂静中,默默地坐在那里,水面上看到的是荷花的绿肥、红肥。倒影映入水中,风乍起,一片莲瓣堕入水中,它从上面向下落,水中的倒影却是从下边向上落,最后一接触到水面,二者合为一,像小船似的漂在那里。我曾在某一本诗话上读到两句诗:"池花对影落,沙鸟带声飞。"作者深惜第二句对仗不工。这也难怪,像"池花对影落"这样的境界究竟有几个人能参悟透呢?

晚上,我们一家人也常常坐在塘边石头上纳凉。有一夜,天空中的月亮又明又亮,把一片银光洒在荷花上。我忽听"扑通"一声。是我的小白波斯猫毛毛扑入水中,她大概是认为水中有白玉盘,想扑上去抓住。她一入水,大概就觉得不对头,连忙矫捷地回到岸上,把月亮的倒影打得支离破碎,好久才恢复了原形。

今年夏天,天气异常闷热,而荷花则开得特欢。绿盖擎天,红花映日，把一个不算小的池塘塞得满而又满，几乎连水面都看不到了。一个喜爱荷花的邻居，天天兴致勃勃地数荷花的朵数。今天告诉我，有四五百朵；明天又告诉我，有六七百朵。但是，我虽然知道他为人细致，却不相信他真能数出确切的数目。在荷叶底下，石头缝里，旮旮旯旯，不知还隐藏着多少菡萏，都是在岸边难以看到的。粗略估计，今年大概开了将近一千朵。真可以算是洋洋大观了。

连日来，天气突然变寒，好像是一下子从夏天转入秋天。池塘里的荷叶虽然仍是绿油油的一片，但是看来变成残荷之日也不会太远了。再过一两个月，池水一结冰，连残荷也将消逝得无影无踪。那时荷花大概会在冰下冬眠，做着春天的梦。它们的梦一定能够圆的。"冬天如果来了，春天还会远吗？"

我为我的"季荷"祝福。

原载于《美文》1998年第1期

水乡招魂
——记汨罗江现场祭屈
余光中

一

整座屈子祠都已静了下来,就连前后三进的所有木雕石刻,纵联横匾,神龛上的翔凤、游龙、奔马,也已肃然无声。就连户外的人语喧闐,整座玉笋山的熙熙攘攘,忽然也都淀定。只有伫立三米的诗人金像,手按长剑,脚踏风涛,忧郁望乡的眼神似乎醒了过来。有一种悲剧的压力压迫着今天这祭祀典礼。诗人生于寅年寅月寅日,但人间永记不忘的是他的忌辰,五月初五,只因他的永生是从他的死日,从孤注一投的那刻开始。

祭屈的仪式定于九点零九分由湖南卫视向全国直播,时间正在一分一秒地倒数,隆重而又紧张。在两株三百年的高桂树下,中庭站满了参祭的人。面对"故楚三闾大夫屈原牌位"的神龛,肃立着青袍黑褂的主祭官,侧立龛旁的是麻衣麻帽的司仪。高门槛外,前排站着十人,分成左右两列。左列五人是作家,左起依序是陈亚先、韩少功、李元洛、谭谈和年纪最长的他，越海峡而来的诗人。右列也是五人，都是岳阳的官员。在他们背后，是六队龙舟选手的代表，肩上扛着卸下的龙头，其中也有体态健美的外国女选手。再后面就是照壁了，高冠束发，忧容戚戚的屈原画像，略带立体画派的风格，似在远眺郢都，而非俯视满庭的祭者；两侧的对联是"招魂三户地，呵壁九歌心"。

古桂的上面，是半明半昧的薄阴天，时下时歇地落着细雨。祭屈的天气应该如此。幸而雨势一直霏霏，他和同排的作家一样，也披着金黄耀眼的祭礼绶带，多少遮住了一些雨丝。他下了决心，就算雨势变大，也不会用伞。比起被洪流吞没，淋一点雨，算得了什么呢？

插地的长枝礼香，高及人头，白烟袅袅，在雨中盘旋，是为灵均招魂吗？正出神间，忽然一声断喝："肃静！"十秒钟后，又一声喝："举行致祭三闾大夫尊神礼！"于是执事设香案、食案、馔案，献果、献粽、献三牲，设束帛，上龙头。接着麻衣的司仪一连串喝道：

  起鼓！鼓三通！
  鸣钟！钟三叩！
  奏大乐！大乐三吹！
  起小乐！小乐三奏！
  钟鼓齐鸣，声炮！

壮烈的鞭炮鞭笞着怯懦的耳神经，直到祭众都热血沸腾，有烈士的幻觉。终于戛然声止。主祭官就位，跪在神位前面。执事爵酒、授酒、灌地、反樽。司仪唱道："叩首！叩首！三叩首！主祭人起立，复位！"此时一乡耆开始诵读祭文，一吟三叹的湘音十分哀痛，波下的大夫听到，想必也会鲛泪成串吧。祭文诵了五分钟，同时有两名执事为龙头上红。终于轮到官员与作家了。他领先与其他作家到盆架前去净手，然后在神位前排好，三揖首后，回列复位。最后是龙舟弟子就位跪地，行三叩首。司仪再唱："主祭人引龙舟弟子请龙神上舟！"整个祭式在二十一分钟内结束。

二

龙舟竞渡起源于岳阳，从二十世纪八十年代以来，岳阳举办了十次国际龙舟比赛，但千禧年后停办了五年。今年恢复举行，不但更加隆重，而且把比赛从岳阳的南湖移来汨罗江上，也就是屈原投水的现场，那气氛便更加真切了。其近因，就是韩国也正向联合国申请，把端午指定为文化遗产，大陆的文化界当然大感不满，不甘悠久的传统被人攘夺，网络的反应尤其激动。其实韩国民俗的端午叫作"端午祭"，不是"端午节"，祭祀的对象不是屈原，而是大关岭山神；至于中国民间的风俗，例如挂菖蒲、吃粽子、饮雄黄酒等等，并不行于韩国，更不论龙舟竞渡了。

"日落长沙秋色远，不知何处吊湘君？"三湘的名胜古迹，处处都是历史的余韵、传说的回声。即使短短的一条汨罗江吧，岸边就安息着屈原、杜甫,汉族的两大诗魂,同样都忧国忧民,同样都北望怀乡,所以,流吧汨水,吟吧罗江,悠悠的安魂曲永不停息。

屈原一死,诗人有节。祭屈的端午节,颂屈的龙舟赛,如此盛典,何须千里迢迢,从海峡对面邀一位老诗人来主风骚?他的年岁远远超过了诗祖与诗圣?接到湖南卫视邀请的传真,他心中满是"招魂"的殊荣,说不出究竟是要他去汨罗为屈子招魂,还是汨罗的江声在招他的七魄?

不过湖南卫视的制片人李泓荔却说动了他。"早在一九五一年,"她的传真信说,"您就写下了《淡水河边吊屈原》了:'悲苦时高歌一节离骚,千古的志士泪涌如潮。那浅浅的一湾汨罗江水,灌溉着天下诗人的骄傲!'后来的《水仙操》《竞渡》《漂给屈原》《凭我一哭》等等,也都脍炙人口。所以……"

既然湖南人认为可以,汨罗江现场的盛典他怎能错过?终于他的飞机在长沙的夜色中降落,李泓荔和卫视的嘻哈族连夜把他接去了汨罗市,并要他明天,也就是端午的清晨,六点必须起身,才赶得上九点的祭礼。

这是他再度访湘了。六年前中秋的前夕,他应湖南作协邀请,曾经有十日的三湘之行。第一场演讲在岳麓书院,满庭桂花的清香,秋雨空蒙,时落时歇。他站在堂上演讲,四百多位听众一律瑟缩在浅青的雨衣雨帽里,雨势变骤,也无人退席。不敢辜负这一份殊荣,他讲得格外用心,答问也斟词酌句,对冒雨而来的听众也再三致意,深恐朱熹不满,会从那一块匾后传来咳声。

由李元洛、水运宪与其他的湖南作家陪着，他顶礼了汨罗，泛览了洞庭，登了岳阳楼，攀了张家界，并在岳阳师院、常德师院、武陵大学先后讲学，印象很深，感慨无已。只恨回到台湾，立刻陷于杂务，竟无一行半句记其盛况，以报湘人。对于他交的白卷，全程伴随的李元洛相当不满，告诉他"湖南人反应强烈"，令他六年来长怀歉疚。

但湖南卫视似乎不计较这些，竟然在六年后请他专程赴湘，去汨罗江上，参加可以与岳麓讲坛媲美的盛会。不，湖南人并没有对他绝望。六年赎罪，有效期还没满。

当然，上次三湘行旅，他留下的也并非全然白卷。在常德他参观了壮阔的"诗墙"。墙在沅江北岸，依江堤建成，上面刻了从屈原起，历经宋玉、王粲、陶潜、李白、杜甫、刘禹锡、苏轼、范成大以迄秋瑾、柳亚子、鲁迅、郁达夫、徐悲鸿、聂绀弩、俞平伯等人的诗词近一千首。新诗上墙的也有五六十首之多，他的《乡愁》、洛夫的《边界望乡》、郑愁予的《错误》也在其列。主人请他题词，他题了"诗国长城"四字，又添了两句："外抵洪水，内抗时光"。

赴岳阳途中，祭于屈子祠堂，忽有悲风掠过江面，他为之怅然，题了这么四句："烈士的终点就是诗人的起点？／昔日你问天，今日我问河／而河不答，只悲风吹来水面／悠悠西去依然是汨罗。"即兴的断句，题过也就忘了，不料元洛有心，竟收在追述的游记里。泓荔在传真信里，也引了这些断句，来印证他的旧游。

忘了的断句回到面前，他觉得大可用来开篇，就将它续成了一首二十四行的新作，题为《汨罗江神》，在出发前夕传去长沙。在国际龙舟赛的现场，只朗诵旧作来吊最早的民族诗宗，未免避重就轻，不够虔敬。为祭屈盛会而另赋新诗，才显得专程的专诚。湖南卫视收到《汨罗江神》，也立刻发给了长沙和岳阳的报纸。

但是令湖南人感受最深、因此也引用最频的，却是他多年前讲过的一句话："蓝墨水的上游是汨罗江。"这句话是何时讲的，究竟出现在什么文章，他自己也记不得了。黄维梁翻遍他的文集，也找不到。但是近年在湘人的文章里，这句话常见引用，不但出现在汨罗市的各种文宣或龙舟赛的场刊，甚至变成红底白字，在街头的标语上招展。

三

屈子祠的祭祀一结束，众人便领他急步走到江边，把他送上一艘快艇。艇上挤了五个人，匆匆披上雨衣，戴上雨帽，便向上游疾驶而去。雨势不大，但高速的逆冲硬顶，却招来激动的风浪，浪花飞扬。卫视的王燕瑟缩在雨衣里，想超过船尾马达的嚣张跟他说话。她的话一半被马达搅乱，一半被江风刮散，只能对他傻笑。快艇一共三艘，他们的在中间，像三把快剪将水面剪开，只顾向前猛裁，却不能将裂口缝上。

零零落落有几头母牛带着小牛，在河洲上闲闲吃草，对三条快艇骚动的追逐，并不很在意。两千年前的那一个端午，有牧童或者渔父,见到一位憔悴的老者,远远在江边徘徊的背影吗?

过了这一片空阔的野岸,京广铁路的大桥就压顶而来,罗水也就在此汇入了汨水,合为汨罗江向西北流去。快艇却逆流而上,向东南方的汨罗新市街冲去。江面宽约两百多米,水流可算清畅,渔父不但可以濯足,甚至可以濯缨。这时两岸人影渐多,色泽鲜丽的彩船迎面而来,稚气可掬,像是童话里漂来的纸船,不是来迎三条鲁莽的快艇,而是来接从秭归送粽子来的木船。

马达声小了,王燕向他解释:"那木船七天前就从秭归出发,一路顺长江南下,要过洞庭湖,才来到汨罗江。沿途的市镇都把当地的粽子送上船来,象征全民都参加屈原的祭礼……"

"太好了,"他不禁赞叹,"秭归是屈原的生地,汨罗是屈原的死所。这离骚的一生,用一条满载粽香的木船来巡礼,灵均的水魂也感到安慰了吧。杜甫的墓也在汨罗江边,还没有这样的待遇呢。"

大家笑了起来。快艇也慢了,国际龙舟赛的现场到了。观礼台在北岸,衣伞密集,彩旗缤纷,一排排挤满了宾客,有三千人。但比起两岸的观众来,这区区人数又不足道了。他一瞥对岸,大吃一惊。岸坡上人影交迭,层层紧压,找不到一点空隙,隔水眺去,只见人头一片,像一块密密实实的黑芝麻糕,拼成了一道人墙,几里路绵延不断。报上无论是事前预告或事后报道,都说观众有三十万人。

四

快艇把他和王燕等人送到赛舟的码头，开幕典礼已经将近半场。看台前的江边广场，在"祭屈"大幡的招展下，五光十色，排满了舞龙队、划桨手、诵诗学童。锣声的金嗓子、鼓声的肺活量，正尽情地施展，务必将节庆的气氛推向最高潮。

"九龙狂闹汨罗江"的节目已近尾声。龙生九子，九队舞龙蟠蜿作势，正向造船场游去，迎接一条刚完工的新龙舟。二十名赤膊的壮男扛起新生的龙舟向高扬的大幡走去。等到新船上了架，一名壮夫就扛着卸下的龙头，走入江中去浸活水，然后又把它装回龙身。又一人杀了公鸡，将血灌入龙口。巫师上前，挥动艾叶，向龙身洒遍雄黄酒。于是山鬼幢幢，绕船跳起巫舞。最后九龙退场。

接着是高跷队游行进场。颤巍巍踏空而来，领头的人物当然是端午的主角，屈原。当然是高冠岌岌，面容戚戚，黑衣白裳，悲剧的高瘦身影-就是三闾大夫了。每次他见到毕加索画的堂吉诃德，总是联想到屈原。

接着出场的都是民俗的故事：腾云驾雾而来的，有岳飞、程咬金、薛丁山、穆桂英、苏三、孙悟空、卖油郎、托塔李天王……锣鼓当然不免又卖力助阵。

五

这时，在彩船的簇拥下，龙头闪金的运粽木船已经停靠在

"祭屈"的高幡下面。高跷游行退场之后,观众纷纷向码头麇集。典礼的节目终于从民俗回归历史,聚焦到屈原本身。看台的麦克风提高分贝,向观众宣布海峡对岸的诗人已来到现场,即将主持祭吊屈原的诵诗。他在金童玉女的伴随下,被引出列,越过广场,登上岸边的祭坛。同时有三百青衣的童男,三百红衣的童女,已在祭坛右侧各自排成三列,每人都舞动手持的艾叶。

六百人的诵诗队齐声朗诵《离骚》的名句:"路漫漫其修远兮,吾将上下而求索。"诵完第二遍,独立祭台的他,便开始朗诵自己为目前这盛典新写的《汨罗江神》:

> 烈士的终站就是诗人的起点?
> 昔日你问天,今日我问河
> 而河不答,只悲风吹来水面
> 悠悠西去依然是汨罗

一面诵着,他听见自己的嗓音,经过扩音喇叭的提高并推广,掠过空阔的水面,湿湿的,在阴沉的雨云下仿佛有回音。这异样的感觉前所未有。他的声音,此刻,正摇撼着六十万只耳膜。透过现场直播,当然,侧耳还不止此数。可是屈原听见了吗?听见了,又有何感想呢?此刻,他立足的地方正是屈原投江的岸上,而听他诵诗的,正是同样的江湖,同样的鱼虾,还有隔代又隔代,湘楚的后人。

"灵之来兮如云",真的吗?屈原的灵魂,此刻,正缭绕在高挑的大幡上吗?

他感奋的联想层出不穷,但当时在现场,他一诵完《汨罗江神》的前四句,六百童男童女立刻接了过去,把后面的八句齐声诵完:

> 鼓声紧迫,百船争先
> 旗号翻飞,千桨破浪
> 你仿佛在前面引路
> 带我们去追古远的芬芳
> 历史遗恨,用诗来弥补,江神
> 长发飘风的背影啊
> 回一回头,挥一挥手吧
> 在波上等一等我们

《汨罗江神》的原文有三段二十四行,端午节当天刊于《中国时报》;在湖南则是端午前一日已刊于《潇湘晨报》与《岳阳晚报》,后一日又见于《长沙晚报》。但是考虑在龙舟比赛的现场,诵诗不宜太长,他行前又将此诗浓缩为十二行,仍是三段,也就是此刻他站在祭坛上领着两岸观众齐诵的版本。事后仍有不少读者向湖南卫视索取此诗。

祭屈合诵完毕,他从秭归来人的手中接过黄宣纸一沓沓的祭文,投入火舌抖擞的钵里,算是焚寄给灵均了。接着又接过船上载来的一篮粽子,将自己从台湾带去的五只大粽加了进去,拎到江边，一只只投入水中。那该是他身为诗人，一生中最有象征意义的一个手势了。从台湾带去的五只粽子，是诗友愚溪所赠。诗友绝对没料到，粽子千千万万，那五只真的投进汨罗江水，专程献到屈原面前了。

电视镜头转向江边，去照一位歌手，窈窕地立在一张青青的大荷叶下，唱起了《世界有条汨罗江》。他这次湘行的任务已经结束，只等下午，李元洛与潘刚强一行带他去汨罗更上游的杜甫墓地。

至于国际龙舟赛的盛况，他自己忙于接受采访，反而未能亲睹，只从报端得知，男子队菲律宾以百分之六秒微差夺得冠军，株洲队与汨罗队分获亚军、季军。女子队则全由中华的巾帼获奖，冠军归于株洲。

八月初他又去大连参加书展，成为签名二老之次老。元老文怀沙先生，已经九秩有六，前年金华盛会，曾将一座八公斤"中华当代诗魂金奖"之沉重，郑重地交到他手上，令他印象很深。大连重逢，文先生当筵纵论前贤，横数时彦，语惊四座，有王尔德之风。并将半世纪前自己的旧作《屈骚流韵》一套四卷，题赠给他，落款"燕叟文怀沙"。文先生乃国学名家，更是《楚辞》知音，这部注释今译，得之不易。

或许屈原波下有知，真的收到了他焚寄的献诗，接住了他拜祭的投粽，冥冥之中，竟遣逍遥燕叟也去大连，不落言诠地将楚骚流韵奖赏给他吧？天何言哉？天不可问，维人自知。

原载于《美文》2017年第1期

北桥，北桥

陈忠实

在距大波士顿郊区三四十公里的康克尔镇，有一座小木桥，名叫北桥，桥下是一条悠悠静静地涌动着黑色水流的泥河。二百二十年前的4月19日夜，美国"独立战争"的第一声火枪的枪声，就是在这座小木桥头打响的。

北桥从此便成为现代美国历史的启明星。或者说，在北桥的火枪枪声里诞生了一个美国。

北桥从此便成为美国历史和现实中最富声望的桥。康克尔小镇因为拥有北桥而成为闻名于世的一个镇子，波士顿人则因为身处"独立战争"的策源地而自豪和骄傲。

酿成这个伟大事变的起因却是一个小小的冲突。英国殖民者从东印度公司输入大量茶叶，严重地危及当地人的经济利益，当地居民便自发"揭竿"，把刚刚在波士顿海岸卸船的茶叶包扔进大海，用我们的习惯用语来说，矛盾一下子就激化了。这事件在我听来似乎有点耳熟，很容易把它和英国人输入鸦片到中国海岸所引发的冲突联系……英国人首先被激怒了，立即下达戒严令，不许当地居民乱说乱动。而崇尚自由自在的新大陆居民，对古老的英国殖民者以往那种妄自尊大和呆板的清规戒律的做派早已不能承受，也看不顺眼，可以说积怨积火已如欲喷的火山熔岩。这个晚被发现的大陆的居民与英国殖民者的冲突的实质，与世界上所有曾经被殖民过的民族那无以数计的、形式各异的冲突毫无二致。

康克尔小镇有一个农民自发的民间自卫组织。英国人在下过戒严令之后，决定摧毁这个民间武装的小团体，用意自然是要扑灭任何可能蔓延成灾的火星，时间定在4月19日夜里。居住在波士顿城里的一位年轻医生在天黑时得到了这个被泄露的军事机密，星夜骑马急驰三十多公里赶到康克尔，把英军偷袭的消息报告给即将面临灭顶之灾的自卫武装。这个自卫武装团体一致决定反抗，虽然仓促，却有准备，最短暂的也最恰当的战术准备迅速做出，立即实施。当英军士兵经过三十多公里急行军赶到北桥桥头时，桥那一头的丛林和草地里已经按各个最有利的位置潜伏着自卫的农民，武器是火枪。

当英军士兵怀着偷袭的窃喜列队跨上北桥，灾难便降临了。从北桥的正面和两侧骤然爆起的枪声，把他们出发时所有美丽的窃喜葬入桥下的泥河。河是真正的泥河，没有一般河流通常都有的沙滩，密不透风的森林几个世纪以来的落叶沉淀在河床上，河水因此而发黑，人或马都不可能蹚过去。无法料及的强硬的抵抗，首先使偷袭者从心理上先输掉了，接续的便是溃不成军的慌乱和全线崩溃。然而英国人的呆板做派还是不变，无论桥上桥下倒下掉进了多少同伙，后边的士兵依然列队整齐，不乱间隔地继续涌上北桥。桥那头的民兵几乎不用变换射击位置，只需尽快地填充弹药，然后喷射到一堆堆送到枪口上来的目标身上。当地农民嘲笑英国人一切都按固定的程式运动的做派，这回是用火枪完成的。

从北桥之战开始，随后就风起云涌般地掀起一场震撼世界的伟大的"独立战争"。北桥随后便日益璀璨起来。那位报信的年轻医生也一代又一代地璀璨在美国人的心里。纪念这位英雄医生的方式不是玉碑，也没有雕像，而是一行马蹄印迹。在波士顿城里的一条街道的人行道上，水泥地面上镶嵌着一行马蹄铁驰过踩下的、间距很大的蹄痕，是黄铜，被无以数计的脚踩得闪闪发亮。

这个北桥现在是美国国家公园，一切都按那场战争发生时的原样保存着。低浅的丘陵被原始森林和野花野草覆盖着，树木不再人工增植也不许砍伐，枯死的树木任其枯死、倒掉以至腐烂，也不做清理；茅草也是二百二十年前的野草家族的延续，不许烧荒也不许刈割，更不要人工培栽的新的花草品种；河依旧是那条泥河，野苇茅草丛生的泥岸，没有一丝人工修整的痕迹，至今仍然没有人敢于涉水过河；桥是用粗刨的原木架构的，没有油漆，桥栏被游人的抚摸磨损得光滑，粗的细的木纹清晰可辨；北桥通往公园各处的几条大路也是用黄褐色的砂砾泥土铺垫的，一切都按1775年的原样保存下来，让一切到此观赏的世界各地的游客充分感受当年自然环境的气氛。成群成帮的鸟儿掠过头顶，从这一片树林喧嚣到那一片树林，多是一种通体墨黑的梭子体形的鸟儿，颇类似于我自幼见惯的知更鸟，然而叫声却相去甚远。不知这鸟儿是二百二十年前的原种，抑或是后来迁居的新族？

桥头有一块纪念碑，大约记述了这儿发生过的事件的简单经过。更令人注目的是那座雕塑，一个刚刚成年而仍未脱净稚气的乡村小伙儿，右手握着一支火枪，左手按着一把犁杖，猫着腰，前弓后踮着腿，沉静而又机敏地瞅着前方，前方十多米处就是北桥。他的农民服装上扎着一条武装带，再也找不出比民兵更恰当的称谓了。这个雕像我一眼看见就似曾相识，无论抗日战争还是国内革命战争，中国南方北方的战场上到处都是这种武装起来的乡村青年类似的模样。

在桥的那一头，即英国士兵接近桥头的道路旁边，贴着地皮栽着一块小小的石碑，作为偷袭北桥而战死的英国士兵的墓碑，却是战争的胜利者为失败者立下的。碑文很短也很耐人寻味，没有仇恨没有诅咒，也没有胜利者的骄傲，有的只是一种惋惜。碑文大意说，这些年轻人跑了三千多英里从英国来到北桥，死在这里；此刻，他们的母亲还在梦里想念儿子哩！

用这样动人的惋惜和怜悯的口吻、用这种人性和人道泛爱的胸襟对死去的敌手表示哀悼，可能是对那种殖民者又是失败者的最深刻也最深沉的心灵和良知的谴责。在波士顿市区，在华盛顿就任"独立战争"总司令的那棵大柳树旁边，同样为两位战死在这里的英国将军各立着一块小小的碑石。从北桥打响第一枪，到这里时，整个战局就发生了一个根本性转折，这里的战斗是一场扭转战局的决定性胜利。在华盛顿的塑像周围，摆着三门缴获的英军的火炮。这里用白色结的栅栏围护着一株大柳树，华盛顿在指挥这场决定性的战斗胜利之后，就在这棵柳树下成为三军统帅，也接受了三军战士排山倒海的欢呼和膜拜。北桥的初次交战华盛顿没有参与，但稍后便从他的农庄赶来投入了，然后就走到了这棵柳树下，再后就把英国殖民者赶走了。处于绝对领袖地位的华盛顿，在筹建美利坚合众国和大选的时刻，脱下戎装回到了他的农庄，继续当他的农夫去了。据说华盛顿出于这样的原因-即不以军人的身份参加选举，要以一个农民或者说普通公民的身份进行参选，为此他老老实实当了一年农夫。尽管这行为里不无虚伪，即使他一年后以农夫的身份堂而皇之地参选总统，其实选民们投给他的一票主要还是投给独立战争的那位无可替代的总司令；如果不是这样，比他优秀一百倍的任何一位农民也不可能当选第一任美国总统。即使如此，有一点虚伪也还是可爱的，不属于令人恶心倒胃的伪装；仅此一个农夫的姿态，对于他那样功勋卓著的总司令来说，已经是难能可贵的了。

　　我还是对那几块为战败战死的敌方将军和士兵所立的碑石感兴趣。今年九月，我在北京见了将《白鹿原》章节翻译为英文的汉学家苏珊女士，和她聊起四月访美的印象，就谈到了这几块为敌手所立的碑子和碑文。和她一行到北京的一位美国男子却以不屑的口吻说，在越南他们可就没有这份情致了。我不觉一震。十年越战对美国普通公民来说至今还是一块化解不开的积食。许多美国母亲至今仍如那碑文所说，正在梦里思念战死在越南的儿子哩。那块为英国死亡士兵栽下的碑子，现在确实栽到了数以万计的、战死在越南的美国士兵的母亲的心上；那种出于人性和人道的宽容胸襟的碑文，深刻而又深沉地谴责着当年决定发兵越南的那位总统，他即使卸任多年，依然不能逃避灵魂的谴责。在越战结束近20年后,约翰逊政府时期的国防部长麦克纳马拉,写了一本书,对越战做了反思和忏悔,感应了一些人。看来,对于被殖民而又争得了胜利的一方来说,对殖民者又是失败者以怎样的方式表示谴责,都是比较轻松、比较容易做到的,可以是义正词严的也可以是机智幽默的,可以是这样又可以做到那样的一种谴责方式。然而一旦角色转换,美国人自觉不自觉地扮演了当年英国入侵者的角色,到越南,还有朝鲜,他们也就像二百二十年前被驱逐被打败被消灭的英国人一样,先被朝鲜继之又被越南人所仇恨、所驱逐、所战胜。无论如何都不可能产生给北桥牺牲的英军士兵立碑那种心怀和情致了,倒是朝鲜和越南人把这种碑文的碑石栽到了美国总统和美国母亲的心头,真是得其所哉!罪恶的心理阴影比战争的硝烟要难于消弭得多,甚至要遮蔽折磨几代人。

然而我还是难忘北桥,不单是那里保存完美的原始风景。我是四月初到北桥参观的,与美国友人约定4月19日再来,据说每年的这一天都要举行别开生面的庆祝活动,人们穿起当年农民的服装,装扮成自卫武装的民兵,重新表演当年发生在北桥的故事。今年正好是北桥打响"独立战争"第一枪的220周年,纪念活动将会更加隆重、更加丰富多彩。然而因为活动安排的冲突终于丢失了良机,留下了遗憾。

1995.12.25雍村

原载于《美文》1996年第3期

中国初印象

[法] 白乐桑

1973—1975年间,我在中国北京留学两年。第一年,我在北京语言学院(现在的北京语言大学)进一步学中文。后面一年,我在北京大学专门学哲学。对我而言,这两年既是漫长的,又是短暂的,在我的人生中留下了许多难以忘怀的记忆。更为重要的是,在提高汉语言能力的同时,我一步一步接近了原本十分遥远的中国和中国文化。

在法国的时候,说中国就像月球一样遥远还是想象的。可从到中国的那一刻起,我就切身感到这种遥远是实实在在的,因为两国文化太不一样,相互之间太不了解了。

与我们会面之后,北京语言学院负责接待的老师问:"你们中间谁是负责人?"按今天的意思来理解,就是你们这些学生当中,"班长"是谁。虽然觉得有些古怪,可是我们一听就明白了他的意思,就说没有!听我们说没有负责人,这位老师觉得很奇怪,于是就告诉我们:"那好吧,你们现在决定谁是负责人。"我们一听,谁都表示不愿意当负责人。他又说:"谁都不愿意当,那就是选一个班长。"我们还是坚持既不愿意当负责人,也不愿意推荐我们团任何一个同学!我对这几句对话记得非常清楚。这是我们到中国后的头几句对话,真实地用中文进行的对话。我们的中文水平当然很有限,可是基本上能听懂。通过这第一次对话,我已经感到法中两国在文化上的差异了。

说了一会儿话,我们就上了去学校的大巴车。从离开巴黎到北京一共用了二十二个小时,而这时已经夜里十一点多了,我们都已经很疲劳。在去语言学院的路上,我才意识到来接我们的这位老师一直在讲意大利语。我不会说意大利语,但能听出来他讲的是意大利语。所以,我就说:"老师,对不起,我们听不懂你说的话,我们是法国人,不是意大利人。"这位老师说:"我知道,可是意大利语和法语差不多一样嘛,是不是?"看来,学院里没有足够的、会说法语的老师,所以就派他来接我们了。我又说:"不是差不多,而是差多了,我们根本听不懂。"这些对话在一定程度上让我更加坚信,我们的确到了一个在文化上和地理上都很遥远的国度,是另一个星球!也就是说当时的北京语言学院校园我们有不了解的,中方也有不了解的。所以,他才以为意大利语和法语差不多,完全能用意大利语和我们交流。这位老师看起来很惊讶,也很失望。于是,他在剩下的路程中一直保持沉默。

差不多半夜时分,我们到了位于五道口附近的北京语言学院。吃了学院食堂师傅为我们准备的一顿小吃之后,耳朵里还带着飞机的轰鸣,我们来到安排好的宿舍,10号楼三层的一个房

中国初印象

间。我们原以为会和中国同学住在一起,此时才知道我们是不能跟中国学生合住的。每个房间住两个人,但只能是外国留学生。

知道是这种情况,在飞机上相识的卡里诺夫斯基对我说:"咱们住一个房间行吗?"我说好。他先是在语言学院学习了一年,第二年就去复旦大学了,现在是阴阳五行学说的专家和汉学家。不过,这个楼里面也住着中国学生,他们都是学外语的。

到宿舍后与中国同学的头几次对话,真正同中国人的对话直到现在我都很难忘。进了房间之后,我先到对面的水房想洗把脸清醒一下,再喝点水解解渴。这时已经很晚了,我却在楼道里碰到了一位中国同学,他是学法语的,也住在三楼,正准备去水房旁边的厕所。见我之后,他主动用法语打招呼:"Bonjour, je vais aux commodités……"(相当于"您好!我要去出恭!")等了若干年,离开法国二十四小时之后,第一次和中国人近距离接触,一个中国老师说意大利语,另一个中国同学使用的是路易时代的古法语,也就是只有十九世纪文学作品当中才会用的那种说法!所以,我觉得很好奇。过了一段时间之后,我才明白,这些中国学生学习法语的途径只有两个,一个是法文的《北京周报》,内容是关于美帝国主义和党内修正主义的问题,另一个是十九世纪法国的小说选本。可能是第二天或第三天,我去告诉这位中国同学,法国人上厕所现在不可能这么说,这样说很多人可能听不懂!

他上完厕所出来后,我正准备用嘴对着水龙头喝水,因为当时我特别渴,想喝水。这位"出恭"的中国同学在我后面喊道:

"小心，这个水不能喝。"我惊讶地问："为什么？"他说："这是冷水。"我说："我知道呀！太好了，我正渴着呢。就要喝冷水。""可是，你干吗喝凉水呢？"他一脸惊讶地问我，然后说："到我的房间来吧，我给你点儿喝的。"我以为他要我到他的房间去是请我喝些中国酒什么的，庆祝我们的到来。可是，他给我倒在杯子里的却是冒着热气的开水。我等着他给我加进茶叶来，但一直没有。我说："可是，这是热水啊。"他说："对啊，怎么啦？"你们可以想象到，我在法国从来没听说过在中国要喝所谓的热水，从来没听说过。当然，现在法国人都知道了中国游客要喝热水。现在的巴黎酒店都已经准备好了这方面的设施，都知道中国客人习惯喝白开水。临走之前，法国外交部的人也没有告诉我们这方面的信息，对此我们一无所知。所以，那天当他已经开始喝了的时候，我只是傻傻地看着，因为我是绝对不能喝太热的水。所以，这些细小的初步接触在一定程度上进一步增强了我们的印象，就是中国确实是一个遥远的国度。

没过几天，我又遇到了"文化冲突"的难题了。我在离开法国之前，有了一个比较古怪的念头，那就是我希望尽早地让中国人听我喜爱的西方古典音乐。我只想知道他们喜不喜欢听，没别的意思。所以，我在打包行李的时候就带上了一盘贝多芬的《第六交响曲》磁带。我比较喜欢贝多芬的乐曲。主要是好奇，我也想知道中国人喜欢不喜欢。所以，到中国没多久，可能第二天或第三天晚上，大概九点钟的样子。我走到我的邻居张同学的宿舍，敲门说："晚上好！对不起打扰你一会儿。我只想让你听一盘西方音乐磁带。我想知道你喜不喜欢,觉得好听不好听。希望你能告诉我。"他说:"好,没问题。"我告诉他,这盘磁带是贝多芬的音乐,《第六交响曲》。他回答说:"贝多芬是谁?我不认识。"我按下我的录音机播放键两分钟,好奇地观察他的反应。我问他:"怎么样,好不好听?你喜欢不喜欢听?"他的回答令我感到意外,没说音乐好听,也没说不好听,只是说"我听不懂"。这是我从来没有预想到的结果,他会说听不懂,因为我的问题是"你喜欢不喜欢",他回答的却是听不懂。所答非所问,我当时也没法继续和他对话。

没办法,我心里很失望,只好告辞,然后去敲对面宿舍的门,这里住着另外一个姓王的中国同学。"进来吧,我睡觉很晚,而且常常睡不好,因为满脑子都是巴尔扎克小说里的人物,欧也妮·葛朗台、高老头……"我抓住机会建议他听点西方古典音乐,放松一下。他接受了建议。一段《田园交响曲》之后,我问他同样的问题。他不假思索地回答道:"我不太懂,真是听不懂。"随后几天,我重复着这个"实验"。可是,答案好像没有丝毫变化,还是"听不懂"。

我始终想不明白,为什么会这样。如果当时中国同学让我听京剧,我会说好听或不好听,而不会说这么一句"我听不懂"。所以,当时我觉得这太值得分析了。你让我听一首民间音乐,我不会说听不懂,只会说喜欢或不喜欢。我觉得,只有在听外语或者在听歌词什么的,人们才会说听得懂或听不懂。在没有歌词的音乐方面,我觉得西方人联想到的不是听不懂,而是好听或者不好听。我个人认为，这是不是跟思维方式有关系。西方文字是表音文字，所以西方人更倾向于就形式发表评论，更能接受纯形式的。是不是因为汉字是表意文字，所以中国人更注重内容，更倾向于就内容发表评论？好听不好听是形式问题，以我个人分析，西方人其实就是在形式上说好听或不好听。京剧除了音乐还有歌词、有故事，视觉性色彩很明显。所以有时音乐不好听，但故事好。可是，真实的音乐是什么？它在很大程度上就在于形式。

由此我就联想到了中国文字，因为语言文字属于不同文化的基因，不是表层的东西，而是塑造人怎样接受再来的信息，是人类最内在的东西。古典的德国哲学、法国哲学和英国哲学不一样，为什么？我个人觉得，其中一个因素是这三国的语言有明显的差异。语言对思维的作用也许是最基本的。英文的基本特征和语言精神、精髓跟法文的和德文的完全不一样，不是词汇的不一样，而是这个语言本身很不一样。在一定程度上，语言不止是工具，而且影响着思维方式或者思想。所以，我多少年来一直在想这个故事。这对我后来研究汉字及其多维度意义有不小的影响。

我们这次交换留学一共是两年，第一年只能在北京语言学院，没有别的选择。当时，所有的国家只要跟中国有文化交流，来的学生都集中在北京语言学院。留学生分组也很有意思，是按国家，有法国学生组、英国学生组、德国学生组、意大利学生组、北欧学生组、阿拉伯学生组等等。相应的，每个组都有专门的老师来负责。当时，负责法国学生组的是一位北京语言学院的老师。

由于都是在国内学过了几年中文并且有了一定的水平，所以我们到中国之后并不是从基础学起，而是学一些与中文和中国文化相关的专业课。我印象比较深的有这样几门课。一门课是汪宗虎老师教的现代汉语。汪老师在课堂上很活跃，与同学们的互动非常好，课也讲得很形象。这是他与别的老师不一样的地方。所以，我特别喜欢他的课。2012年，我来中国参加北京语言学院五十年校庆时有幸与他再次见面，我们都非常高兴。另一门是金德厚老师教的文言文课。金德厚老师声音洪亮，讲古文的方法特别适合我，因为他是用现代汉语让我们理解古文。我在法国学习文言文时，老师的讲法正相反，用法文解释古文，很不适合我的思维倾向。另外，给我影响深刻的是一位姓张的老师，他教太极拳选修课。法国留学生中只有我和另外两个同学选了，而且很愿意学太极拳，因为它有着深刻的中国文化内涵。

1973年那个时候，中国正在进行"批林批孔"运动，学校到处都是大字报。看这些大字报成了我印象最深刻的校园生活。另外，我们的宿舍楼里没有洗澡的地方，必须穿过校园到学校浴室才能洗个澡。冬天很冷的时候，我们冻得要死。

当时的中国政治与留学生关系不大，我们除了看热闹之外，主要的精力都可以放在学习中文上面。我在1974年1月的一封家信中告诉家人："我们从早到晚都埋头于汉语学习。"不过，由于受"批林批孔"的影响，我们学的东西无论在形式上还是在内容上都有很大的局限。我们觉得中文水平特别是口语水平提高得不快，对学校有些意见。

大概在北京语言学院学习了半年之后，学校要组织一次乒乓球比赛，各国留学生也参加。我自告奋勇，准备代表法国留学生参赛，努力为国争光。于是，我就去锻炼，打篮球，活动身体，准备比赛。可是，就在比赛正式开始前一个小时，我突然腰疼。我只好告诉同伴我一会儿回来，然后回房间躺一下，以为休息一会儿就好了。可是，这一躺下来就不能动了，连坐起来都不行。没有办法，我只好放弃比赛。虽然法国的留学生人数多，可绝大部分同学都不喜欢体育，没有人愿意参加。这时连我这个唯一的运动员还没有参加比赛就"夭折"了。

中国老师知道消息后，过来看我，见我不能动了，就把我送到了北医三院。经过检查，原来是腰肌损伤。在北医三院住院，算不上什么大病。但是，因为是外国留学生，我受到了照顾，于是就住院了。

大夫给我针灸治疗，实际上一两天就好了。可是，我在里面住了一个星期。医院很少有外国脸，所以，大家对我很照顾。连厨师都每天上楼来问我今天吃什么，于是我就趁机说吃饺子，得到了满足。赖在医院的一个星期之内，我发现我的口语水平突飞猛进，我的口语水平终于"起飞"了！对我来说，医院成了口语集中培训课。除了几个法国朋友来看时讲法语，和医生、护士、厨师说话时都讲汉语，而且是日常用语。在自然环境中，有需求才有表达。出院后，我就找到了学院的领导，告诉他们，我在医院住了一个星期，口语才有了大幅度的提高。所以，我对学院的教学方法有意见，学院应当改进。

这次住院还引起后来的一个小故事。差不多三十年以后，我已经成为东方语言文化学院中文系教授，兼职汉语总督学，同时还负责汉语教师协会工作。有一天，驻巴黎的中国旅行社老板找我谈法国学生暑期去中国的事情。我们在巴黎一家名为"福来居"的酒家边吃边聊。忽然进来一个人，是老板的熟人。老板跟他打招呼并且介绍我，说白乐桑教授如何如何。我准备和那个人握手、打招呼。可是，那个人很冷静地说："不用介绍，我认识他。"我以为是在近期的招待会上遇到的熟人，也许交换过名片。我说："对，我们可能认识。"他又说："不是可能，我们肯定认识，在很久很久以前。"很久以前，我实在想不起来。后来，他问我："您是不是在中国住过医院？"听了这话，我当时就吓了一跳，是不是有朋友在背后开我的玩笑呢？因为在北京住院的事情根本没有多少人知道。我问他："您怎么知道？不是开玩笑吧！"他说："您不是住的北医三院吗？"我的好奇心越发抑制不住，我一定要弄个明白。他告诉我："在北京是不是有很多护士照顾您？我就是其中一个护士的男朋友。"这么长时间过去了，他当时不经意地一瞥，居然现在还能认出我。这简直是超现实主义的经历。

说到努力学习中文，我想特别讲一下当时感受到的中国政治。1973年，中国的政治局势依然动荡，各种名目的政治运动此起彼伏。这些政治运动在报纸和广播上广泛宣传。我们校园的高音喇叭从早上六点开始鸣响，播放这样那样的社论，运动的主题看起来和那个时期的政治现实并没有什么联系。所有这些对我们中文学习还是有很大的干扰。我们发现阅读能力进步得太慢,专门靠阅读课,时间是不够的。于是,就有同学建议订《人民日报》,每天晚上读报,一个学生准备内容、查字典,给大家宣讲。在读《人民日报》的过程中,有两件事我印象特别深。

1974年的年初,某一天清晨,我在《人民日报》第一版上看到很大字的标题中有"安东尼奥尼"的名字(当时想了半天才明白说的是意大利著名导演Antonioni),内容是有关他拍的一部名为《中国》的纪录片。在来中国的前两个星期,我曾经看过,它的内容十分宏大。这部片子很吸引我,使我从中了解了将要去学习的那个国家的概貌。可是,我发现,这篇文章是用激烈的言辞来指责安东尼奥尼的这部电影,认为它是"反华"的。不过,我认为论据并不那么令人信服,很极端,不符合事实。在随后的日子里,《人民日报》又刊登一些文章继续批判安东尼奥尼和这部纪录片。另一件事是,几个星期之后,从早上送来的《人民日报》中,我又看到了新的阶级斗争动向。这次是指向了音乐。头版的大标题是《无标题音乐没有阶级性吗?》。我清楚地记得当时我的不知所措,不明白为什么这些文章要对西方古典音乐这样定性,也不明白官方愤怒的原因何在。文章指责贝多芬的交响曲有的是"没有标题"。实际上正相反,贝多芬的第六交响曲叫作《田园交响曲》,第五交响曲叫作《命运交响曲》。它们怎么会没有名字、没有主题呢?文章还说肖邦、李斯特等人的作品都"没有主题",可不等于说是不反映出阶级、社会和思想的内容。我试图弄清楚这到底是怎么回事,以便进一步提高自己的认识水平。我很难明白并且也很惊讶，那些批判文章为什么言辞那么激烈，特别是对我心仪的古典音乐。于是，我就向同楼层的一位学法语的中国同学讨教。他告诉我，他其实根本不知道贝多芬，从来也没有听过他的音乐。中国那些最有名的报纸上的大块文章提到的主题问题，除了少数知识分子之外，其他人都不知道是怎么回事。又过了好长时间，大概到了1974年春，一个中国同学带我去看杂技。我又对他说："这场演出让我想起几个月前那些涉及古典音乐的文章，我不太明白，为什么要讨论一种音乐有主题或没有主题的问题呢？"他的回答至今清晰地留在我的记忆中。他带着某种不易察觉的笑容说："无标题音乐？你真的相信问题出在这儿吗？"

后来，事实开始一点点显露出来了。批判的矛头主要不是指向贝多芬，也没有牵扯到禁止他的作品。就好像对于一个法国记者，既然他并没有什么知名度，也没有必要禁止他的作品，更何况中国人连他作品的影子都见不着。据说，中国的报纸当时受到政权里的"左派"控制。这个事件矛头是指向中国当时一位政府高层官员，他就是这些提议的创始人，当时的中国总理周恩来。他希望国家开放一点，不仅请西方乐团来演奏了古典音乐，包括贝多芬、李斯特、肖邦等人的作品，而且还邀请了一些电影人，其中就有安东尼奥尼。

在法国时，我们学中文的学生就知道中国有个说法，"不到长城非好汉"。不过，这个长城多指北京的八达岭长城。所以，我们特别想去长城。1973年12月2日，是拿破仑加冕的同一天（1804年12月2日），也是奥斯特里战役的同一天（1805年12月2日），我们几个法国学生决定当一回"好汉"，去登长城。其实，学校已经安排所有留学生在12月集体登长城，只是稍晚一点。但是，我们法国学生不是太遵守集体纪律，想提前当"好汉"，于是在一个星期天的清晨坐火车秘密地向八达岭进发了。我们到一个叫五道口的小站乘车，到昌平南口站时转车去八达岭。转车需要在南口站等上半个小时，我们按捺不住要看到长城的急迫心情，决定步行探访一下真正的"中国"，于是就出了站，来到了一个小村庄。在村子里的参观八达岭长城的小土路上没有走上一百米，我们就听到后面有人朝我们大声喊，而且还挥着胳膊做着让我们回去的手势。我们只好顺原路回来，走近才看清那个喊我们的是一个穿着蓝色棉大衣的男子。他把我们让进一间屋子，我们在那儿等了近四个小时。在此期间，他们给我们吃在煤火上烤的馒头，同时一直在和外交部或其他什么机构打着电话。我们一点点明白了自己是在村里的派出所，那个男子是中国警察。我们是属于"非正常进入"，因为当时外国人得有许可才能进入长城。所以，我们在路上就被拦了下来。结果，我们这次要提前当"好汉"的旅程只是在南口待到了下午。最后，我们走出了派出所，在村民不友好目光的注视下，上了返回城里的火车。我们没能做成"好汉"，而且接到学院领导的通知，等着去接受批评。

"好汉"事件过后没多久，1974年春节的时候，学院安排我们去华东旅游，主要去苏州、杭州、上海等地。杭州是第一站，我们都知道它是马可·波罗讲得最多的城市，大家都非常向往。学院带队的老师向我们宣布了在杭州的日程，总共两天一夜。第一天去××工厂，下午去一个××公社，第二天再去一个工厂，然后晚上回去。我们很天真地举手，问我们什么时候去逛街、看景点。我们以为他忘了。这位负责人说："我们看杭州干什么？不去，只看工厂。"我们非常不满。第二天中午，我和一个女同学去找老师，说："我们胃疼，很不舒服，真的不舒服，大概病了。"他很照顾我们："好，好，你们留下。"于是，我们留在旅馆。等他走了以后，我们心满意足地溜出门外，开始了杭州逛街之旅。那个女同学就是我前面讲过的鼎鼎大名的巴黎凤凰书店的女老板。其余二十八个法国同学憋了一肚子怨气去参观工厂了。在回北京的火车上，我们实在忍不住，便向同学炫耀，只有我们才了解了真正的杭州，绘声绘色地向大家描述我们的见闻。带队老师知道后给全体同学开会，批评了我们俩一顿。不过，反正我们已经逛了杭州城，批评不批评也无所谓。

第一年的学习结束之后，中国方面告诉我们，谁愿意延长可以继续学一年，也可以回国。后来我才知道，法国三十个留学生当中，有十八个决定再延长一年，有十二个回国了。后来，中法之间又有了第二批、第三批、第四批交换生。我就是决定再进修一年的十八个人之一。

原载于《美文》2018年第9期

山间出月

谢子安

海上升明月与月起平原,一同被世人推为很美丽的自然景观,然而我都不曾亲历。我生长在丘陵深处的乡间,从小看惯一轮田园味的月亮,独以山间出月为美。红花绿叶扶,群星拱北斗,属于公认的美学观点,由此审视泽月与地月,由于把月轮放在广袤的背景下,所得的月色辉煌无垠,又因没有任何遮障,欣赏的月景最为一览无余。但是缺少依托,嫌它们失之欠之于单与秃。相形之下,这正好显现山月有托有叶的完美之处。试想,无边的乌蓝的夜空之下,如墨的群山像棉桃一样炸开瓣,宛如龙吐珠似的吐出一轮明月,不需要与任何一样彼月相比,这种月出具备的壮与美,已经足够了不是?

国人赏月,一般习惯以中秋为盛。其实秋月见寒,非是极佳的看季。不冷不热的月亮在农历的七月,而本月恰恰是农闲的时候。一年之中,乡间辛苦的月份已经过去,黄金的收获季节翘首在望,人立在中间一个青青绿绿的时间段上,愣愣神,想起去年在这儿丢了一件好事,猫腰找找,忽然找到,那里才有一轮再好不过的月亮。月亮圆在十五，十五作为观赏又不好，那一轮月亮来得太早，天未黑，月亮已经白纸剪成似的贴在天空上，嫩时像一颗未成熟的银白杏，要等天暗，用卤水点物儿似的需要等成，等黄等熟。那个"等"字，不管含在口中，还是吐出嘴来，都一样让人心急生焦。一切都敞开在人的眼帘之中，什么事情都拿到幕前做，不是怪它来得慌和露？十六是最好的日子，天该黑的时候让它黑下去，然后才是月亮该出的时候准它出来。分开界，容出空，留出位，连接紧凑，并不空场，一切从容不迫，有条不紊，容人可人。

　　说的这轮月亮，它出在我的家乡，那儿是一个四面环山，怀抱一方风水宝地的地方。北边是一道浅浅的丘陵，一个小小的村庄结山而成。南面是一列峻险的山脉，将它安置得离村不远不近，离远无法作为村屏，离近又会替村遮挡阳光与和风。重要的东山作为月出的花托儿，高陡都造得恰到好处的程度，造山者何人？天也。天耷地晃，虽然是现代的农人，至二十世纪九十年代，人们依然承袭遵循着日出而作日落而息的古训，逢上农闲的时候，碰巧没有影戏之类的文化娱乐活动，那些年轻的、有文化的新型农民，要在晚上看月亮，连到田里看青庄稼，防止獾狸之类的小野兽糟蹋正在灌浆的粮食。他们收工比较早，草草吃过晚饭，等到天色向晚，就朝村外走去。这类人大多有些反季地或披或拎一件黄色的旧军大衣，提一柄磨得刃儿雪白锋快的镰刀，沿着自家的田边悠然巡视，最后，会一律去山岗上的窝棚处聚齐，那里有一处被夏天的暴雨洗涮干净的山崖，可以做观月台，铺好棉大衣或坐或倒，嘴上闲扯些文武兼有荤素不忌乱七八糟的嗑，和老外嚼口香糖一样，中国人喜欢让牙齿嚼些闲话，等待月出。

山区的夜晚，实际上还不是搭守夜人的肩进村的，它们最早被归林的鸟儿用翅膀驮回。河滩上的树林，是鸟雀栖息的场所，黄昏时分，归林鸟拼命喳喳，快把一个林子弄炸。鸟雀聒噪，内容分为四时不同，夏暮噪雨，冬暮噪雪，秋冬之交噪冻。鸟类的神经具有一种特殊的功能，它们总能预先知道一种自然现象的发生。在这样晴朗而平静的夏秋交替的傍晚，它们所以卖力气地鼓噪，是在噪月。月亮是苍穹中一位司美司静之神，未临之际，自然界以动迎静，由鸟儿们把气氛造得欢乐而热烈。

人类与鸟类不同，他们三三两两、平平和和地从田野上回到村子里来，脚步疲乏而轻松，神态饱满而自信。见面喜欢互相打打招呼，说说告别一个耕作日的话，女人们，则临时扎个堆儿，那个圈子越聚越黏，风把头发刮乱，把笑刮跑，仍然刮不散人。小儿哝叽叽来牵了，小人对母亲的劲儿大，一牵就灵，一牵就开。庄稼嗑有庄稼嗑的味和数，早晨话长，见面扯着扯着就把一轮太阳扯出来。晚上话短，三句五句，就让夜色把嘴糊住。人潮退去，村街里巷空出地面，腾出场，聚集流动炊烟和晚风，那种混合的夜气渐浓渐暗。最末一批涌入村庄的是成群结队的牛群与羊群，它们经过时，涨潮一样呜呜响。一二只小羊羔，因为被挤丢妈妈，咩咩一串串叫，向前找不到，又跑着向回找。这种事儿如果发生在早晨撒羊时，要好得多，至多让人听出生活的急促感。发生在天晚的时分就不然，暮霭中飘缕凄和慌，牵人心肠，有人就到大门口上去了，领回自家的羊，再忙也不忘转回身去，帮助小羊找到大羊。这一幕掀开放它过去，满街巷留下久久不散的牛羊膻气，这是乡村天黑的味，天很快又会亮的，这股村味只是夹在明暗之间的味。月亮是用鞭儿赶着牛羊群下山来的吗？未出清辉真容之前，先散尽膻臊？

月亮要来的那座山半腰上，因为背阴首先黑透。邻村的一个看庄稼的汉子，早早守在他的田头上，他每天傍晚都喜欢燃起一堆篝火，火苗红红地舔露半明半暗的夜空。汉子嘀嘀地野吼，有时像活见鬼似的大喊："我看见你了，你快出来吧？"话间掺杂一串串响亮的半人半狼的嗥叫，那种叫声像一颗扫帚星似的，由于震颤山应而拖出长长的音尾。他在播种一团野火，一会儿就在他的山田种出一轮月亮，不曾收获过光明的人不懂他。他的歌唱在今晚非同一般调，应该名之曰《吼月》。

天已黑全，但夜的脚窝踩得未深，像演戏登场出台，轮到月出了。东山豁口喷出一团黄黄的光，那里有一个亮物要啄破大山的蛋壳出世。这时候嫌它速度慢。观月的人禁不住想，赶这节骨眼儿，人如果闲了攀上那边的山头，趴在山岩上，弯腰沁头伸下手去，肯定会捞上来金灿灿鲜淋淋的一轮月亮吧？捞出不撒手，将它铆在山尖上，让本方水土独享一个举世无双的亮夜，或是牵头毛驴驮回庄稼院中，像款待亲戚似的留吴刚嫦娥们住一宿，睡满金灿灿的一铺火炕也成啊！庄稼人，尤其是年轻的汉子们，心闲气静，借星借月，不是不想那些花天洋地、没着没落、高超妙美的事情。

月亮到底从何而来？在美丽而无拘无束的乡间夜晚，揣月出之前的空儿，人们愿意暂时离开天体运行的定论，借助想象的翅膀，把它原始成一件古代费人猜测的事情。它是天物，猜它从天路来，踩一条祥云和星光铺缀的银汉之途，如旧书上说的，坐一乘华贵的车辇，摆两行精美的凤仪，还要有白鹤护驾，流萤引路。不过那样一轮染了皇气的月亮，它只配去照古代的帝王家，即使一定放在现代，则至多映照都市，无论如何离乡下民间远矣。像我们这样的普通百姓人等，情愿让月亮离天远点，把它说成从大山那边的谷地来，不是不可以，它的衣着打扮当然是一位农家女，顶多是一名先奔到小康的小家碧玉水准。上山的道路那么多，任它选择走哪条曲折清幽的山径小路，道路两旁不宜生长高大的树木，阴翳的林子，夜间易于产生阴森可怖的气氛，再说也有煞月儿的光彩。我乡山间不缺少那些枝叶繁茂的各种灌木，丛中开满各色野花，晚上落鸟，但是可以没有鸟啼，地面杂陈以高低错落的灵芝芳草，也是容易办到的事情。有风轻轻抚吹，只是制造一种氛围，注意不要过。气要爽而不腻。我们朴素而美丽的女神适时出现，在掩映之中缓步轻移。斯时也，月辉正喷出山豁口，而月轮尚未出世。它记得裹两袖沁人心脾的花草香气，好去遍洒人间。又不对了，月亮是一位洁丽的美神，它应当行一条不设任何遮掩坦荡光明的大路，那么，就让它在青石板上或是黄土路面印下一行金露水的脚印，清风托举一轮倩影从山那面款款上升，留下一条金灿灿的路线在夜色中幽幽闪亮，人们得它，由人间走向天宫。

说的这时候，群山把一轮月亮托举出来了，它皓洁得如一面无瑕的玉盘，也许那正是一个妙龄女子的脸。它如果从天途来，那就是曾经舀一勺天河里的露水洗漱，才像美人出浴。它如果从山路来，那就是掬一捧山野中的清风拭容，才使自己一尘不染。采集早春发瓣吐蕊时山花的娇艳，获取澄澈透明的秋水的净洁，再揽一怀年中第一场东风春雨的鲜美，独占宇宙间的亮丽与妩媚，才做成今晚一轮满月新月。

月亮是一位亭亭长成闺中待嫁的女儿家？观月人忽然想，这枚月它也许结了恋人。方圆百里十里山乡，那么那位郎君他出在何方谁家呢？我想他大约不是我，也不会是你和他。伊人可能来自地球之外任何一个别的星球，今夜就隐在人间无数观月人众当中。人快去集合征召满山满林栖息的鸟雀，以东山作为桥墩，朝向太空搭起一座翩翩的五彩鹊桥，好由天上向人间引渡。再不就去请经过整个夏季的劳碌、现在已经睡倒在山脚水畔的七色彩虹，唤醒它，把它重新架上天穹，上演一场现代味的牛郎织女相会。

可是，月亮究竟不是地上的一个女儿，不是天上的一个生命，它只是一颗在夜晚发光的星宿，为地上所有山川万物共有，而首先属于乡间以勤劳善良著称于世的农人。月亮对于我们，它其实是宇宙间一个特大的水库，蓄满取之不尽用之不竭的金色月光。在这个夏秋之交月份中的夜晚，它"哗啦啦"开闸放水，浇灌地上的所有农田。夜深时分，不是巡夜的人不会看见，那些浇透月色的田野水一样泛着金灿灿的月光，无边无际的青纱帐怎样浸泡在月色之中。月亮是谷子和玉米们的，吮饱月华，它们的穗头金澄澄，黄亮亮，沉甸甸地成熟了呀，正在等待开镰收割。而太阳才是高粱们的，它们上够抹足红颜，要去明天。

原载于《美文》2000年第12期

远方的海

余秋雨

一

二〇一二年深秋时节。

此刻我正在西太平洋的一条小船上,浑身早已被海浪浇得湿透。一次次让海风吹干了,接着又是劈头盖脑的浪,满嘴咸苦,眼睛渍得生疼。我一手扳着船帮,一手抓着缆绳,只咬着牙命令自己,万不可哆嗦。只要一哆嗦,绷在身上的最后一道心理防卫就会懈弛,那么,千百顷的海浪海风会从汗毛孔里涌进,整个生命立即散架。

不敢细想现在所处的真实位置,只当作是在自己熟悉的海域。但偶尔心底又会掠过一阵惊悚,却又不愿承认:这是太平洋中最深的马里亚纳海沟西南部,海底深度超过珠穆朗玛峰的高度。按世界地理,是在"狭义大洋洲"的中部,属密克罗尼西亚(Micronesia)。最近的岛屿,叫雅浦(Yap),那也是我们晚间的栖宿地。

二

最深的海，海面的状况有点特别。不像海明威所写的加勒比海，不像海涅所写的北海，也不像塞万提斯所写的地中海。海水的颜色，并非一般想象的深蓝色，而是黑褐色，里边还略泛一点紫光。那些海浪不像是液体，而有凝固感。似乎刚刚由固体催动，或恰恰就要在下一刻凝固。

不远处也有一条小船，看它也就知道了自己。一会儿，那小船似乎是群山顶上的圣物，光衬托着它，云渲染着它，我们须虔诚仰视才能一睹它的崇高。但它突然不见了，不仅是它，连群山也不见了，正吃惊，发现不远处有一个巨大深渊，它正陷落在渊底，那么卑微和渺小，似乎转眼就要被全然吞没。还没有回过神来，一排群山又耸立在半天了，那群山顶上，又有它在天光云影间闪耀。

如此极上极下，极高极低，却完全没有喧嚣，安静得让人窒息，转换得无比玄奥。

很难在小船上坐住，但必须坐住，而且要坐得又挺又直。那就只能用双手的手指，扣住船帮和缆绳，像要扣入它们的深处，把它们扣穿。我在前面刚刚说过，在海船中万不可哆嗦，现在要进一步补充，在最大的浪涛袭来时，连稍稍躲闪一下也不可以。一躲闪，人就成了活体，成了软体，必然会挣扎，会喊叫，而挣扎和喊叫在这里，就等于灭亡。

要做到又挺又直，也不可以有一点儿走神。必须全神贯注地拼将全部肢体，变成千古岩雕。面对四面八方的狂暴，任何别的身段、姿态和计策都毫无用处，只能是千古岩雕。哪怕是裂了，断了，也是千古岩雕。

我是同船几个人中的大哥，用身体死死地压着船尾。他们回头看我一眼都惊叫了：怎么整个儿都成了黑色？

被海水一次次浇泼，会让衣服的颜色变深，这是可以解释的，但整个人怎么会变黑？

我想，那也许是在生命的边涯上，我发出了加重自己身体分量的火急警报，于是，生命底层的玄铁之气、墨玉之气全然调动并霎时释出。古代将士，也有一遇强敌便通体迸发黑气的情景。

不管怎么说，此刻，岩雕已变成铁铸，真的把小船压住在狂涛之间。

三

见到了一群海鸟。

这很荒唐。它们飞到无边沧海的腹地，究竟来干什么？又怎么回去？最近的岛屿也已经很远，它们飞得到那里吗？

据说，它们是要叼食浮游到海面的小鱼。但这种解释非常可疑，因为我看了那么久，没见到一只海鸟叼起过一条小鱼，而它们在狂风中贴浪盘旋的体力消耗，又是那么巨大。即使叼到了，吞噬了，体能又怎么平衡？

它们，到底为了什么？

一种牺牲的祭仪？一种求灭的狂欢？或者，我心底一笑：难道，这是一群远行到边极而自沉的屈原？

突然想到儿时读过的散文《海燕》，高尔基写的。文章中的海燕成了一种革命者的替身，居然边飞翔边呼唤："让暴风雨来得更猛烈些吧！"我海旅既深，早已怀疑，高尔基可能从来没有坐着小船来到深海远处。他的"暴风雨"，只是一个陆地概念和岸边概念。在这里，全部自然力量浑然一体，笼罩四周，哪里分得出是风还是雨，是暴还是不暴，是猛烈还是不猛烈？

在真正的"大现场"，一切形容词、抒情腔都显得萎弱可笑。这里的海鸟，不能帮助任何人写散文，不能帮助任何人画画，也不能帮助任何人创作交响乐。我们也许永远也猜不透它们翅膀下所夹带的秘密。人类常常产生"高于自然"的艺术梦想，在这里必须放弃。

四

我们的船夫，是岛上的原住民。他的那个岛，比雅浦岛小得多。

他能讲简单的英语，这与历史有关。近几百年，最先到达这些太平洋小岛的是西班牙人，这是欧洲人在"地理大发现"时代的半道歇脚点。德国是第二拨，想来远远地拾捡殖民主义的后期余晖。再后来是太平洋战争时期的日本和美国了，这儿成了辽阔战场的屯兵处。分出胜负后，美国在这里留下了一些军人，还留下了教会和学校。

"每一拨外来人都给岛屿带来过一点新东西。这个走了，那个又来了。最后来的是你们,中国人。"船夫笑着说。

船夫又突然腼腆地说,据岛上老人传言,自己的祖辈,也来自于中国。

是吗?我看着他的黑头发、黑眼珠,心想,如果是,也应该早已几度混血。来的时候是什么年代?几千年前?几百年前?

我在研究河姆渡人和良渚人的最终去向时,曾在论文中一再表述,不排斥因巨大海患而远航外海的可能。但那时,用的只能是独木舟。独木舟在大海中找到岛屿的几率极小,但极小的几率也可能遗留一种荒岛血缘,断断续续延绵千年。

这么一想,突然产生关切。便问船夫,平日何以为食。鱼吗?

船夫的回答令人吃惊,岛上居民很少吃鱼。主食是芋头,和一种被称为"面包树"的果实。

为什么不吃鱼?回答是,出海打鱼要有渔船,一般岛民没有。他们还只分散居住在林子中的简陋窝棚里,日子非常原始,非常贫困。

少数岛民,有独木舟。

独木舟?我又想起了不知去向的河姆渡和良渚。

"独木舟能远行吗?"我们问。

"我不行。我爸爸也不行。我爷爷也不行。我伯伯也不行。亲族里只有一个叔叔,能凭着头顶的天象,从这里划独木舟到夏威夷。只有他,其他人都不行了。"船夫深深叹了一口气,像是在哀叹沧海豪气的沦落。

"一个人划独木舟,能到夏威夷?"这太让人惊讶了。那是多少日子,多少海路,多少风浪,多少险情啊。

"能。"船夫很有把握。

"那也能到中国吧?"

"能。"他仍然很有把握。

五

那海,还是把我妻子击倒了。

她在狂颠的小船上倒还从容,那天晚上栖宿在岛上,就犯了病。肠胃功能紊乱,狂吐不止,浑身瘫软,不得动弹。

栖宿的房舍,是以前美国海军工程兵建造的,很朴素,还干净。妻子病倒后,下起了大雨。但听到的不是雨声,而是木质百叶窗在咯吱咯吱地摇撼,好像整个屋子就要在下一刻粉碎。外面的原始林木又都在一起呼啸,让人浑身发毛。什么"瓢泼大雨""倾盆大雨"等等说法,在这里都不成立。若说是"瓢",那"瓢"就是天;若说是"盆",那"盆"就是地。天和地在雨中融成了一体,恣肆狂放。

一位走遍太平洋南部和西部几乎所有大岛的历险家告诉我,这儿的雨,减去九成,只留一成,倾泻在任何城市,都会是淹腰大灾。他还说,世间台风,都从这儿起源。如此轰隆轰隆的狂暴雨势,正是在合成着席卷几千公里的台风呢!

这一想,思绪也就飞出去了几千公里,中间是无垠的沧海巨涛。家,那个我们常年居住的屋子,多么遥远,遥远到了无法度量。在这个草莽小岛上,似乎一切都随时可以毁灭,毁灭得如蝼蚁,如碎草,如微尘。我的羸弱的妻子,就在我身旁。

她闭着眼,已经很久颗粒未进,没有力气说话,软软地躺着。小岛不会有医生,即使有,也叫不到。彻底无助的两条生命,躲在一个屋顶下,屋顶随时可以被掀掉,屋顶外面的一切,完全不可想象。这,就是古往今来的夫妻。这,就是真实无虚的家。

我和妻子对家的感受,历来与故乡、老树、熟路关系不大。每次历险考察,万里大漠间一夜夜既不同又相同的家。漂移中的家最能展示家的本质,危难中漂移最能让这种本质刻骨铭心。

总是极其僻远,总是非常陌生,总是天气恶劣,总是无法开门,总是寸步难行,总是疲惫万分,总是无医无药,总是求告无门。于是,拥有了一个最纯净的家,纯净得无限衰弱,又无限强大。

六

大自然的咆哮声完全压过了轻轻的敲门声,然而,不知在哪个间隙,还是听到了。而且,还听出了呼叫我们的声音,是汉语。

赶快开门。一惊,原来是那位走遍了太平洋南部和西部几乎所有大岛的海洋历险家。他叫杨纲,很多年前是北京一名年轻的外交官,负责过与南太平洋国家的交往。多次往返,就沉浸在那里了,又慢慢扩展到西太平洋。因喜爱而探寻,因探寻而迷恋,他也就辞去公职,成了一名纵横于大洋洲的流动岛民。

不管走得多远，心里却明白，一个中国人在病倒的时候最需要什么。他站在门前，端着一个小小的平底铁锅，已经熬了一锅薄薄的大米粥，还撒了一些切碎的青菜在大米粥里。

我深深谢过，关上门，把小铁锅端到妻子床前。妻子才啜两口，便抬头看我一眼，眼睛已经亮了。过一会儿，同行的林琳小姐又送来几颗自己随身带的"藿香正气丸"。妻子吃了就睡，第二天醒来，居然容光焕发。

青菜大米粥，加上藿香正气丸，入口便回神，这就是中国人。

这就牵涉到了另一种"家"，比在风雨小屋里相依为命的"家"要大得多。但这个"家"更是流荡的，可以流荡到地球上任何地方。中国有一个成语叫"四海为家"，听起来气象万千，可惜这"四海"两字，往往只是虚词。这些年才慢慢发现，把这两个字走实的中国人，并不太少。他们心中的那个"家"，与国内很多人老挂在口边的所谓"常回家看看"的那个"家"，全然不同。

其实，我们这次能够晃荡到如此遥远的海岛上，也是因为朋友中有一个喜欢在四海之间打造家园的奇人，叫邓鸿。他偶尔听到那位海洋历险家杨纲的介绍，居然有了前去开发的意图。开发的目的，是让更多的中国人有更大的"家"。开发别的地方倒也罢了，开发得那么远，我们也就不顾一切跟着来了。对我来说，"家"的哲学意义，是对它的寻常意义的突破。因此，越远，越要来。

七

这个岛上，多年来已经住着一个中国人，他叫陈明灿。作为唯一的中国人住在这么一个孤岛上，种种不方便可想而知，但他一直没有要离开的意思。我想只有一个理由，那就是他实在太爱海、太爱岛了。他也是那种在本性上"四海为家"的人，没有海，就没有他的家。

老家，在广东河源。他曾漂流到太平洋上另一个岛屿帕劳生活了十年，后来又来到了这里。他现在无疑是岛上的"要人"了，开了一个小小的农场，陆续雇来了五个中国职工。酋长有事，也要找他商量。

他居住的地方，是一间可以遮蔽风雨的简单铁皮棚屋，养着几只家禽，放着一些中国食物。他装了一条天线能接收到香港凤凰卫视，因此见到我便一顿，立即认出来了。在太平洋小岛上听一位黑黝黝的陌生男子叫一声"秋雨老师"，我未免一惊，又心里一热。

在岛上还遇到了一对中国的"潜水夫妻"，那就比陈明灿先生更爱海了。全世界不管什么地方只要有良好的潜水点，他们一听到就赶去，像是必须完成的功课，不许缺漏。去年在非洲塞舌尔的海滩，他们遇见邓鸿，一说这里的珊瑚礁，他们就来了。丈夫叫李明学，辽宁铁岭人。妻子是沈阳人，叫张欣。

李明学、张欣夫妇原本都有很好的专业，在上海工作。但是他们在读了不少有关"终极关怀"的古今文本之后，开始怀疑自己上班、下班的日常生态，强烈向往起自由、自在、开阔、无羁的生活，于是走向了大海。在大海间，必须天天挑战自己的生命，于是他们又迷上了挑战。

"我先在海岸边看他潜水，自己不敢潜。后来觉得应该到水下去陪他。从马尔代夫开始学，终于，等到用完了二十个气瓶，我也潜得很自如了。"张欣说。

"这么多年总是一起潜水，必须是夫妻。"张欣突然说得很动情，"潜水总会遇到意外，例如，一个人气瓶的气不够了，潜伴就要立即用自己的气瓶去援助。如果不是夫妇，首先会考虑自身安全。我丈夫喜欢在水下拍摄各种鲨鱼，这也有很大危险，我必须长时间守在他身边，四处张望着。只有夫妻，才耐得下这个心。

"世上的潜水夫妻，天天生死相依，一般都没有孩子，也没有房子。脑子中只想着远方一个个必须去的潜水处。欧洲有好几个，更美的是南美洲。阿根廷、巴西、玻利维亚、厄瓜多尔、哥伦比亚，都有潜水者心中的圣地。对中国潜水者来说，近一点的是东南亚，马来西亚、印尼、菲律宾、泰国，都有。澳大利亚也有很好的潜水处。我们中国海南岛的三亚也能潜，差一点。"

她用十分亲切的语调讲述着全世界的潜水地图，就像讲自己的家，讲自己庞大的亲族。

八

两个月前，这个海岛上来了另一对夫妻，住了一个月就走了，与我们失之交臂。他们对海的痴迷，我听起来有点惊心动魄。

丈夫是比利时人，叫卢克（Luc），妻子是美籍华人，叫贾凯侬（Jackie）。他们居然，在不断航行的海船上住了整整二十五年！

靠岸后当然也上岸，做点谋生的事，但晚上必定回到船上。从一个海岸到另外一个海岸，每次航行一般不超过半个月，为的是补充淡水和食物。在航行途中，晚上两人必须轮流值班，怕气象突变，怕大船碰撞，怕各种意外。

由于走遍世界，他们船上的设备也在年年更新，卫星导航、电脑、冰箱，都有了。但在茫茫大海中，在难以想象的狂风巨浪间，他们二十五年的航行，与那个凭着天象划独木舟的土著大叔，没有太多区别。

渺小的人，一个男人和一个女人，走了一条坚韧的路，而且是水路，海路，一条永远不可知的路，当然也是一条惊人的生命之路，忠贞的爱情之路，人类的自雄之路。

我们能设想这二十五年间，日日夜夜在狭小的船上发生的一切吗？我觉得，人类学、伦理学、文学、美学，都已经被这样的夫妻在晨曦和黄昏间，轻轻改写。

我看到了贾凯侬的照片，果然是一个中国人，相貌比年龄更为苍老。那是狞厉的空间和时间，在一个中国女性身上留下的隆重印痕。

很多航海者告诉我，夫妻航海，年年月月不分离，听起来非常浪漫，其实很难坚持，首先离开的必定是妻子，因为任何女性都受不了这种生活。因此，这对能在大海上坚持二十五年的夫妻,关键性的奇迹,在于这位中国女性。

看着照片,我想起一路上所见的那一批批爱海、爱岛爱到了不可理喻的中国人。因此我必须说,中国文化固然长期观海、疑海、恐海、禁海,而对无数活生生的中国人来说,则未必。他们可以入海、亲海、依海,离不开海。文化和生命,毕竟有很大不同。

中国文化太喜欢文字描述,但大海容不下那么多文字,因此出现了"文字海难":水浸薄纸,浪淹高论,潮卷书声,转眼便杳无踪影。其实,从河姆渡、良渚开始,或者更早,已有无数从中国出发的独木舟,在海上痴迷。刻板的文字,哪里追得上?即便是必须铭记的大事,一遇海水也漫漶不可辨认。伟大的航海家郑和葬身在哪个海域、哪个海岸?居然也没有清晰记载。中国的一半历史,在海浪间沉没了。慵懒的巷陌学者,只知检索着尘土间的书本。那些书本上,从未有过真实的大海,以及与大海紧紧相融的生命,中国人的生命。

幸好到了一个可以走出文字、舒展生命的时代。邓鸿是一位画家,他要把画笔伸到太平洋最深的海沟那里去了。我的另一位朋友黄怒波是一位诗人,他要把诗句写到冰岛上去了。都是极为远大的笔触,终于惊动海天,也唤醒了中国文化中长久被埋没的那种生命。

原载于《美文》2013年第1期

菩提树

吴冠中

"一方水土养一方人",此话已经不新鲜。

"全靠这公园养我们这方的老人和儿童。"一位邻居指着我们楼群中的小公园感慨地说。

我们这个公园长约数百米,宽约百米,布满高大的垂柳、雪松、槐树、泡桐及各种形态和色彩的丛丛灌木,到处缠绕着枝藤,点缀着花朵,既郁郁葱葱,又疏密掩映,颇有山间丛林的氛围,四周的高楼因而被推向了遥远。林木花草引来老人,持手杖的、扶双拐的、坐轮椅的、驼了背仍艰难地独自迈步的、面壁似的面对松柏吸精气的,显然,老人们都在为生命的延续而挣扎。老太太们不爱走路,大都扎堆坐着聊天,各人的拐棍搁在一边,歪歪斜斜,像放下的武器。她们专注于交头接耳聊天,如果忽视其满脸皱纹的衰老与憔悴,单看那一群银白、灰白的头发之交错,倒是颇具特色的美丽的绘画色调。

人过中年,就有各种疾病来叩门,因而公园里中老年人的锻炼队伍日益扩大,一群群、一组组,在集体做各式各样的功,有摇臂拍掌的、有扭腰踢腿的，还有坐地朗诵的，公园里仅有三个类似袖珍广场的小空地，挤不下太多集体活动，因而我注意到从清晨六点到九点之间，他们是轮班活动的，像从深海到浅海的鱼群各自固定在自己的时空定位里。中午前后公园里很寂静，偶有骑自行车来拥抱的情人，在此找到他们的伊甸园。下午四点以后，虽仍有老人来漫步，但主要是婴幼儿的乐园了，各家的阿姨带着各家的孩子，孩子蹦跳穿梭，像一簇簇流动的花朵。有些婴儿尚躺在坐车里，婴儿的坐车往往与老人的轮椅狭路相遭遇！

　　夏末秋初，树叶的颜色开始递变，黛绿间疏黄，残红隐现。地面撒落着细长的柳叶、阔大的桐叶，以及像桂花似的不知名的黄色碎点……统统织入树枝的网状投影里。一年一度春秋，老人们依然在攀登他们的人生之路，虽然明知体质一年不如一年了－谁也违抗不了自然规律。其实景物也一样，今天的春花秋叶已不是去年的她们。十年树木，这个公园的开辟不足十年，已森森然；百年树人，婴儿与老人间似乎遥远，但今天相遇在小小的公园里，却展现了人生的短促。人们只见到眼前老人的多病痛，看不到他们已为人类社会付出的艰辛。人老了，人老得如此快，极少人能躲过老年的病痛与孤独，诚然，人生最苦是晚年。在这个小小的公园里，释迦牟尼看到了生、老、病、死，因之他出家成佛去，为了永生吧！确乎，躯体必将消灭，却有永不消灭的思想，思想即佛，佛即思想，思想者立地成佛。

　　从释迦牟尼想到他的成佛之处菩提树下。我先前没有见过菩提树，五十余年前经过锡兰（今斯里兰卡）科伦坡，像印度一般的民俗风貌，小贩卖点心有用菩提树叶包托的，我触景记下了感受："南国、古国、佛国，邋遢与乌黑。今日人间穷个不得了，哥仑坡犹如及普的（非洲一港口），无端向人讨来一片菩提叶。"

光阴似箭，今日自己也老了，被无情的岁月推入了老年的行列。无奈激情不肯老，适应不了老年生活规律，打牌、下棋、养鸟、种花都不能吸引我。到这公园来漫步，是等待成佛的唯一通道吗？我在此寻找菩提树，没有。有，发现棵棵都是菩提树，菩提树的根，原来伸展在各人的心脏深处。

原载于《美文》2000年第3期

居延海

朱增泉

一

居延海在哪里？居延海在内蒙古自治区最西端的额济纳旗。古时候，居延海有东西两个水泊，丰水时二泊相连，枯水时二泊分离。汉时称居延泽，魏晋称西海，唐时统称居延海。居延海的源流是弱水河，弱水河发源于祁连山。祁连山的冰川雪水自古孕育成条条河流，弱水河从祁连山北坡流下，流经甘肃张掖地区时称黑河，再向北流入内蒙古自治区额济纳旗境内称额济纳河，在额济纳河沿岸形成居延绿洲，最后注入居延海。在古代，碧波浩渺的居延海很有名，史书上屡屡提到它。

可是，居延海现在已经干涸了。

居延海畔有我们的卫星发射基地，它使我有机会一次次走近干涸后的居延海，一次次目睹这里的荒漠景象。

在草原、沙漠、戈壁这一组生态系统中，水源是关键环节。有水源，这些地方便是草原牧场；水源枯断，草原很快退化成荒漠戈壁。居延海干涸，同黄河、塔里木河断流一样，是中国生态环境变化的大事件之一。它不仅对西北，而且将对更大范围的生态、人文变化产生深远影响。

这几年，北京每年春天的沙尘暴越来越严重，专家、媒体组成的联合考察队溯风而上，一路向西追查风沙之源，一追追到内蒙古自治区最西端的额济纳旗。在这里，人们发现历史上有名的居延海已经干涸了，湖底一片砂砾，广袤的居延绿洲已全部沙化，大片胡杨林在枯死，满目"大风起兮尘飞扬"的昏黄景象。终于真相大白：风起额济纳，沙落北京城。

居延海的干涸引起了普遍关注。北京人开始关注这件事，因为沙尘暴影响了北京的空气质量，进而影响了北京人的生活质量，使北京人无法舒畅地呼吸，早上出门会有沙子吹进眼睛里。内蒙人在关注这件事，因为居延海已干涸几十年了，那里的草场早已沙漠化，许多物种已灭绝，水鸟已不再飞来，牧民的生存环境正在变得越来越艰难，可是盼水一直盼不来。现在好了，沙尘暴刮到了北京，北京人急了。只要北京人一说话，事情说不定就会有转机。甘肃人也在关注这件事，因为居延海的源头在甘肃，居延海干涸与上游截水太多有直接关系。如何解决这个矛盾，他们身在利害之中，不能不关心。中南海也在关注这件事，因为居延海干涸引起的生态恶化后果日益严重，各方面的呼声越来越强烈，是得下决心、想办法了，再不能目睹居延海继续干涸下去了。

二

居延海是不该干涸的,这一带自古就是战略要地。

祁连山—弱水河—居延海,从南向北形成一条绿色走廊,它的东面是巴丹吉林沙漠,西面是千里戈壁。这条绿色走廊是古代北方游牧民族的生命线、繁息地,从这里向南可达青藏高原,向西可至准噶尔盆地。同时,这里也是中原王朝从河西走廊前往西域的咽喉要道,两条走廊在这里交叉成一个战略上的十字路口。北方游牧民族控制了这条南北走向的绿色走廊,也就拦腰切断了东西走向的河西走廊,阻断了中原王朝通往西域的主要通道。谁控制了这一地带,谁就掌握了战略主动权,自古为兵家必争之地。汉武帝击败匈奴、开拓西域,关键之役就是派遣霍去病"入居延收河西",牢牢控制了这条战略通道。在这片干旱地带,一个内陆海的重大军事意义是不言而喻的。汉武帝为了防止这一战略要地得而复失,采取了一系列措施来加强对这一带的守备。如,筑外长城延伸到居延泽,又派强弩都尉路博德在居延地带修筑遮虏障,"益发戍甲卒十八万酒泉、张掖北,置居延、休屠屯兵以卫酒泉"。

可是,居延海现在已经干涸了。

居延绿洲从汉代开始就是著名的屯垦区,曾为历代固守西北做出过贡献。汉代在这里大量屯兵守备,军粮供给是个大问题。汉军发现这里水源丰沛,土地广袤,便组织士兵挖渠灌溉,垦荒种粮,就地解决了这一矛盾。屯垦戍边成为汉代实行的重要军事制度。居延垦区周围构筑有城、障、烽、台等一系列防御工程，屯垦军民有患作战，无患耕作。直到今天，这里的戈壁荒漠中仍留有大量汉代屯垦遗迹。这一次，我到现场去看了"甲渠塞"遗址，它也叫"甲渠候官"遗址。"甲渠"即排列首位的渠，"候官"是守渠官的等级职称。这是荒凉戈壁滩上的一个大土墩，土墩四周已被千百年刮向这座土塞的沙砾掩埋壅塞，土墩中央尚可看出一间间房间轮廓。大土墩前立有一块大理石石碑，标明它是国务院公布的全国重点文物保护单位。二十世纪三十年代和七十年代，曾对这个遗址进行过两次发掘，先后出土汉简一万两千余枚。我站在大土墩上极目四望，只见四野里一片混混沌沌，苍苍茫茫，狂风乍起，飞沙走石。两千多年前，这里却是阡陌纵横，水波涟涟，稻秧油绿，蛙声四起。

可是，居延海现在已经干涸了。

又看了西南面十多公里处的"甲渠第四燧"废墟，当年它是归甲渠候官管辖的一个小塞。废燧用铁丝网围着，铁丝网里围着一圈堆得很高的新土。陪我到现场去的额济纳旗旗委副书记永红同志对我说，内蒙古自治区文物考古部门刚来这里发掘过，又从这个废燧里挖到了一批汉简。我从铁丝网的一个入口处走进去，发现四周新挖开的一圈沟壁上烟熏火燎，是当年烤火取暖的火墙。房间里有一个灶台痕迹，墙上耷拉下来的墙皮一层又一层垒加在一起，估计是住进一拨人就涂一次墙，以盖住墙上的污迹，开始新一轮起居生活。古人在两千多年前留下的这些生存痕迹，给人的感觉似乎他们刚刚离去，气息尚存。

经考证，在居延海周围，除了汉代的屯垦遗址，还有唐、西夏、元等不同朝代的屯垦遗址。卫星遥感图像显示，古代居延垦区的屯垦范围最大时达到四十六万亩以上。西夏时这里的屯垦经济发展到鼎盛时期，居延海畔的黑城废墟就是西夏王朝的"黑山威福军司"所在地，沙俄科兹洛夫曾从这座黑城废墟中挖走了轰动世界的大批西夏文物。"额济纳"即西夏语"黑水"的意思，因注入居延海的弱水河上游是黑河。又因远处有黑戈壁，狂风刮来，空中黑云蔽日，黑城由此得名。元代在这里设立亦集乃路，"亦集乃"由"额济纳"转音而来。

三

居延海是不能干涸的，这里繁衍生息着一支土尔扈特部落的后裔，他们应该得到更多水的恩泽。

土尔扈特部落的每一页历史都富有悲壮色彩。土尔扈特是古代游牧在西北地区的西蒙古卫拉特四部之一，另外三部是杜尔伯特、和硕特、准噶尔。1628年前后，准噶尔部在卫拉特四部中坐大，土尔扈特部落势力较弱，经常遭受其排挤、骚扰和欺凌。无奈之下，在部落首领和鄂尔勒克率领下远走他乡，向西漂泊至伏尔加河流域停留下来，在那里创建了土尔扈特汗国。在异国他乡，土尔扈特人又受尽沙皇势力的欺凌，他们的思乡之情、归乡之心一直没有泯灭。1698年，汗国第四代汗王阿育奇，派遣他的侄子阿喇布珠尔回西藏觐佛进香，陪同阿喇布珠尔一起回来的还有他的母亲，随从五百多人。据说，阿喇布珠尔还负有一项秘密使命，顺便试探清廷对土尔扈特部落归来的态度。阿喇布珠尔在西藏居留了五年，1703年起程返回伏尔加河流域。途经西域时，被土尔扈特宿敌准噶尔阻挡，断了归路。阿喇布珠尔遣使入京，向康熙帝"乞请内附"。康熙准奏，将嘉峪关以西至敦煌之间的地域赐封给阿喇布珠尔。阿喇布珠尔死后，其子丹忠承袭。由于他们的牧地西部靠近准噶尔，常受侵扰。雍正年间，丹忠又呈请内迁。经核准，迁进嘉峪关以内，随后进入额济纳河流域，在居延绿洲定牧，一直延续至今。陪我去看"甲渠塞"遗址的旗委副书记永红就是土尔扈特后裔。他们是土尔扈特人当中最早东归的一支。后来渥巴锡率领整个土尔扈特部落东归，那是1771年的事了，比他们晚了七十多年。

六年前，我第一次来到额济纳旗时，土尔扈特人按照他们的古老风俗，盛情接待了我这位远方来客。我们的车子还没有开到旗政府所在地达来呼布镇，旗领导早早远迎十几里，已站在路边等候我们了。我们一下车，就向我们献哈达，敬下马酒。中午又按他们的最高礼节，用烤全羊款待我们，由土尔扈特长者、旗政协主席割下第一块羊肉递给我，又切下肥羊尾巴上的一条白油要我吃下去。席间，用小银碗向我们一杯又一杯地敬酒。土尔扈特人的热情好客，令我久久难忘。

可是，那次他们就告诉我，居延海已经干涸了。我听后心里沉甸甸的，不知该怎么回答他们才好。

土尔扈特人祖祖辈辈一直在寻找一片宁静的水草丰美之地，以结束部落的漂泊。居延绿洲是这支最早东归的土尔扈特人最终找到的定牧之地，他们已在这一带繁衍生息了二百年。居延海干涸，对于北京人来说意味着每年春天会从远方刮来沙尘暴，对于在这片土地上繁衍生息的土尔扈特人来说，则意味着更直接、更严重的后果。面对日益恶劣的生存环境，莫非又将使这个古老部落再次被迫迁移，远走他乡？

土尔扈特人曾漂泊了几个世纪，他们再不能漂泊了。在这个古老部落的身旁，就有人类现代化文明的标志——酒泉卫星发射中心。一个日益发达的现代社会，应该有能力改变居延海的面貌，更有责任改善土尔扈特人的生存环境。

酒泉卫星发射中心实际位置不在酒泉，在酒泉以北三百公里处的一片戈壁荒漠中，是在内蒙古自治区额济纳旗境内，这里是土尔扈特人的家乡。当年，为了建造这个卫星发射场，土尔扈特牧民向北迁移了一段距离，把弱水河旁的一片草场让了出来，实际上是让出了一处水源，让给卫星发射中心在此建立生活基地。土尔扈特人则向北迁到更加靠近居延海的地方，当时居延海还有水，还有成群水鸟。

可是，居延海现在已经干涸了。

当我们重新审视这片沧海桑田、海枯石烂的古老土地，难道我们能够为居延海的干涸去责备先人吗？不能。先人们毕竟在荒漠中留下了他们曾在这片土地上创造过的文明痕迹。他们曾为这片土地带来过军事政治上的显赫地位，带来过农事上的繁忙和稔熟，带来过文化上的喧闹和灿烂。而我们这个时代，又能在这片古老土地上留下些什么痕迹？

居延海是无论如何都不应该让它干涸的。

四

居延海干涸，与天时、地利、人和三个方面都有些关系。祁连山的冰川雨雪来自天，天候变化，降水量减少，此其一；居延海地处荒漠干旱地带，蒸发量大，渗漏率高，加速了水的消耗，此其二；半个世纪以来，中国人口爆炸，弱水河上游过度垦殖，处处截流浇灌，使弱水河下游变成了无水河，此其三。

古人说，天时不如地利，地利不如人和。居延海干涸，说穿了就是甘肃、内蒙如何分水的矛盾。要解决好这个矛盾，关键是要做好"人"的工作。成事在天，谋事在人。矛盾明摆着，总得有人把话挑开，又有人出面决断，事情才有希望办成。

初春的一个晚上，到北京来开会的内蒙古自治区党委书记刘明祖、自治区主席乌云其木格，告诉了我们一个好消息：居延海有望重新蓄水了。刘明祖说，他向朱镕基总理写了一封信，提出了解决居延海干涸问题的建议。朱镕基总理很重视，立即做了批示，要解决。

几天后，我又一次来到酒泉卫星发射基地。工作之余，又到额济纳旗去了一次。通往额济纳旗所在地达来呼布镇，已经铺设了一条柏油公路。沿途是过去被称作居延绿洲的地带，却见不到一丝绿色。荒漠中，一丛丛枯蓬全被沙尘蒙得灰头土脸，在风中摇晃。远远地，却看到了地势低洼的地方有白晃晃的水在流动。永红副书记告诉我说，今春开冻以来额济纳河的水流还没有断过，这是前些年没有过的。但是，他们目前还舍不得将水放到居延海里去。他们要抢在开春以前，尽可能多地将上游来的水灌到额济纳河两岸的地里去，要让居延绿洲重新绿起来。

这片土地真的渴坏了，上游放了那么多日子的水，居延海东泊还是没有水。

从卫星基地返回北京时，我们先坐车到了张掖。张掖地委的王炳书副书记热情地陪我们一起吃晚饭，半夜里又赶到火车站送我们上火车。他告诉我们说，朱总理考察甘肃时明确指示，黑河上游要下决心搞成节水农业，要为下游额济纳河多放水。甘肃省为了落实国务院的调水方案，对张掖地区来了个"约法三章"：不再从其他山区向张掖地区移民，张掖地区不再种水稻，浇地不再漫灌。王副书记说，他们曾组织领导干部看了一部二十世纪初由德国人拍摄的、反映居延海景色的电影，那时候居延海还是一派苇绿鱼肥的水乡风光。现在居延海干涸成这个样子，大家心里觉得真有些说不过去，所以多为下游调剂一些水，大家没有意见。看来，做"人和"的工作见效了。

回到北京后，又在4月2日人民日报《为水资源的保护管理和利用献计献策》的专栏中读到一篇文章，是专门讲黑河流域水资源调度问题的。文章说，2001年2月，国务院第九十四次总理办公会议作出决策，加大力度，加快步伐，用三年时间实现黑河流域水资源统一管理调度目标，实现东居延海"波涛汹涌"。

我想，这是居延海在新世纪第一个春天听到的好消息。

原载于《美文》2001年第11期

中国制造

胡宗峰

逛集市

中国普通人最熟悉的美国作家也许就是马克·吐温了,即便是在那个"打倒美帝,打倒苏修"的年代里,马克·吐温的文章也还是被选进了当时的中学课本。他的那篇《竞选州长》让无数的中国人在吃不饱肚子的年代看到了美国社会更黑暗的一面。直到现在,我还记得那篇文章里的一段描写,说是有九个不同肤色的孩子跪在那位要竞选州长的家伙面前喊他"爸爸"。马克·吐温的名字在二十几年前的中国人心目中,是与白求恩、埃德加·斯诺等几位难得让人们知道并能记住的外国人名字连在一起的。

二十世纪八十年代初,随着中国改革开放进程的加快与深入,许许多多外国人的名字,像人们日常生活中的日用品一样涌入了中国,其中有的人名也就是昙花一现,而马克·吐温的名字却依旧响亮。美国作家、诺贝尔文学奖获得者海明威曾说:"所有的现代美国文学都起源于一本书,那就是马克·吐温的《哈克·贝里芬历险记》"。马克·吐温在美国那不怎么长的文学史上的地位无异于我国历史上的李白、杜甫等人了。作为一名教授美国文学的人,到了美国不去拜访马克·吐温的故乡,那实在是一大遗憾。

公元2003年8月的9日、10日两天,我有幸和一批国内高等学府的学者一同去参观了马克·吐温的故乡——汉尼堡(Hannibal)。汉尼堡是美国密苏里州的一个小镇,据史书上记载(美国这个国家实在是太年轻了,故稍微有些年代的东西就成了古董),马克·吐温四岁以前住在汉尼堡附近的一个小村子,这个小村子有一个很大气的名字叫佛罗里达。四岁时他随家人一起搬到了汉尼堡。当时他的父亲在汉尼堡开了一家律师事务所,但那时的律师没有美国现在的律师那么吃香,故马克·吐温的童年也就不像现在的美国人那么幸福,甚至可以说是悲惨了。马克·吐温是在十七岁那年离开汉尼堡的。据说他的两部最有代表性的作品《汤姆·索亚历险记》和《哈克·贝里芬历险记》记叙的就是他在汉尼堡时的生活。

缺少历史反而加深了美国人注重历史并善于开发和利用历史的潜能。一进入密苏里州的境内,闪现在我们眼前的路标和广告牌就一直不停地在向人们展示:这里是马克·吐温的故乡。我们先到的地方是一个集市,集市上出售东西的人们的打扮都是马克·吐温那个时代的服饰,这仿佛让人回到了十九世纪末二十世纪初的美国。我之所以说这个地方是个集市,是因为除了我们这十几位来这儿参观的中国人,整个地方也就几十个人,可以说卖东西和表演的人比游客还多。再加上美国的小镇地广人稀,给人的感觉也不像个集市,最多也就像中国乡下小镇不逢集的日子。集市上最抢眼的是一个简陋的小舞台,舞台上有一位身着一身白西服,叼着一根大雪茄的中年男子在模仿马克·吐温的讲话,他那幽默的言辞以及颇似马克·吐温的腔调和打扮不时引起台下稀稀拉拉的人群发出爽朗的笑声。我们这帮黄皮肤、黑头发的人反而在这儿变得很引人注目。所有我们遇到的人都很友好地和我们打招呼。也许是因为美国人没有中国人那么心灵手巧,集市上出售的手工艺品看上去都很粗糙,这也许是因为这儿的人故意漫不经心,好让来此游玩的人身临其境地体验马克·吐温时代那种单调的生活和低廉的生活质量。我心里想:怪不得马克·吐温书中的哈克不愿意那样活着,整天想整出一些有趣的事来。

在集市上休息时,我碰到了模仿马克·吐温的那位先生,我提出和他合影留念,他显得特别热情。我告诉他我来自中国,并给中国的学生讲马克·吐温。他对中国人充满了好奇,并很慷慨地送了我一个印有马克·吐温头像的口杯、一张他模仿马克·吐温讲话的光碟和一件有马克·吐温头像的T恤衫给我。为了表达中国人的友谊和让其了解中国悠久的历史,我跑到远处的停车场,为他取来了一套《兵马俑》的明信片。

走在汉尼堡城的街道上(美国这个地方,只要是有些人的小镇就称为是个city),到处都是以马克·吐温为标记的餐馆、旅馆和商店。附近的山沟、小池塘和山洞也都是以马克·吐温作品中出现的人名和地名来命名的。

我们穿过哈克探险的山洞，看了汤姆划船的小溪，在哈克刷篱笆的地方照了相。我们在"马克·吐温家乡餐馆"吃饭，坐马克·吐温时代的小火车来到了马克·吐温曾当过领航员的"马克·吐温游轮"上。密西西比河的水依旧那样静静地流淌着，只不过是没有马克·吐温时代那么清澈罢了。

在汉尼堡，这里的一切都会告诉你，这儿是马克·吐温的故乡。美国人珍惜自己那么一点点历史的举措实在是值得我们中国人学习。有人曾说："浩瀚无边的历史创造出点滴少许的文学。"国学大师王国维先生说："生百政治家，不如生一个文学家。"美国人的确是这样认为的。

看戏

自从人类进入信息时代以来，随着电影、电视的冲击，以及DVD等高科技产品的泛滥，戏剧这个词几乎从人们的大脑中消失了。在如今的大城市，如果一个人说他去看戏，那旁边的人真会以为这家伙是个天外来客。在很多人的眼里，看戏仅仅是和乡下的庙会和赶集连在一起的。在马克·吐温的故乡汉尼堡，我是近二十年来第一次看完了一出两个钟头的"戏"。我们看戏的地方叫"马克·吐温户外剧场"，这是一个名副其实的户外露天剧场，四周青山翠绿，舞台和观众席之间隔着一条大约有五十米宽的小河，舞台上的布景，如房子、学堂、篱笆以及河中的小岛都与马克·吐温小说中描写的一模一样。既然是户外露天剧场，也就没有帷幕，灯一照，那就是一幕结束了。

现代的灯光和音响，加上优美的景色以及演员们出色的表演，把人们一下子带回到了马克·吐温笔下的美国乡村。当晚演出的是以马克·吐温的小说《汤姆·索亚历险记》为基本素材的改编剧。

七点三十分，演出正式开始。灯一黑，人群马上安静了下来。从寂静、带着晚上的凉风和草虫鸣叫的河面上空，传来了马克·吐温那很具个人特色的嗓音："我四岁时从附近的佛罗里达搬到了汉尼堡……"随着马克·吐温的声音，一道强光从观众的头顶划过，照射在河面转弯处的一艘小船上。灯光下，晚年的马克·吐温着一身白色西服，手中夹着一根大雪茄，西服的上衣口袋里插着几根雪茄，站在小船的船头，徐徐向河中心移来。

整部剧在"马克·吐温"先生的回忆中展开。当身着白衣的马克·吐温渐渐在河面上隐没时，舞台上的光一亮，马克·吐温小说中描述的主要人物汤姆和哈克——童年时调皮捣蛋的那一条街便闪现在了人们的面前。整个演出是以"马克·吐温"先生的台词为发展线索的，他的声音隔一段时间便会出现一次，而他本人则是一会儿站在河中的船头上，一会儿又出现在哈克上学的学堂前。两个钟头的演出不知不觉就过去了。演出结束后，所有的演员乘船从河对岸过来和观众们见面。扮演酒鬼——哈克的父亲的那位演员，在乘船时仿佛还沉醉于自己在剧中的角色，不小心（也许是有意）从船上掉进了河里，船上的人没人理他，他一个人在水中乱扑腾，四周是一片欢叫声。在和演出人员合影留念后,当我们走出剧院的门口时,这位"醉汉"才刚刚从水里游上来,赤裸着上身和观众们打招呼。我要求与他合影留念,他很爽快地答应了,且做出一副酒醉未醒的模样。美国佬就是这样,无形之中总让人觉得有点与众不同。

龟与鳖

国内学术界流行一个笑话,把学者分为几类,土鳖、土龟、海鳖和海龟。所谓土鳖者是指那些在国内很一般的学者,在国内干得不错的人就上升为土龟;所谓海鳖就是从海外回来的学者,那海龟就是从海外回来的大学者了。时下的中国流行"海归"派,然而有的"海龟"只能叫"海归"但并非"海龟"。君不见多少冒牌的"海龟"竟然连国内的"土鳖"都不如,那就更不用提与国内的"土龟"比了。这一点钱钟书先生在其小说《围城》中已做过精辟的描述和讽刺。我自认为是一个连土鳖都不是的人,不过也许会被人称为"土王八"。然而更加不幸的是我在不惑之年又被送到了美国来做访问学者,故以后也许有人会叫我"海王八"。

以上所说土鳖、土龟以及海鳖和海龟只是想开一个玩笑。玩笑的由来是因为在英语大行其道的今天,我经常听到有人说,"某某的英语特别好,比其汉语还要好。"或者是说"此人英语之好已忘记了汉语"。我首先不讲说这种话的人如何,如果一个人的母语是汉语,而英语是其外语,我是不相信其英语会比汉语好的。我只能说(不论他是土鳖、土龟、海鳖、海龟还是和我一样的土王八）其英语和其汉语一样让人"不忍目睹"。早在近一个世纪前,王国维先生就提倡"学无中西",面对当时中国的国情,他曾说:"中国今日,实无学之患,而非中学西学偏重之患。"他指出,国人对西学的了解和洞察,必须以深厚的国学为基础。在王国维看来,中国的大门已经敞开,思想文化上的交锋相融是必然的趋势,中学和西学不是相互违背妨害的,而是"盛则俱盛,衰则俱衰,风气既开,互相推动"。当然王国维先生论的是大学问,我借他的话是想说语言(特别是对英语)的习得亦是如此。我自己是学习英美文学的,我对"文心相通"很有感触,我的最大的"偏见"是:一个连所学语言的诗歌都一无所知的人是谈不上在该语言方面有"造诣"的。然而,从我个人的观察看,国内这样的有"造诣"的英语专家很多。我的"偏见"来自于我对自己母语的理解,我们可以想象一下,如果有一位著名的中国语言和中国文学专家来给人们讲学习汉语的"道",而其却从未听说过唐诗、宋词、元曲是什么,我们会认为此人是专家吗?恐怕连三岁的小孩都会认为其是"冒牌货"。我们国内现在的英语"专家""教授""博士",类似这样的"冒牌货"很多,还有一种更为离奇的人对学生说,只有忘记汉语才能学好英语。呜呼!如果忘掉了自己的母语,学好外语又有何用呢?因为我们大多数学习外语的人是为了以外语为工具获取更多其他的知识,而不是要定居国外或"投敌叛国",抑或是以此为一生的追求。

有时我看见国内的大学生苦读英语的景象,我真为他们有的人叫惨。莘莘学子的确努力，但他们不知道，如果从开始就走错了方向，跑得越快，反而会与目标越远。我想该是国内的土鳖、土龟、海鳖、海龟以及和我一样的"土王八们"反思的时候了。古人云："误人子弟，如杀人父兄。"我们"杀人父兄"要到何时？古人又云："知彼知己，百战不殆。"如果我们的专家、教授和博士只知其一，不知其二，也只能使"以其昏昏，使人昭昭"了。季羡林老先生在1995年说过一段话，其大意如下：不要说西方人不了解东方，不了解中国，难道我们自己就了解了吗？如果我们是一个诚实的人，就应该承认我们自己也并不了解东方，不了解中国，这真是一出无声的悲剧啊！季老先生作为一代学贯中西的东方鸿儒，尚且发出这样的感慨，我辈"小王八们"还在捣什么"蛋"？

我想要说的是，从一个"土王八"，变成一个"海王八"，我的感受是，鳖就是鳖，龟就是龟，不管是土鳖、海鳖还是土龟、海龟，用《圣经》上的话来讲就是"各从其类"。我也相信，如果将一个傻瓜送到国外任何一个最发达的国家去深造，他也不会变成一个天才。当然，现在有了人工基因技术，也许可以为傻瓜换一个天才的脑子。

中国制造

故乡只有一个，

怎么能叫我们不爱她呢？

异乡有千百处，

故乡只有一个。

——吴正（中国香港）

中国人常说："金窝窝，银窝窝，不如家里的土窝窝。"而外国人也说："East and west, home is the best."由此可见，人无论中西对自己的故乡和家园都有一种难以摆脱的眷恋。上海籍香港诗人、作家吴正在他的一首短诗《故乡》中写道：

不知道你好在哪里，

只知道我痛在何处。

来美国三个多月后，挥之不去、才下眉头却上心头的依旧是对祖国的思念。也许说这话，让国内的一些人看来是"大话"，是一种装腔作势般的"矫情"。但我的确是有这种感觉，当我知道西大的考察团要来伊利诺伊大学时，我的那种高兴和期盼用十几年前电影中的一句话来形容就是："一个在黑暗中摸索的人，终于找到了组织和同志。"

我所在的伊利诺大学伊Urbana-Champaign（俄本娜-香槟校园）是一座名副其实的大学城，也是一所名副其实的开放大学，开放不仅仅只是在校园的规模上，横穿校园区的十几路公共汽车将校园区和附近的两个城市（俄本娜城和香槟城）连成了一个庞大的有机体。所有学校的教职员工和就读的学生，只要有工作证或学生证就可以免费乘坐所有的公交车。学校区内到处是大片的绿地，让人感到这不是一个大学城，而是一个很大的公园。2003年的伊利诺伊大学真可以说是出尽了风头，十月份短短的两天内，两位教授荣获诺贝尔奖，使其校史上获此奖项的人数达到了九位。而十月份以前，该校两位女同学被美国最著名的色情杂志《花花公子》（PLAY BOY）选为封面女郎。当两位女生的照片，以该校的雕塑标志为背景出现在《花花公子》的封面时，虽然也有人著文抨击此事，但大多数人还是觉得这也是一件可庆可贺、让伊利诺伊大学出名的好事。从这两件颇具代表性的事件，我们可以看出该校的开放和治学水准。

伊利诺伊大学所处的地方也许在我们国家的人看来是一个狗都不去拉屎的地方，但其确实是一个读书和学习的好地方。校园里的草地上，松鼠三三两两、悠闲地觅食和做着它们的游戏；各种小鸟叽叽喳喳，在来来往往的汽车和匆忙走动的行人头顶构筑出道道美丽的风景。到了晚上，各种社团组织的讲座、表演以及在我们看来还有点不太适应的活动（如接吻的艺术、校园性生活讲座等等），可以说是应有尽有。学生们的学习和自由活动用我们的话来讲，的确是紧张活泼，有张有弛。让我印象最深的是，对烟酒的控制（也许是法律的威严）达到了让人无法想象的地步。出售烟酒要有许可证，买烟酒的人须在二十一岁以上。记得我们一行五六个人第一次去逛超市，忘了带护照，在超市的出口，收银员便提出要"验明身份"，当我们告诉她我们都已是四十多岁的人时，那位工作责任心很强的外国大婶坚持认为，只有出示能表明我们身份的东西，如护照、驾驶执照或该州的身份证才能放行。无奈我们只得"忍痛割爱"，将手推车上的啤酒放回去。在回家的车上，我对大家说："哈哈，没想到我们在外国大婶的眼里是如此年轻，连喝酒的资格都没有。"

美国是一个号称"nation on the wheel"（直译为"车轮上的国家"）的国家，离了汽车，人人可以说是什么事情都干不成。但让人感叹的是十字路口那有条不紊的交通秩序，每个人都遵照"路权"（way of the right）原则，所谓的"路权"就是：不论南来北往的车辆，在没有红绿灯的情况下，谁的车子先到十字路口，谁就有权先行，这条原则对车辆是这样，对行人、自行车和摩托车也如此。记得刚到这里的时候，每逢过十字路口，我们都要等半天，等过起了马路也会吓得赶快跑过。后来我们才知道只要有"路权"，就完全可以四平八稳、不慌不忙地横穿马路了。在这里最能体现的是一个人的素质，我曾经多次站在没有红绿灯的十字路口，观看这种表现一个人诚信的交通表演，面前的情景让我想到了国内的交通拥挤。汽车正在我国走向"千家万户"，我想仅仅把汽车价格降到跟国外一样，让中国的老百姓买得起，或者是把车造得跟外国车的质量一样还是不够的，我们要学习的东西太多了。

说到这里，有人也许会说既然外国那么好，你又何必在人们面前装出一副自己是多么爱国的假象呢？中国香港诗人吴正还写过一首有关故乡的诗歌，在这里我想用他的诗来回答人们对我的质问。

怎么能叫我们不爱她呢？

异乡有千百处，

故乡只有一个。

……

异乡有繁华，

故乡有清贫；

异乡有骄阳，

故乡有明月。

我是在美国读到这位中国香港诗人的诗的，伊利诺伊大学图书馆的东亚图书馆处理图书，我抱着一种好奇的心情去看，于是就拿到了吴正先生的一本散文集《黑白沪港》，里面有我在这篇文章中提到的这几句诗。我孤陋寡闻，对吴正先生的书读得不多，但就这几句诗来说，身在异国他乡的我觉得他写出了一个人对故乡的那种发自肺腑的眷恋和深情。

我们为什么到外国来呢？难道不就是为了学习外国先进的或好的东西吗？如果一个人到了国外，连什么是好坏都分不清的时候，这个人还能学到什么呢？当西大考察团的李长安老师刚一见面便给我递上一根中国烟的时候，我那贪婪的一吸，仿佛自己是一个不可救药的"瘾君子"，是啊，吸进我的胸腔的不是那致命的尼古丁，而是来自故乡的"精神食粮"。你看，连慢性自杀的方式我都只能采用中国式的。君自故乡来，让我泪沾巾。西大的人来去匆匆,走的时候,每人都给我这个在异乡的故乡人留下了能让我想起故乡的东西:李俊峰书记将他的烟和茶叶留给了我,魏晓立老师给我留下了榨菜和蜂王浆,李长安和王启和老师也都把自己身上的烟留给了我……

看着他们的车子缓缓驶离我住的地方,我的双眼都有些湿润了。一盒烟,一包榨菜,一包茶叶,包含着的是几多关心、几多鼓励和几多希望。

让我再运用吴正先生的话来做结吧:

故乡的一切陋处,只有在经历了长长异邦旅程的人眼中才会转化为一种风味别致的亮点。

原载于《美文》2005年第11期

中国早就变化了

余 华

5月12日四川地震发生后，Colors杂志希望能够表现出一种人道和团结的姿态。为此杂志编辑选择了四十张最感人的地震图片，这些图片表达了灾难，也表达了希望；同时邀请居住在世界各地的四十位西藏喇嘛为遇难者诵经，对于此次灾难表达他们的同情。

Colors杂志的良好愿望，将3月中旬的拉萨事件和5月12日的四川地震联系在一起。我心想，这就是西方的视角。虽然拉萨事件和四川地震没有任何关系，可是在西方媒体中的中国形象却是截然不同，从拉萨事件对中国的一致批评，到四川地震后对中国的广为赞扬，只有短短的一个多月时间，让很多中国人感到惊讶：西方媒体为何突然变化了？

西方媒体赞扬中国在抗震救灾时的高效和团结，与此同时好像突然意识到中国变化了。Colors杂志的编辑也表达这样的意思，在给我的信里说："对西方人来说，中国人民面对悲剧时非常值得称赞，中国人民团结一心使世界感动。中国有了变化？有的话，是什么变化？"

最近这些日子，经常有西方的记者问我："中国变化了，你能说说这是为什么？"

我笑了，我说："中国早就变化了。"我告诉西方的记者，中国的改革开放已经三十年了，中国的变化可以说是翻天覆地，是以加速度的方式，变化得越来越快。这样的变化渗透到了各个方面，不仅是经济体制和社会形态的变化，还有价值观和生活方式甚至是情感的表达方式也变化了。所以当我要叙述中国的种种变化时，我发现这是一份艰巨的工作，我的叙述可能比阿拉伯的《一千零一夜》还要漫长。

不过我倒是可以说一说中国的集体主义传统，正如人们在此次灾难中所看到的那样：地震发生后，政府官员从上至下迅速行动，十万军警奔赴灾区，还有无法统计人数的志愿者纷纷前往；生产帐篷、简易房和其他救灾物资的工厂加班加点，二十四小时不间断地生产……这样的场景让西方吃惊，可是对于中国人来说已经习以为常。一方面这是中国现有体制的特征，另一方面也是中国源远流长的集体主义传统。

中国历史悠久，就是拥有国家的历史也有三千年了。漫长的封建君主制度造就了专制和强权，因此长期以来中国人在社会生活中是没有个人空间的，如果个人想要表达自我诉求，唯一的方式就是投身到集体的运动之中。中国历史上一次又一次的农民起义，一次又一次的改朝换代就是将个人的诉求汇入到集体的诉求之中。集体主义就是以这样的方式在我们的历史和现实里扎下了根,成为了我们的传统,它在不同的历史时期以不同的形态出现。在"文革"时期,集体主义以全民革命的狂热姿态表现出来;改革开放了,集体主义的表现从全民革命突然演变成了全民经商,狂热地追逐起了金钱。

可以这么说,集体主义在很长的历史时期里影响着中国的发展。在"文革"时期,中国在农村大兴水利建设,每一个农民都扛着锄头投身进去,农民的传统观念改变了,他们不再只是考虑自己或者自己村庄的利益,他们知道水利建设是利国利民的大事。"文革"结束后,改革开放开始了,地重新分配给了农民,这时候每个农民都享受到了"文革"时期大修水利的好处,农业的发展不再受到过去时代水利瓶颈的困扰,农民迅速地富裕起来。另一例子是前些年中国的教育体制改革,中国的大学纷纷扩大他们的招生规模,这也是集体主义传统的表现,从而导致了现在大量的大学毕业生失业。今天,中国的经济面临着产业升级,而中国已经拥有了一个富裕的高端劳动力市场,中国完成其产业升级也就成为可能。

我注意到这样一个事实,西方媒体在赞扬中国面对地震灾难时表现出来的集体主义精神,同时也惊讶中国的网络和媒体的开放。今天的中国,个人在社会生活中享有的空间和自由,是西方人难以想象的。比如博客,一个人可以在自己的博客上随意评论别人,并且不用担心因此承担法律责任。此次地震发生时,有一位正在上课的教师丢下学生,拔腿就跑,并且通过博客宣扬自己的逃跑思想和以自我为中心的人生态度,此人一夜成名,引发了中国媒体和网络的狂热讨论，他遭受到了洪水般的批评，当然也有表示理解和支持他的声音。

这是为什么？

我想讲述一个真实的故事。三十年前的时候我获得了第一份工作，在中国南方的一个小镇上成为了一名牙医。除了拔牙，我在医院里还有另外的工作，就是每年的夏天背着药箱去小镇的工厂和幼儿园，给工人和孩子打防疫针。我需要解释一下，毛泽东时代的中国虽然贫穷，可是仍然建立起了一个强大的公共卫生防疫体系，免费给人民接种疫苗和打防疫针。我做的就是这样的工作。当时还没有一次性的针头和针筒，由于物质上的贫乏，针头和针筒只能反复使用。消毒也是极其简陋，将用过的针头和针筒清洗干净后，分别用纱布包好，放进几个铝制饭盒，再放进一口大锅，里面灌上水，在煤球炉上像是蒸馒头似的蒸上两个小时。

由于针头反复使用，差不多每个针头上都有倒钩，打防疫针时扎进胳膊，拔出来时就会钩出一小粒肉来。我第一天做这样的工作，先去了工厂，工人们排好队伍，挨个上来伸出胳膊让我扎针，又挨个被我钩出一小粒带血的肉。工人们可以忍受疼痛，他们咬紧牙关，最多也就是呻吟两声。我没有在意他们的疼痛，心想所有的针头都是有倒钩的，而且这些倒钩以前就有了，工人们每年都要接受有倒钩的防疫针，应该习惯了。可是第二天到了幼儿园，给两岁到六岁的孩子们打防疫针时，情景完全不一样，孩子们哭成一片，因为皮肉的娇嫩，钩出来的肉粒也比工人的肉粒大，出血也多。我震惊了，而且手足无措。那天回到医院以后，我没有马上清洗和消毒，找来一块磨刀石，将所有针头上的倒钩都磨平又磨尖后，再清洗和消毒。这些旧针头磨平后用上两三次又出现倒钩了，于是磨平针头上的倒钩成为了我经常性的工作。那个夏天我都是在天黑后才下班回家，手指起疱，因为水的浸泡，手指泛白了。

　　三十年后的今天，我在为Colors杂志写作这篇前言的时候回首往事，心里十分内疚，孩子们哭成一片的疼痛，才让我意识到工人们的疼痛。为什么我不能在孩子们的哭声之前就感受到工人们的疼痛呢？是孩子们的疼痛唤醒了我的同情，同情又唤醒了我对工人们疼痛的感受。类似的道理，中国早就变化了，为什么西方在中国遭受地震灾难之后才真正注意到中国的变化？是不是中国的灾难唤醒了西方的同情，同情又唤醒了西方理解中国的愿望？

　　我知道，西方的媒体其实在此灾难之前就注意到中国的变化，只是他们一直是从西方的角度来看中国的变化。如果三十年前，我在给工人和孩子打防疫针之前，先将有倒钩的针头扎进自己的胳膊，再钩出自己带血的肉粒，那么我就会在孩子们疼痛的哭声之前，在工人们疼痛的呻吟之前，就感受到了什么是疼痛。同样的道理，如果有一天，西方的媒体开始从中国的角度来看中国，那么他们就会理解：为什么变化了的中国仍然和西方不一样，道理其实很简单，因为中国的过去和西方的过去不一样，所以今天也不会一样。

原载于《美文》2008年第10期

第二辑

且观山海，静待花开

沙家浜记

贾平凹

沙家浜是常熟的一个古镇，以建在芦荡之中而与众不同。镇不大，人家相对筑屋，后门通河，前门是街，街巷就极其幽深。路面又全然铺设了石板，石板与石板并不严实，故意留着空隙，能看见下面活活流水，似乎整个镇子就浮在了水上。从街往里走，看两边屋舍，大都两层，木头横七竖八，结构巧妙，人多各倚栏临窗，软语呼应。有旧寺数座，混杂于商铺之间，唯独门前蹲有石狮，石狮不威严，喜庆状可掬。也有老桥，连扯左右，荷就钻出石罅，近旁就是茶肆饭店。进去坐下，茶要碧螺春，饭要卤汁面，正端详灶是不是七星灶，壶是不是老铜壶，忽后窗外咿呀声响，一小船靠近，船上人和屋里人打情骂俏，便得一篓鳑鲏鱼递进来。鳑鲏鱼是稀罕物，水质好才能生长，鳑鲏鱼也正是这里的特产。连呼煎炸一碟来呀，却有黑鹳白鹭就站在后门栏上，而三朵四朵芦絮飞进，上下飘浮，用手不可捉拿。

时不时听人唱阿庆嫂，京剧味不足，但极投入。循声步入一条短巷，唱却息了，而巷外湖荡汪洋，风正紧，水面微皱，芦絮起落如云。岸边排列无数船，其状似偌大的鞋。顺脚上去，摇橹的大嫂问去哪儿，说句"船到哪儿人到哪儿吧"，船就箭一般驶进芦荡。进了芦荡才知神秘莫测，河道密布，港汊纵横，沿一处深入，芦苇愈来愈高，凉气袭身，万籁俱静，只听得橹声和蜂鸣，有几分惊奇也有些许紧张，想武陵桃源莫过如此吧。七拐八拐，已迷失了方位，却恰遇骤风，一时芦苇前呼后拥，一尽线乱。在乱中，却看见了远处栈桥和桥端的芦亭，亭中有人吃茶说话，只听得一团嗡声，分辨不出话语。约几分钟，风软下去，悄没声息。继续前进，道越来越窄，水越来越深，湖苇倾斜得不能摇橹，江苇扑撒在船头，便看清了水中游鱼，而头顶上水鸟乱飞，一时有了奇思，这鸟入水为鱼，鱼出水为鸟，是相互转换的吗？得意自己不是诗人却有了诗情。

　　游了一次沙家浜，再也忘不了江南的这个古镇，记住了这片可能是中国最干净的水和水中浩浩茫茫的芦苇。

原载于《美文》2006年第7期

6月8日,在草原

李敬泽

拉卜楞寺的照片消失了。在相册里,我和几个人坐在帐房前的草地上,那是在桑科草原,我们盯着镜头傻笑,我想我们都喝多了。下一张照片就是远处山脚下的寺庙,但这是德尔隆寺,离拉卜楞已经很远了,我站在公路上拍下了这张照片。

那么,拉卜楞在哪儿呢?我记得我曾拍下辉煌的金瓦屋顶,敞开的和紧闭的殿门,蓝天下的幢幡和法轮,富丽的酥油花,鳞次栉比的僧舍和对面山上神圣的树林;但是都没有了,似乎我从未去过拉卜楞寺,我从桑科草原直奔向德尔隆寺。

我在思考这件事。现在是10月2日,草原上应该已是冬季,大雪覆盖了拉卜楞寺,穿着红袍的喇嘛走过空旷的庭院……我当然去过拉卜楞,那天是6月8日。至于为什么没有照片,我思考的结果是这样的:

第一,胶卷丢了。

第二,照片丢了。

也许还有第三种可能,就是这里有一个神秘的空洞,那些照片顺着这个空洞滑进了神的废纸篓里。不过我不打算像很多去过藏族聚居区的人一样马上变成神秘主义者,我的看法是,神,如果他在的话,他大概也没心思跟我这样的人开玩笑。

所以,我只能依靠我的记忆,记忆中的拉卜楞寺。说实话,这使我心中窃喜,记忆不可靠,我喜欢一切多少有点不可靠的事物。

先从一枚戒指说起。在拉卜楞寺前的广场上,我买了一枚戒指,黄铜的,上面用梵文刻着六字真言:唵、嘛、呢、叭、咪、吽。据站柜台的喇嘛说,它来自印度。我把这枚印度戒指戴在手上,带回了北京。后来有一天早晨醒来,忽然发现手上没有戒指,它丢了。下面说说那群南方人。听口音是江浙一带的吧,二十多人,大概是一个旅行团,但既没有人打着小旗又没戴统一的遮阳帽。我不得不跟他们走在一起,因为年轻的导游喇嘛一定要等到游客成批。他们是交了导游费的,所以实际上我是沾了人家的光,但我依然忍不住想把他们一个一个踢出去,因为他们一直在七嘴八舌、叽叽喳喳地发表评论和提出问题。

在一座佛殿,我们碰见了两个外国人,一男一女。洋人谁都见过,但问题是这两个洋人居然由一个喇嘛领着,便有领导模样的中年人挺身发难:"他们就两个人,怎么也有一个导游?"

"是啊是啊,外国人怎么啦?"

我站在一边,研究这些人炸窝的原因,很可能他们认为仅仅两个洋人就享受一个导游,这不公平。

安静,一下子安静了五六十秒,然后才又是忘我的聒噪,没有人再问"外国人怎么啦",显然那五六十秒的安静是在向更多的钱致敬。

我想我当时有点心虚,不知他们是否意识到还有一个没交钱的家伙混在他们中间?我越走越慢,看着那群麻雀渐行渐远,拐过一处殿角,消失不见。

拉卜楞寺这时真的安静下来,一座连着一座的殿堂投下长长的阴影,一只不知名的鸟飞过,一扇门"吱呀"一响,回头看却没有人。

远处传来鼓乐声,铜铙"哐哐"地带领着鼓乐,听着喜庆热闹。循声而去,院门紧闭,推开一扇,只见二十多个喇嘛走成一个圈子,每人都双手高举,掌心向外,口中随着鼓乐的节奏呜呜低吟。旁边是一支喇嘛乐队,席地而坐;二层藏式楼房的台基上坐着两个老喇嘛,用藏话不时指点,像是导演。

我躲在门后,把镜头伸出去一通狂拍,没人理我。三四个七八岁的小喇嘛追逐嬉闹,其中一个忽然向这边跑来,又忽然停住,睁着一双大眼睛看我。我觍着脸,百般做亲善状,小家伙却只是静静地看我,看一会儿,扭头就跑。

那个时候我还不知道照也白照,所以一口气拍完了一个卷,心中就有点得意,没跟着导游走,反看到了特殊的景致。

回到汽车旁,张师傅睡眼惺忪地看看我,问:"完了?"

我说:"完了。"

"那咱们走吧?"

"走!"

对拉卜楞寺,我还记得什么?我记得医药学院殿内悬挂的唐卡,那时我才感觉到唐卡之美摄人心魂,在幽暗的殿堂,酥油灯的光是静止的,唐卡的金色、银色和青色柔和安详,细致的、不厌其烦的线条如微波荡漾。

我记得弥勒佛殿里陈放着累累经卷,那是《甘珠尔经》,蘸着金汁和银汁书写的秘不示人的智慧。

还有酥油花,酥油塑出的众神和天堂,殿内飘荡着浓重的奶香,殿外有一间"菩萨商店"。

当然,我知道的比我记得的更多。现在案头就有一本《拉卜楞寺概况》,由此我知道"拉卜楞"在藏语中的意思是"活佛的府邸"。1710年建寺,为黄教六大名寺之一。我知道我所见到的那群喇嘛是在演练法舞,为他们伴奏的原来是著名的嘉木样乐队。

相传创建拉卜楞寺的第一世嘉木样活佛在西藏前来拉卜楞途中,随从弟子要求奏乐,大师道:"按佛规是不应当奏乐,你们要奏就奏吧。"

——安详、自在的嘉木样。

前往拉卜楞的路是欢乐的。6月8日早晨,出合作向南,连绵的群山新绿如洗。山都不高,应该算是丘陵吧,反衬得天高。我在张师傅的车上,麻局长在杨师傅的车上,两辆车放荡地跑在崭新的公路上。我说:"我来试试吧!"

张师傅慌忙摇头:"不行不行,开下去怎么办?"

我笑:"开下去再开上来呗。"

张师傅也笑了:"你可慢着点。"

为什么要慢?我和张师傅换过座位,一踩油门就是一百二十迈。这是宽阔的山谷,这是柔软的草地……

路边上,一群藏族女人和孩子看着我的车,我的车终于停下来,孩子们继续看我,见多识广的母亲们却扭过头去眺望远处的山谷,那边有一群人和几匹马,皆小如豆粒。没人理我。当然就算有人理我,我也不知道他在说什么。麻局长十几岁就在藏族聚居区,据说藏话比汉语还顺溜,但现在他被甩得影儿都不见。我便提着相机走向那个村子。

村子顺着山坡伸到路边,村头有一座红砖砌的塔状玛尼堆,顶上置一块白石。实际上我不能肯定这是不是玛尼堆,因为在它旁边倒是有一大一小两个真正的玛尼堆,就像照片或电视里见过的那样,是石头堆成的圆锥。村子不大,把镜头拉远,能看到村后的山坡上有一间小庙,然后往下看,一片平顶砖房、土墙院落,和甘肃的汉族民居一样;但仔细看,屋顶下有彩绘的檐口,那种图案就是藏族风格了。

还有电线杆子,七八根,电线纵横交错,举着相机比来比去总躲不掉。后来想,为什么要躲呀?见了电线杆子就觉得碍眼?就想给人家返璞归真?你要真想拔电线杆子也得拔你们家楼下的呀,跑到这儿犯什么毛病?

于是就消停了,就连杆子带电线一块照了去。事已至此,我就把刚才省略没说的事也说了吧：在宽阔的谷地上，其实有一个接一个的铁塔像巨人一样由远方走来，电线和光缆随之延伸到中国的这个偏僻角落，铁塔哐叽哐叽的脚步震撼大地，这就是"进步"啊——

麻局长终于赶上来了，一下车他就说："今天是插箭节！"

插箭节，什么是插箭节？还没来得及问，麻局长就指着远处大叫："快看，你快看！"

远处山坡上刚才还小如豆粒的人们正纵马飞奔而来，近了，近了，路边的女人和孩子们尖声大叫，从镜头里我看到那些马几乎在飞，我疯狂地按着快门，狂风刮过，马冲到终点，那是我们右侧的山坡，那里又有一个塔状的玛尼堆，一群男人在欢呼。

"赛马呢。"麻局长说，"插箭节要赛马。"现在，我已经知道插箭节是怎么回事，《甘南藏族自治州概况》一书对此做了简要的介绍：

> 插箭节实为祭山神。藏族原信奉象征性的地方神，属原始多神教的一种信仰，藏语称"拉卜则"。它通常为一丛状物，用木杆、木片制作成箭铁或刀状，插成一丛，用栅栏围定，外垒以石块，上缚条形或方形经幡，缠以羊毛等物。各地插箭是祭祀本地方神的一种群众性活动，多在春暖花开的五、六、七月间举行。……插箭开始由僧人诵经，地方长官致祭，祭酒、献哈达，绕"拉卜则"石堆转数圈，然后礼成。这天很多人迁（——疑为"迁"字）携酒肉前往，有的

人住数日之久。节日里还举行马术表演等活动。(《甘南自治州概况》第49页)

书读到这儿,我忽然想起来,麻局长曾指着远处山顶上有旗幡招展的地方对我说过什么,我当时没在意,现在想来,大概那就是拉卜则了。

接着走。麻局长坐到我们这辆车上,张师傅坚决不肯让我再开,麻局长也说:"从后边看着,你们这车都快飘起来了,小心轧坏了人家的羊。"

我干笑两声,把话题岔开,问麻局长:"咱们这是到哪儿了?"

"刚才那个村是卡木合,在博拉乡。现在是往西开,进了阿木去乎乡。"

我瞪着眼,在心里调整了半天才算把"西"找着,想着我们是先往南再西,拐了一个弯子。

"咱们这儿的乡大啊!"麻局长做了个"大"的手势,"比内地一个县还大。十几年前我在乡里,那个乡,骑马一天也走不到边儿。"

的确大,阿木去乎乡似没有尽头。这里是半农半牧区,远处的丘陵上是青稞田,公路两边大多是草地,马、羊、牦牛吃着野草,还有一群一群的小猪——蕨麻猪。

来甘南前人家就告诉我蕨麻猪如何好吃,便怀着吃的心思看那些小如猫、满地跑的猪。

蕨麻在甘南俗称"人参果",那是一种多年生草本植物,所谓"人参果"长在它的根上,据说皮红、瓤儿白、味甜,营养丰富。那些猪漫山遍野土里刨食,专吃人参果,它的肉也就好吃啦。

不过,麻局长说,现在蕨麻猪越长越大,外面的猪进来,串了种了。

平坦的公路到了尽头,阿木去乎到了尽头,架设电线的铁塔到了尽头。眼前是浩瀚的、纯粹的草原——我不打算描述它,因为一连串的陈词滥调到时就会不由自主地往外冒,我只是看着,我觉得我的眼睛都看得花了。

今年春旱,雨水少,所以草是低的。麻局长说。

麻局长还说,这是乡村公路,过两年会铺上柏油,到时再来就没这么颠了。

是的,比马背还颠,窗外的草原、牛羊都跟着我上下跳跃。

后来就看见了那头牦牛。

"牦牛日记:今天,一条狗欺负小黄,我冲上去把它赶跑;一个人也来欺负小黄,我又冲上去把它赶跑。狗跑得快,人跑得慢,主人在笑。"

有一天,我在酒桌上讲了我在甘南草原的见闻,一个家伙当场就作了这么一篇牦牛日记。我觉得这厮的口吻很像牦牛。

那头牦牛伫立在路边的小山包上,守护着小牦牛。牦牛是黑的，小牦牛却是黄的，背上有白色斑纹，也许是刚生下来，它卧在草地上还站不起来。绿色的草地上卧着黄色的小牛，像奶一样柔嫩。

牦牛警觉地盯着我们，我觉得这位刚做了母亲的牦牛对这个世界怀有最深刻的不信任。这时路上一辆牛车晃晃悠悠地过来，车上坐一个戴毡帽的藏族老人和一个白衣红裤的女孩儿，一条黄狗游手好闲地在车前走，它忽然发现了有趣的事物，颠颠紧跑两步向牦牛这边张望。

我想该狗大概没什么恶意，它只是好奇，但牦牛显然不这么看，它一声怒吼，端着两只利角冲了上去。黄狗扭头跑，牦牛狂追，这时小牦牛可没人管了，我溜过去。看小家伙的小样儿，口中发种种嗲声，恍如见了朋友刚生的娃娃。

这时忽然觉得哪儿有点不对，觉得后背发麻。回头一看，天哪，那头牛正向我冲来，我都听见了它呼哧呼哧的喘息，嘴边还挂着愤怒的白沫。

接下来，我敢说我跑出了我十几年来的最好成绩，像一阵风，然后我就"啪嚓"一下摔倒在地上，倒是没忘了抱住我的奥林巴斯相机。

再然后我就听见了笑声，老张、麻局长、杨师傅，都在笑，还有两个藏族小伙子，他们笑得多灿烂！回头看那头牛，它其实没再追我，它就守在小牛身边，警觉地防备着来自不同方向的威胁。

后来我们就到了完肯村。在我的笔记本上,"完肯村"下面写着:

晒奶酪　种燕麦　两只小羊　5块钱　王祖贤和齐秦

"晒奶酪"是怎么回事我记不清了;"种燕麦"不过是人们正在耕地,那块地就在村里宅院边上,只有两丈见方,一匹大马拉犁,三个人跑前跑后地吆喝,结果犁出的地垄还是歪的,但人欢马跃,场面热闹。

麻局长叫住一小伙子,两人用藏语交谈几句,小伙子转身进了院门。麻局长说:"他要问她妈,人家不同意咱不能进去。"过了一会儿,小伙子出来,身后跟着他妈妈,穿着藏袍,是那种在电视和照片上经常看到的典型的藏族妇女,身上有肥沃宽阔的母性。妈妈领我们进了门。院子不大,上首是两层的红砖平顶楼房,走进去看,从四壁到天花板是清一色的原木镶板,没有什么家具,但到处是壁橱,橱门、窗口和门楣上满刻复杂的花纹。房子还是新的,树脂的清香浮动,这一家的居处清素但又华丽。

"外不见木,内不见土",这是甘南藏族民居的特点。六十多年前顾颉刚先生游甘南,曾就"外不见木,内不见土"发了一句议论:"即此想见当地森林之富。"如今甘南的森林已难称富,至少从合作一路行来,我就没看到像样的树,建屋的木材恐怕得从更偏远的迭部、舟曲一带林区购买,而红砖则来自临夏,所以这幢新屋成本想必不少。

这就说到了"两只小羊"。村子建于山之阴，下临公路，一群藏民站在路边，我不知道他们在干什么，凑上去打招呼，人家只是笑；更远处有一群羊，两只小羊跑过来，看我。其中一只比较倒霉，被我一把擒住抱在怀里。小羊精巧的心在咚咚跳，它肯定听说过"羊羔肉"什么的，我一边无比亲切地抚慰着小家伙，一边叫张师傅给我照相……

我想人们看到这里一定觉得我在草原就像鬼子进村，没人搭理我，我只好像鬼子小队长一样，手心摊着糖块，一脸奸笑和小家伙们套瓷，小家伙包括小男孩和小女孩、小喇嘛、小牦牛和小羊羔。我也觉得事情比较无趣，但没办法呀，只有小家伙们不能拒绝我的交流愿望。

不过，现在端详着被我写在本子上的"两只小羊羔"，我想它们体现了事物之间更为隐秘的关系：我在兰州吃的羊羔肉价格高于大米饭，也就是说，放牧的收入应该高于种地的收入；考虑到种地有较大的成本投入，我们大致可以断定，至少在西北地区，一个牧民手里的钱远比一个农民要多，于是，我们就看到了那幢全木装修的红砖楼房。况且，6月8日上午，那幢房子的主人还有一笔小小的计划外收入，那就是"5块钱"。从院子里出来，我看见麻局长把什么东西塞给了妈妈，上车后，麻局长笑道："门票，五块钱。"

我得说我当时的感觉有点复杂，发了一会儿呆，我终于为这件事想出了一个说法：如果在北京，在我的家，有一天忽然有几个陌生人敲门，要进来看看，我想我不会让人家进来，五块钱不行，五十块钱也不行；如果人家肯出五百，我又得怀疑他存着什么阴谋。所以，和我比起来，妈妈还是"淳朴"的。

于是由门票谈到了"王祖贤和齐秦"。张师傅说，去年这两位到兰州开演唱会，他儿子花四十块钱买了张票，结果大失所望，回来跟老爸说：权当是给王祖贤和齐秦办喜事凑份子。

七八年前，我在一家饭店见过王祖贤，那时她的美如花正放，现在，她也经历了沧桑。

那天中午，在桑科草原吃饭。饭是"蕨麻米饭"，米饭里有蕨麻、白糖；手抓羊肉，用刀子割着吃。我总觉得羊肉火候不足，这里气压低，开水都煮不到一百摄氏度。不过，桌上的各位一致认为，内地的羊肉炖得太烂，禁不得嚼，而且鱼、羊为"鲜"，吃的就是这个"鲜"啊！

"桌上的各位"除了从合作同来的一行之外，还有夏河县文化馆的馆长和一位警官，警官是藏族人，馆长是河南人，父亲是二十世纪五十年代来夏河，他指着帐房外的一座山对我说："那山上有穆桂英的点将台，吃完饭咱去看看？"

就算真有过一位穆桂英，她也肯定没到过甘南。给麻局长开车的杨师傅祖先是明代移民，也许就是那些姓杨的人把穆桂英带到了这里，占据了那座山。

漫长的午宴，最终结束于我一开始提到的那张照片。照片上我目光痴呆，那时我已经喝下了成斤的青稞酒，吞下了大批手抓羊肉和肉包子——我还得去拉卜楞寺，我不应该像个醉汉一样走进拉卜楞寺，于是到了后来，人家干一杯酒，我不得不干掉一个包子或一块肉。现在，看着这张照片，我痛切地感到，人不该吃得太多，吃得太多的人脸上没有阴影，没有梦想的痕迹。

一个喇嘛坐在河边，他手里牵着一根绳子，绳子的另一端是一块木板，木板在河水中漂，漂在水里的木板上镶着一枚铜模，那是佛的形象；喇嘛从早晨坐到黄昏，他把佛印在流逝的水上……

6月8日，我在草原。关于草原，我其实无话可说。现在，我想起草原尽头庄严的山上吹拂的风，大团的白云投下的疾走的阴影，桑科草原一带因为干旱而干燥的草，飞快地跑过乡间土路的高原鼠兔，骑在马上戴着水晶眼镜的藏族老人；在远处，几个金发碧眼的欧洲人骑着自行车从路的尽头飞下来……

这一切都是水，我也是水，谁能知道水印下了什么？

原载于《美文》2001年第1期

在北京

林秋霞

后宫佳丽

从故宫珍藏人物照片集现存的唯一一张光绪帝珍妃的照片来看,她无疑是美丽的,眉清目秀,眼睛里有一股流转着的灵气,嘴角边还带着一丝倔强。推算这照片应该是1900年之前拍的,因为珍妃是在1900年慈禧逃往西安前,被推入井身亡的。隔了将近一百年,她的亮丽依然透纸而出,令人瞩目,也难怪光绪帝集三千宠爱于她一身。

造成光绪心系于珍妃的原因很多,但最重要的应该是珍妃在当时毫无对手,从记录照片看来,皇后相貌何止平庸,身材扁平得同块洗衣板没什么两样,而与珍妃同选入宫服侍光绪的瑾妃,明明是珍妃的同胞姐妹,身材样貌却相差个千万里,照今天的标准应是减肥美容院常用的"减肥前照片",体重应有六十五公斤左右,圆脸成个双下巴,如何能被选入宫?连今日看照片的人都百思不得其解。

另一位令人一见便眼亮的女子便是末代皇后婉容了，婉容的美带着一丝凄凉，嘴巴永远紧紧地抿着，眼神飘浮，很少正对着镜头，有点受惊失措似的，像是言情小说中的女主角般，让男人见了便忍不住要保护她。

在故宫留存的一大堆照片中，婉容留有大量的存照，自十六岁入宫成后的少女照片，至后期逃往东北成立日本扶植的伪满王朝的丰姿妇人照片，真实地记录了一代皇后的生命历程。婉容雍容高贵，气质慑人，不愧为统摄三宫六院的皇后。

其中一张照片显示她口含烟，转一边脸去接溥仪为她点烟，又有一张照片记录她悠然地在故宫里踩脚踏车，是难得的性情写真。

相比之下，统治中国长达半世纪之久的慈禧太后，从记录照片看来，美色倒是逊色了。听说咸丰皇帝对她是一见倾心，所以封她为懿贵妃，拆开"懿"这个字来看，便是壹次心了。

这位令帝皇神魂颠倒的女人，所留照片皆为七十岁前后所拍，且为政治权力斗争了几十年，便合乎了"夕阳无限好，只是近黄昏"这句话。但她的照片造型是最多款式的，有扮观音的，有当自己是皇帝的，有游园的，也有乘平底船的，前后左右呼拥的永远有一大群人，足见她之举足轻重。

从照片中可见慈禧对美容衣服之讲究，非常注意细节，一丝不苟的整齐，晚年有一张照片是同光绪皇后瑾妃合照的，七十几岁的女人的仪表，倒将这正当盛年的皇妃比下去了，不能不叫人意外。

恭亲王府

位于北京柳荫街的恭亲王府，是自去年6月才向外开放的一处王府重地，是多人认为迄今为止保持国家文化较完整的一块园地。

恭亲王府始建于乾隆时代，为当时重臣和坤的私宅，有传说乾隆同和坤搞同性恋，也有传说和坤乃年贵妃的转世。乾隆身为皇太子的时候，一次曾经代表他母后去深宫探望被父皇冷落已久的年贵妃，却为年贵妃的美色所诱而做出轻薄的举动，传进母后耳里，为不影响儿子乾隆继皇位的前景，即刻以三尺白绫赐死年贵妃。乾隆跑去见年贵妃最后一面时，以朱砂点她的脖子，对她说哪一天他称皇时，必尽力补偿她，让她享尽荣华富贵。

说和珅是乾隆的今生情人也好，或是乾隆的前世爱人也罢，反正和珅当乾隆的重臣时，可以说是随心所欲，为所欲为，也因此贪污成性。在他任期内，非法挪用的公款，相当于清朝十年的国库收入的总和，这个数目几乎是今天的数十亿美金。而今日故宫珍宝馆内展览的稀奇古宝，有九成是来自当年和珅的私藏。

和珅春风得意时，连府第都照足皇宫的格式，皇帝专用的龙雕、珍宝玩物一一都被他收罗于府内。听说当今地下道及密室内仍存有大量的黄金白银，故仍被封而不对外开放。

和珅在乾隆离世之后，即刻被继位的新皇帝以二十几条死罪被赐白绫吊死，可见他目中无君到何种程度。

慈禧太后当权时，为她打下江山的恭亲王又承继了和珅的意愿，继续在王府内大兴土木，将野心反映在建筑格局上——今天看到的恭亲王府后半部，有如慈禧太后在故宫的寝宫宁寿宫的格局便是一个例子。

恭亲王府经历两代大臣，后又为很多位中心人物的故居，故百多年来没经过什么大破坏，是回顾历史文化的重地。

接待我们的导游说，我们脚下每一块石头都是原物，足有几百年历史，说完却又怂恿我们拿几块回家留念。听此话后心中不免怅然——有这么样的导游，恭亲王府最终大概也会像其他的文化古迹般，被破坏至不留余地为止。

原载于《美文》1997年第9期

在台北

赵振川

阳明山怀感

在台北的第一个清晨醒得很早。

坐旅行车穿过台北市区向东南方向的"中山纪念堂"出发途中,看到市民正忙着上早班,熙熙攘攘,景况与大陆许多地方大致相同。只是街上摩托车较多,马路较窄罢了。不久,开始爬山,眼前的植被越来越丰茂。此时,天正飘着小雨,被雨水滋润后的各种树木、小草,以亚热带植物独有的婀娜多姿与润泽,在微风中摇曳着。导游讲,山原名叫草山,1949年,蒋介石到台湾后改名阳明山。

途中,能见到许多设计别致的别墅。我想,这该是台北风景区的好居处。李敖在凤凰卫视多次提到自己在阳明山有个家,那时,我便记下了这个山名。山越来越高,山涧尽处,即在半山之上转过溪涧的一块开阔地,耸立着碧瓦朱檐、鳞次栉比的仿古建筑。在青碧色大理石回廊里,点缀着精美华丽的建筑,步入其间,让人有入仙境之感。

二十世纪六十年代中期,台湾为表示对中华文化的承继建了这组具有中国古典风格的建筑——国父纪念馆。纪念馆分前后两部分,前部似天坛的园垒,后部为明故宫的大殿,圆与长巧妙结合,显示出设计者的匠心。据说,这是一位极有才华的女建筑师的杰作。即使今天来看,台北的中山楼依然是一座有代表性的经典建筑作品。

午饭后不久,在下士林参观台北"故宫博物院"的藏画展。这对我来讲是十分重要的,可以说实现了我多年的夙愿。大陆解放前,故宫的许多名画被弄到了台湾,由于两岸的状况,想看到这些故宫藏画可谓难于上青天。二十世纪九十年代,我在新加坡探亲,大哥振霄的一个朋友在新加坡的一家报社做主编。当时新加坡与台湾的交往较多,一次聚会,我们自然谈起台湾"故宫博物院"的藏画。台北故宫出版的《故宫周刊》为介绍台北"故宫博物院"藏画最权威的刊物,上世纪二三十年代,北京就有这个刊物。我在学习绘画的初期,也经常看这本杂志。对学习传统绘画的人来说,这真是个宝库,会百看不厌。言谈之间,这位主编先生讲,他愿送我一批台北的《故宫周刊》,随后他连续送了十多年,这是我最早接触台北"故宫博物院"的藏品。我非常感谢这位主编,并送自己的画作,以示答谢。这些刊物不仅介绍了许多见不到的画,同时对各个历史时期绘画的分析也独具慧眼,深入浅出,可谓图文并茂。这次,我有机会在台北"故宫博物院"看到这些历史真迹,可谓人生之盛事,心情的激动与感慨可想而知。然而，遗憾的是这次台北"故宫博物院"展出的作品较少，但看到多幅明代仇十洲的作品，也属不易。最为可贵的是其中存有宋"巨然"的山水画一幅，画幅虽不大，但气象赫然，高古之风让人拜倒而后欲追之无门。我深感艺术贵在精神，精神可穿越时空去影响和感召后世，可见文化精神魄力之无穷。

摩耶精舍

阳明山下士林一带，既有台北的"故宫博物院"，也有党政要员的官邸。据说，蒋介石就住在士林，国画大师张大千的"摩耶精舍"也在这里。因台北"故宫博物院"今年展出的作品有限，镇院级的作品均未展出，因而，参观用去的时间不多。在该院的图书商店购买故宫藏品的印刷品用去了不少时间，我买了几册印刷精美的历史藏画集锦。

来台前，我一直惦记拜谒大千先生的故居，参观"故宫博物院"时我向赵树栋先生谈了自己的想法，他说商量一下再定。经与导游研究及"故宫博物院"有关人员联系，我们一行在参观完台北"故宫博物院"后直奔"摩耶精舍"。

"摩耶精舍"是大千先生从巴西返台后的居所，八十年代我就听说过，见过大千先生在"摩耶精舍"的照片，了解当时他的一些生活情况。因此，这次参观也是一次极其难得的经历。

二十世纪八十年代初期，大批日本朋友来访，其中一位日本画家，名叫藤原楞山。楞山先生热爱中国艺术，崇拜齐白石，自己也画得一手好画，颇得中国意味。来西安后，他向当时的外办表达了与陕西国画家交流的愿望。由省外办日语翻译李先生带到省美协，我联系安排他与省美协的名家方济众、何海霞、王子武等进行书画交流。当我向楞山先生介绍何海霞时，特意说明何先生的老师是台湾的著名画家张大千，楞山先生很感兴趣。我还向楞山先生讲了家父赵望云与大千先生抗战时在四川成都的密切交往。在四川时家父与大千先生过从甚密，大千先生家历代藏画颇丰，家父常到大千先生家看画、谈艺。大千先生待人热情豪爽，且有侠义。1958年，他在美国撰文谈及在艺术上与当时诸多画家朋友的不同时，说自己画马不及悲鸿和望云。大千先生在回忆文章中曾谈到，家父望云有一次问大千先生，自己和悲鸿的马谁的好？大千先生回答：悲鸿画的是骏马，望云画的是劳动干活的马。从以上两件小事可以看出父亲与大千先生的友情，也反映出在那个时代艺术家之间因共同的艺术理想而相互存在的亲和与支持，以今天的眼光来看这些历史人物，让人感到艺术家之间的真情，直至今天仍然在闪光。

楞山先生访问西安大约半年多以后再次来到西安，与海霞先生、济众先生和我相聚。这次来西安，他显得对我及海霞先生热情倍加。通过交谈得知楞山先生从台湾大千先生处回日本后又马不停蹄直奔西安，给我们带来了大千先生的情况。当时楞山拿出了他与大千先生在"摩耶精舍"的许多照片。楞山先生讲，他向大千先生讲了他在西安见到海霞和我，并向大千先生谈了家父望云于1977年病逝的消息。大千先生闻之仰声哀叹，并把眼镜抛向空中之后落地摔碎。这感人情景，至今令我不能忘怀。楞山先生是个有心人,他不但带去了我们对大千先生的问候,并且用一个旅行水壶装去临潼华清池的一壶清泉,送给了在台岛的大千先生,这壶故乡的水深深地打动了大千先生。据楞山先生讲:大千先生用这壶水的一半研墨,画了一幅唐装仕女,请楞山先生转交何海霞先生,剩下的让他的夫人用来洗澡,以示不忘唐明皇之妃杨玉环在临潼华清池的贵妃沐浴。楞山先生想必已离开人世,但当年他带来大千先生的信息依然让我想起,不免感慨万千。

"摩耶精舍"在一个小街口。门开了,院内奇花异草、美石、小溪,环绕着小楼,环境十分雅静,处处露出一种特有的幽情。陪同参观的女士想必是张家的老友,她介绍起来如数家珍。当她讲到楼门前的一块巨型奇石是巴西出的类似田黄的石头,十分名贵,又勾起了我的回忆:二十多年前日本友人楞山先生第二次访华,那次,楞山先生告诉我,大千先生晚年喜爱各种奇石,收藏甚多,每一块石都有对一座祖国名山的情思寄托。大千先生经常手摸石头面向大陆沉思着,眼里流露出悠悠的思乡之情。看着大千先生收藏的石头,感到这些石头似乎不及它的主人在时更显灵气、生气、精气。虽然初来乍到,但对大千先生故居,似乎并不陌生,先生的画室早已经在照片上见过。此时,物是人非,不免有一种怅然的感觉。我径直向后花园走去,去找寻那二十多年前大千先生特意安排楞山先生合影的"梅丘"。当年从照片上看梅丘,周围无多少植被,而今天,梅丘已被树与草深埋,显露有"梅丘"字样的石头在树丛中依稀可见。我特意请友人在梅丘前为我拍照留念。我想,如果大千先生尚在人世,他一定会热情接待我这故友之子，也一样会领我到梅丘合影。面对主人离去的这座空宅子，原本对"摩耶精舍"的向往变得淡了许多，但占据心中更多的是大千先生的故事及他的不朽的画作。至于美术史论界如何评价他，我不想多谈，我认为大千先生是中国古典传统绘画的集大成者，是为二十世纪中国画的发展做出了贡献的一代大师。

阿里山与合欢山

作为搞山水画的人，对到阿里山一游自然十分感兴趣。阿里山在大陆名气颇大，我早就喝过阿里山产的茶叶，印象极好，在我心里阿里山与乌龙茶是联系在一起的。当我逐渐爬上阿里山时，我被台湾优美的自然风光深深地吸引住了。台湾位于太平洋中，北回归线穿过岛的中南部，亚热带及热带气候，周遭的海洋为台岛提供了优越的生态环境，植物极易生长，品类繁多，可谓洋洋大观，真不愧为"宝岛"。

从台北到阿里山行程约一天，到达阿里山宾馆已是黄昏。在夕阳的照射下满山的冷杉黑魆魆的，挺拔而有韵致，拥满了远近高低的山峦。趁天黑前的光线，在山间小道感受阿里山的魅力，心情格外舒畅。钻入林内，林子深邃，墨绿中透出森凉气，肃静而深沉。夕阳中，层层树干好像镶了金边，给人美的享受。第二天早晨，我们结队去更远的地方拍了许多山间的风景照，也看到了巨大的神木，并去过阿里山火车站，但论感受远不及途中和初到时好。

我一直以为台湾少有大气魄的壮观景象,而这次从日月潭出发横穿台湾中部横贯公路进入中央山脉的合欢山,给我留下了极为深刻的印象,没想到台湾的中央山脉也有多座海拔近四千米的高山。高海拔、低纬度、海洋性气候,这几个因素决定了其风光的独特品味。那天的行程最长、最艰苦,连接台湾东西之间这条唯一的公路是当年蒋经国率一万多人在深山之中开凿出来的,时至今日,已是半个世纪。公路极窄,弯道、险道多,但能看出路面的养护不错。随着车子不断爬行,路愈来愈不好走。已近下午,时而云雨交加。当爬到约三千米左右时,沿途巨大的松树以其扭动而雄壮的风姿,银白而斑驳的色彩,撼动了我们。由于山道险,路窄,松树或沿途排开,或坡上群而聚集,苍翠之中偶尔露出几枝老朽的银色枯木,顿显另一番生机。

天色近晚,车外的气温也愈热,停车写生、拍照是不可能的,我们只能在车子一晃而过的瞬间获得极短暂的印象,而这印象却深深地映入我的脑海,并时时勾起朦胧而又清晰的回忆。我见过泰山的松、华山的松、黄山的松,也见过韩国东海岸的松,我觉得它们都不及这合欢山之松。我的确为台湾岛的松树所折服了,为了这些松,我打算有机会再赴台湾。

改革开放二十多年来,每年几乎都与台湾的画家有交流。二十世纪九十年代初,一个台湾的文化代表团来陕访问,那个团的规格很高,其中有在台著名的画家欧豪年,他对岭南画派的艺术有继承和发展,他的画保持着中国传统艺术的气魄和风格。我与欧先生曾有一面之晤,这次在台见到许多他的画,很是喜欢。

那日，在台湾的酒会上因他晚到，我又走得早，故未能相见，很是遗憾。不过，酒会上见到了台湾的老画家李奇茂先生。李先生是我的师兄黄胄先生的老友，和师兄徐庶之亦是亲朋。黄胄在北京盖的炎黄艺术馆正厅的大铜门就是李奇茂捐赠的，据说这铜门是当年金门炮战的弹壳铸成的。当时，赵树栋先生给他介绍我是赵望云的儿子，李奇茂显得很兴奋。席间他在主桌，与我有六七米的距离，却很大声讲道："很像赵先生！"我当时很吃惊，你见过家父吗？我在心中自问。可能是因我的缘故，他在主桌侃侃而谈，看来是说家父望云与他之间的事。不一会儿，台湾两岸文化交流基金会的庄先生找我："给你通个信，没想到你的知名度很高。李奇茂大师很想与你谈话，你是否过去见他一下？"我随即过去向李先生敬酒。李先生见我过来，主动站起，说："我是陇东人。咱们都是西北人。我与赵先生早就认识，赵望云先生是一代宗师，他的画反映的是劳动人民的生活，开创了新路，了不起。更了不起的是他培养了黄胄、方济众、徐庶之、韦江帆四大弟子，应该要很好地宣传。"他认为对家父的宣传少，给的地位不够，有鸣不平之感。他同时提出要让家父的作品在台北展览。我为他对父亲的熟知和中肯的评价而感动，亦被他的热情所感染，他对我们的了解如此清楚，像一家人一样清楚，我深感中华文化是两岸骨肉同胞割舍不断的纽带，这纽带又将两岸人紧紧地联系了起来。

原载于《美文》2006年第3期

口外行纪

陈 锋

今年七月下旬,西安连续高烧不退,气象台称最高38℃,但实际的感受是超了。昼夜难熬,无奈之下,只有暂别关中。选择的去处是避暑胜地张家口,还因为那里有朋友热情相邀。

行前我简单查了一下地理资料,张家口除市区外,下辖十三个县:宣化、张北、康保、沽源、尚义、蔚县、阳原、怀安、万全、怀来、涿鹿、赤城及崇礼。因阴山横贯其间,张家口自然形成坝上、坝下北南两大区域,其中北部接壤内蒙乌兰察布草原,山峦起伏,林草密布。故当关内酷暑难耐之时,被称作张家口市以北的口外坝上却是凉爽宜人。

以自己历史专业背景所知,这里长期是农耕与游牧交会之区,受到中原王朝与北方游牧政权的交替管辖。早的不说,隋唐时期,这一带是涿郡与河北道下的地界。五代以降,辽金两朝曾先后统治此地三百多年,属西京道、西京路地面。在元帝国空前辽阔的疆域中,这里归中央直属的腹里(类似特别行政区)管辖。也就是说,这里四百多年间都在少数民族统治下,风俗难免混杂多元气息。到了明朝，为防御北方蒙古军南下，继秦始皇后第二次大修了长城，并在长城沿线设立九大驻军防区，号"九边重镇"，颇类似今日之大军区，宣化府（如今张家口市的宣化区）即其中之一，又因是北京门户，被时人视为九边之首。想当年，宣化与西边的大同一线是折冲蒙古骑兵的要害，为此专门设置宣大总督一职，驻节于宣化府，是故宣化府名重一时，经贸、文化亦随之昌盛，号称"京西第一府"。明朝还在长城沿线外修筑了众多要塞城堡，屯兵控扼，为前线犄角。正统十四年（1449年），明英宗情绪高涨之下亲征蒙古瓦剌，结果在土木堡（今河北怀来县城东）全军覆没，大明天子与随行军政要员都做了俘虏，震惊天下，史称"土木之变"。现今张家口境内便不乏这些堡寨遗迹。到民国时，察哈尔省的省会便是张家口，从此地位盖过了宣化。

  出游第一站是张家口市东北的崇礼县，与几小时前途经的北京雾霾相较，天色泛蓝，空气亦清，傍晚散步，顿感凉意。咦！暑气何有？崇礼多山，原本贫困，然开发缓慢倒有益生态。近期，北京联手崇礼申报冬奥已跻身候选之列，以如今中国的影响力，胜出大概也不成问题，小城便不失时机打出了冬奥的旗号。我们自然也要先睹为快，遂驱车上翠云山。满目所见，俱茂密林木、葱翠草场，有河北体育集训地出没其中。行车中，当地友人数指滑雪场所在，实乃花草遍布之山坡，想必冬日大雪覆盖，方显雪道壮观气势。登巅四顾，群山起伏而舒缓，故景色开阔。因为气候干旱少雨的缘故，植被异于内地，多耐寒、耐旱的松树、杨树及杂七杂八的灌木,杂花遍地,却蜂蝶不多,倒是缠人的蚊蚋也稀,还有便是少闻鸟鸣。随后,出崇礼境,再爬近邻的张北县桦皮岭,其景与翠云山相类,惟夹杂零散的桦树林。要说的是,此地桦树大都低矮,不及大兴安岭的高大笔直,也未能遍山,号称桦皮岭,似乎为过。

第二站是张家口市北面的张北县腹地,张北靠近内蒙古,地域辽阔,是典型的坝上。从崇礼驱车向西北方行进,有意选择了穿越"天路"。这是一条两县之间的盘山公路,从入口眺望就极壮观:大路朝天,一直穿过林木茂盛的山岭,行驶过第一道山梁后,转几个弯,又开始起起伏伏,似乎永无尽头。沿途视野开阔,风景壮美,山梁上高大的风力发电车如林,转动的叶片呼呼作响,山坡间大片梯田,绿色的玉米与小麦尚未成熟,而淡黄的油菜花、紫色的胡麻花交替,尤其是几近腰身的紫红色的地榆花随风摇曳,挤满山谷,置身其间,恍惚听到韩红悠扬的歌曲《天路》,使人不免遐想:此路岂非通往天国?几件见闻值得一提:其一,路是往返皆单行,多辆小车因马力不足卡在大坡路上,造成堵车长龙,只好几人帮着推车,才勉强通过,开车与乘车的人见此都不由得感叹:车好才是硬道理!其二,有人随意在路边停车,兴高采烈地观景照相,也诱发路线一时的"肠梗阻",引得众人的不满指斥;其三,在一片绚丽的胡麻田里,游人无不涉足留影,踩踏出几平方米空地,一个皮肤黝黑的农民木讷地劝阻,有好事者建议收点费作为补偿,大伙皆曰:好!没问题。可质朴的农夫无意采纳。看来,商品意识尚未渲染深山,一桩赚钱的生意只能白白流失。及至下山转入国道，身后的天路迅即无影无踪，一段美丽传奇就此留存心中。

张北旅游的一个招牌，是在草场上骑马，感觉一下成吉思汗的成就，沿途所见不下十余处。有游客骑上一匹马，撒腿才走了几步，竟带出一只愣头愣脑的小马驹形影不离，原来它母亲已混迹生意场中，为主人干活。必是传统蒙古民风的流播，这里"农家乐"或可称"牧家乐"主打羊肉美食，其中烤全羊又是经典之作。在不少院落外墙上，刷着"吃蒙餐，喝蒙酒，当蒙男"的雷人广告语，令人印象深刻，我们找到预约的那一家，也有这么几笔。羊肉之味美，古人早已明白昭示，如鱼羊构成的"鲜"字中的标示，"挂羊头卖狗肉"一语，骂的就是用廉价狗肉冒充珍馐羊肉的投机行为，至今仍被用作"以次充好"的成语使用。汉魏时，有羊羔酒兴于宫廷，"色泽白莹，入口绵甘"，宛若羊羔之味美。唐朝以后更广受追捧，唐明皇就曾给杨贵妃送羊羔酒做生日礼物。元人李德载的散曲《阳春曲·赠茶肆》有："金樽满劝羊羔酒，不似灵芽泛金瓯"的赞誉之句。在传统戏曲《空城计》中，诸葛亮唱"我有羊羔美酒，犒赏三军"，也是以此寓意美酒佳酿。据说，酿造此酒须加入羔羊鲜肉，故还有滋补之效。总之，羊肉与美酒相连，总让人遐想不已。宋朝第四代的仁宗皇帝，据说生活节俭，一日夜里想到京城内著名的"仁和"家羊肉，口馋得竟夜不能寐，最终还是怕扰民，只好忍住口水熬过。宋人张耒《冬日放言二十一首》云："寒羊肉如膏，江鱼如切玉。肥兔与奔鹑，日夕悬庖屋……"即将肥羊列在诸味之首，足见当时人对羊肉的喜好。苏东坡"秦烹唯羊羹"的赞美话,被陕西人视作羊肉泡馍源远流长的证据,真伪姑且不论,羊肉广受喜好却是不争的事实。嗞嗞作响的烤全羊上桌,几乎可称气势恢宏,整整一大铁盘,总有三十多斤,外皮泛焦黄至深棕色,用刀划开,则显出淡红色的嫩肉、乳白色的脂及筋,香气四溢,充斥口鼻。众人先是赞叹一声,接着双手并用,松脆的外皮与颇具韧性的嫩肉蘸着浓重的佐料入嘴,真是大快朵颐啊,令口腹充满欢愉!此时此刻,绝对缺不得烈酒,朋友们举杯共饮,豪情顿时涌起,古今多少事,都付笑谈中矣!我想起《水浒传》中大碗酒大块肉的英雄豪杰,大概在吃喝上不过如此。唯一遗憾的是,时逢夏季,食客汗水频出,苍蝇飞舞,不免令人分神。

位于北接内蒙古的沽源县城南十几公里处,有"五花草甸",是此行第三站的主要景点。由数千亩草甸构成的五花草甸,名字听上去就很美,亲临其境,确能感受到一派大美的景色。弯弯曲曲的木制长径深入景区,游人穿行于其间,被四周盛开的五颜六色草花所包裹,令人目不暇接,此景只应天上有,缘何流落到人间?若非炽热阳光普照,还真有一点爱丽丝梦游仙境的感觉,其"天下第一草甸""华北最美花海"之誉,看来并非虚名。指示牌标注出许多花朵的名目,金莲花是最有名的一种,此花有清凉解热之效,惹得个别游客忘记"路边的野花不要采"的歌谣,竟然翻下围栏去采摘,其实这一带店铺、摊点多有售卖,也不贵,又何必让五花草甸少了几许颜色?

离开沽源,折返至下一站的赤城县。途中,要经过独石口,此地形势险要，属外长城南北的要隘，明初即已修筑堡寨，成为抵挡漠北的一处雄关。康熙皇帝率大军亲征叛乱的噶尔丹，往返皆驻跸过独石口。落日余晖下，残垣断壁寂寞无语，唯有几只鸦雀与风声扫过，昔日金戈铁马的景象早已烟消云散。时光就是这般残酷，历史同样无情，曾经的辉煌终归消退，曾经的壮烈也难觅踪迹，令多少慷慨悲歌之士为之无奈，正如孔夫子望着流水所叹息："逝者如斯夫，不舍昼夜（《论语·子罕》）。"

赤城县境内的云州水库，是白河上一座兼顾防洪灌溉的水利枢纽设施，面积不小，外来者的兴致还是当地特色的铁锅炖鱼。在库区边一户院落，我们品尝到从水库里打捞的白鲢，用传统铁锅炖熟，依然是重口味，还有油煎的小虾和土鸡蛋，加上采摘的新鲜玉米、豆角、野菜以及土豆，或蒸或凉拌，恰与大馆子里食不厌精的菜肴形成对比，让久居都市的人入口难忘。

赤城有名闻遐迩的冰山梁，为坝上最高峰，海拔两千两百多米，是地质时代留下的遗迹。行车路上，人烟稀少，偶见几匹马在山坡自在吃草，与其驮着游客的同类相比，可算是优哉游哉，不知它们可否知晓？景区入口处，只有几间简易小屋和三两位清闲的门卫。爬过九曲十八弯的山道，目睹沿途风光后，终于登上山顶。打开车门，山风阵阵，寒意袭人，车上温度表显示只有十四五摄氏度，零星的几个游人大都紧抱双臂，我虽早有准备，一身长衣也颇感肌肤清冷。站在山梁上，但见乌云低垂，浓雾不时飘过，忽而弥漫，忽而消散，放眼望去，四周朦胧的远山一派青黛色，偶尔一道阳光穿透云层，照出远处一小片色彩斑斓的山坡，仿佛世外桃源，又或人间仙境，似与北欧所见相近。这里灌木稀疏，耐寒的花草倒是旺盛，随风起舞，尤其是在岩石空隙之间长得更为茂密。在成排高大的风力发电塔衬托下，怪异嶙峋的石头尤为醒目，许多巨大的岩石块自然地堆积在一起，层层叠叠，宛若人为加工所致，形成了一道道令人叫绝的天然景观，这都是很多年前地质时期冰川运动的遗产。还有一道石块堆积的矮梁，隐隐约约伸向远方，或为俗称的野长城，也未可知。置身如此空旷而高远之处，不说一览众山小的感觉，诸般烦恼杂念亦随风飘散。

赤城多温泉，位于赤城县城西七八公里的山谷中，有号称"关外第一泉"的温泉小镇，据记载，康熙皇帝曾陪同祖母孝庄皇太后在此驻跸，沐浴过多日。从住宿的老式招待所出来，走上几百步就到温泉景点。此地距京城不算远，故京津口音的游人不少。在一处标明"胃泉"的泉眼前，许多人拿着瓶瓶罐罐排队接水，此泉温度达59℃，据说有益脾胃。有些人则干脆脱掉鞋，在下面的温汤溪流中泡脚，脚与胃虽风马牛不相及，但也不妨享受一番。还有眼泉、平泉、气管炎泉及冷泉等，或因所含矿物质不同，所以声称可治疗眼疾、皮肤病、风寒及呼吸道疾病，总归是可以养生，能耳聪目明。这里植被繁茂，气候宜人，两日登山途中皆逢阵雨，凉风习习，令人神清气爽，早已忘却此时还是暑天。路边小摊叫卖着山货，各种野生菌菇气味浓郁，最诱人的大概是晾干的口蘑，城市里超市与市场中的货色如何能与此相比？

从赤城南下，最后出游怀来县。怀来与北京延庆县相接，其沙城以盛产葡萄和葡萄酒声名远扬，不过气候已不及以上诸县凉爽，空气质量也近乎京城。我们在此虽仅停留一日，不过午间吃到的一顿农家餐，仍让我们感觉不虚此行。在靠近山丘的公路旁，一户看似寻常实则有名的农家乐餐馆，吸引的都是过往熟客，因为周边少有民居。朋友点了菜，主人一面忙活，一面招呼说："地里种的，喜欢的只管说。"在屋后的菜田里，看到成熟的南瓜、番茄、豆角、土豆以及玉米，新鲜而自然，应该是天然时蔬。坐在屋旁高台上的凉棚下，闲聊中一个腼腆的小伙子陆续端上饭菜。开口一问，竟是多道野味，有野猪、野兔、野鸡之属，一概家常炖法，蒸熟的南瓜、土豆与玉米模样清新，众人皆曰：好极！真是食过方知乡野好，哪管菜系讲技巧。难得的是，吃喝间有微风不时拂过，蚊蝇不扰，动手动嘴无忧，从容不迫自胜于之前几家。到了结账，花销不过四百多块，实在是好吃不贵。

有道是没有不散的佳筵，也无永无尽头的道路。别了，热情真诚的朋友，美好难忘之行就此打住。末了，要说的是：张家口风景真好，人更好！听说口外的阳原县产玉，声名才起来，因时间缘故没去看过。但我想，阳原玉一定是那种朴拙的大美，宛若古代和氏璧传奇中的璞玉，须得慢慢雕琢才能欣赏到它的无价，正如张家口民风之淳朴实诚，不是写在脸面、挂在嘴上，而是由内及外自然挥发。言归正传，就旅游而言，我要由衷赞美张家口：海内避暑，无出其右！

原载于《美文》2014年第12期

你可曾走过乌蒙

弋 舟

人已在高原，心神却仍有些平原属性的恍惚。来程倒也顺利，清晨六点出门，航班落地昆明，转机，中午便到了昭通。此地去年来过，还受聘为昭通学院的客座教授。本该是故地重游的心神清明才对，怎么却有些无端的发蒙，有点回不过神似的？

说是无端，其实也能找出些端倪吧。譬如，这作为庚子年背景的疫情，譬如，那从"中央"奔赴到"边疆"的微妙心情。疫情自不必说了，在这个背景之下，所有的人，人所有的行为，都有些恍兮惚兮。往日司空见惯的远行，被限制成了难得一遇的机会——半年多来，对我而言，这已是少见的一次旅程。况且，人在途中，应对着诸般盘查，心总是要紧张一些的。至于"中央"与"边疆"的想象，也许有些夸张了。西安算是中国的腹地，但能不能称之为"中央"，我也没有十足的信心，我知道，许是为了与"边疆"匹配，我才对应着让西安暂且成了"中央"。视昭通为"边疆"，还算得有理有据——云南省的省级文学刊物，不就叫作《边疆文学》吗？

总之，似是而非，恍惚多为心造。

接机的朋友问："第一次来昭通吗？"答："来过的，去年还来过。"话说出口，心却是虚的。因为心里很难确凿地唤醒记忆，一切只仿佛似曾相识。在这空前的庚子年里，意识恍如都慢了一拍。

晚餐时，从昆明赶来的性能与潘灵到了。身为《边疆文学》的主编，潘灵的到来，坐实了我的"边疆"感。性能是多年的朋友了，说及后面几日的行程，他问我："上次来，去大山包了吗？"是啊？去过了吗？我只能如实作答："好像我也记不得了。"性能笑，说："去的地方多了，记忆就不那么好了。"他总是这般宽厚，如果我真的这般健忘，便是对"边疆"的不敬了。可是我知道自己没有这般轻慢，于是，恍惚着，又多了些自责与懊丧。

我感到有些轻微的头痛。昭通海拔一千九百二十米。高吗？不算很高。低吗？也不算很低了。只能将自己的状态推诿给"高山反应"了。这很轻易，当然也有些草率，是"中央"腹地来人廉价的托词。

晚上躺在床上补课，资料上说，古往今来，对昭通最为传神与精准的文学性描述，出自伟人的那两句著名的诗——金沙水拍云崖暖；乌蒙磅礴走泥丸。不期然，心里竟将性能的那句问询置换成了这样的句子——你可曾走过乌蒙？

你可曾走过乌蒙？

像是一句天问。

接下来的日子，就在这句时时想起的天问之中，行走在高原吧，用脚，用眼睛和鼻子，用身心，去寻一个答案。

"边疆"的天空与山峦，这几日多被阴云和雨水笼罩，却全无"中央"腹地同样天气条件下的浑与昏，即便是阴云，也是透亮的阴云，雨水清亮，将灰色的高原洗得接近纯粹的灰色。靖安镇易地扶贫搬迁安置点——全国最大跨县易地扶贫搬迁项目；西魁梁子马铃薯种植基地——竟真的在山坡上写下了"洋芋帝国"这四个大字；海升苹果庄园——原来，中国的版图上不仅仅只有洛川苹果，静宁苹果；龙氏家祠，姜亮夫故居，彝族六组分支广场——乌蒙之地，遍布着的，是千年的民族史，是百年的风云激荡与文脉绵长。

一切都似曾相识，一切却全然都是新的。那些似是而非的经验与一知半解的知识，都在高原的行走中，被证伪，被修正，被廓清，让你重新承认自己的无知与轻浮，并重建起对于大地的理解——它曾经发生过什么，它正在发生着什么，它是如何地卓越。那作为背景的疫情，在大地的事实面前，成了涛走云飞的一个片段，而山河恒在，天地从来不缺乏从容的生气。

你可曾走过乌蒙？这句天问般的质询，在这样行走的日子里，便别具象征与启示的意义了。它对应着的，就是你的昏聩与恍惚，它是一个来自高原与边疆的垂问，同时，高标独具，也成为了一个方案。当世界身陷泥泞，当人身陷逼仄与狭隘的时刻，它足以成为一条让你去投奔的可靠的道路。这是地理意义上的道路，也是内心鞭策与召唤的道路。

乌蒙磅礴走泥丸。中国红军八十五年前就是这样前行的。

行程即将结束时,终于登上了大山包。于此,我也终于能够肯定地答复性能了:没有,我没有来过,非但上一次没有来过,上辈子一定都不曾来过。如此气象万千的所在,纵使我万般迟钝,领略过,也绝难遗忘。这是壁立千仞的山之所在,这是烟蒸雾绕的云之所在。它的瞬息万变,令我这久居"中央"腹地的人世界观都会随之动摇。经验里,自然几乎就是恒定的代名词,江河易色,从来都是一个跨度需要千百年的想象,但在这乌蒙山脉的大山包之上,前一刻雾霭缭绕,下一刻你便可以期待云开雾散,宛如换了人间。方生方灭,正是天地磅礴的伟力。

同行的朋友在打赌。十分钟后雾便散了;不,二十五分钟后。我听得目瞪口呆,就好比一万年太久,听到了两个神仙在预测着一瞬间之后的沧海桑田。那雾里,跑过了扝着蹶子的马,迎面又有牛破雾而来……

"深沉、邃密、博雅、刚健、笃实、光辉。"这是前日瞻仰姜亮夫先生故居时所见的一副对联,时年八十一岁高龄的大师,以此勉励自己的外孙女。此时,我亦只能以这十二个字,来辨认眼中的世界。

——你可曾走过乌蒙?

原载于《美文》2020年第9期

西藏啊，西藏！

[美] 叶 坦

心在聆听

川藏公路像条巨蟒，前不见头后不见尾，沿着雅鲁藏布大峡谷盘旋穿行。看不尽车窗外一路葱茏，虽然隔着封闭的玻璃，闻不到草树的香气。望着那深深浅浅的绿，我们这伙儿从水泥森林里逃出的北京人已感到肺腑都被清洗了一遍。

忽然车停了，前面是一行磕着长头的"藏尼"。年龄不一，七个人；三步一停，跪下去，合掌作揖，再五体投地，那一刻，她们与大地合二为一了。

我们端着相机跳下车。早在书里、画册里、电视电影里见过她们，此时此境储存在我脑海里的虚幻风景终于变得真实了。明亮的眸子、洁白的牙齿、高高的颧骨、红扑扑的脸、刀刻般的皱纹。她们手上的胼胝与磨损的裙裾告诉我，她们已经走了多长的路。我知道她们要往哪里去，却不知道她们从哪里来。她们脸上的皱纹里藏着怎样的辛苦？抛在她们身后的是怎样的故事？

一个民族的语汇常常告诉我们这个民族的心。我们汉语里有许多祭拜的字词，但是我们没有一个专门的词来描述这些藏尼周而复始的心路历程。英语有prostration，我们汉语只有一个符合词"磕长头"，而藏语称之为"霞姿"。两个简简单单的音节把人世间的千山万水说得如此轻松。

苦是相对的。藏尼们把这苦当成甜，因为这苦把她们引向心灵的快乐归宿。她们用自己忍辱负重的身体来丈量生之养之的土地，一尺一寸都不肯错过，她们用纯净如雅鲁藏布江水的虔诚来供奉自己的神灵，一分一毫都不会保留。

时间与空间也是相对的。当我们以现代便捷的方式到达布达拉宫时，我们不可能，也没有资格歆享那些藏尼经过千辛万苦，最后看到布达拉那一刻的欣喜与感动。哲人讲，结果不重要，重要的是过程。而在那些藏尼心里，结果与过程已经分不开了。我们还没有从北京出发的时候，她们就已在路上了，在我们到达布达拉以后很久，她们仍然会在路上。可是她们的心早已到达了布达拉，因为她们的心从来没有离开过那里。一颗自由的心可以凭虚御风、无所不在。谁可以阻拦心的飞翔？心在哪里，家就在哪里；一个民族的心在哪里，它的文化就在哪里。

其实聪明与愚蠢、纯洁与肮脏、成功与失败等，都是相对的。汉文化博大精深，像一位老人，有他的睿智，也有癌。他太聪明了，在他修身齐家治国平天下的理想中藏有太多的功利。当他自称"难得糊涂"时，已经被聪明误了二十多个朝代。所叹当今的内地一批批新聪明人又长出来，继续做着自以为聪明的事。

唯愿那些聪明人不要来，永远不要来，不要让他们的聪明污染这里的青山绿水。

常言道，人生的邂逅是一种缘。但是缘与缘不同。缘分等：有恩缘，也有孽缘；缘也分类：有今世缘，也有前世缘；缘还有期限：有的缘如过眼云烟，有的缘会罩住你一辈子。作为一个外乡人，我在西藏的土地上遇到西藏的朝圣者又是何种缘分呢？莫非我在前世，在川藏公路根本不存在的前世，也曾磕着长头从这里走过？汗水流过藏尼们盖满泥垢的脸，留下一道道白印，为什么这一张张脸竟如此熟悉而亲切？难道是我前世的姊妹选了这么一个山清水秀的地境来会我？

"二十余年如一梦"。我走过了许许多多的山和水，遇过了许许多多的人和事，心渐渐感到累，像一艘漫游过四海的船，水上的船身还剩有一点光鲜，而水下的龙骨早已挂满了海藻与牡蛎。我心灵的港湾在哪里？望着这群藏尼，我感到一丝久违的平静。原来幸福不是纨衫肥马、华灯照宴，而是长途跋涉中的一口甘泉，汗流浃背时的一阵清风。原来生活可以这么朴素，信仰可以这么简单，脚步可以这么坚定。原来幸福不存在于聪明人的价值观中，而在平静的心里。

望着藏尼姐妹，我替她们感到累，又替她们感到高兴。我庆幸她们的选择。也许这根本不是选择，而是福分。她们不需要在车水马龙的王府井磕长头，不需要在聪明人粗俗的眼光中磕长头，她们在自己的山水中磕长头。西藏是她们的缘，她们也是西藏的缘。西藏的山保佑她们，西藏的水保佑她们，西藏的神佛保佑她们。而她们回答这些恩赐的是朴实的长跪。这其实就是我们汉文化所津津乐道却难以做到的天人合一。

我想给这些藏尼做点什么，又不知道该做什么。无意把手伸进口袋，摸到了从美国带回的巧克力糖，抓了一把糖，走到她们面前，突然觉得不知所措。一位藏尼看到了，直起身对我爽朗地笑了。她接过糖，眼睛直直地看着我，点了一下头。真的，那是佛的眼光。在她的眼光中，我变得透明，她的眼光穿过了我的身体，看到了我身后的山，看到了山后天国的灯火楼台。永恒其实就在那一刹。

《叶甫根尼·奥涅金》的卷首语这样写道："活得匆忙，来不及感受。"我们现代人的生活速度太快，似乎总在匆匆忙忙地赶什么东西。然而在这匆忙之中，我们丢失了很多东西，包括我们自己的生活。我们听不到、看不见藏尼们所看到、听到的那天国的美景与韶乐。

当我在台灯前记下这一切的时候，我知道西藏那边的天还亮着，藏尼们还在磕着长头在路上跋涉。我们之间隔着无数的山和水，隔着说不完道不尽的世态炎凉。

她们走到哪里了？我看不见她们，然而我的心听得见她们的脚步声：一步一步又一步，再俯下身……我的心和她们的心一起，贴着大地。于是，我听见了幼苗破土的声音，蝴蝶展翅的声音，花儿绽开的声音，她们默祷的声音，还有佛的声音。

夯　歌

　　大昭寺让白云蓝天衬着，是我在草原放羊时那般干净明亮的云天。

　　经幡柱前，一位佝偻的藏族老妇口中轻诵着经文，双手合十，郑重地高举过头，一拜、再拜、三拜，然后把头重重地磕在柱上。

　　风动、云动、幡动，不动的只有那颗虔诚善良的心。望着那白发飘萧的老妇，我忆起了内蒙插队时的额吉和我一年前乘鹤西归的母亲。

　　寺里如鲫的游客把老妇遮没了，她的轻诵被向导们此起彼伏的讲解盖过，而向导的声音又被游客的嘈杂盖过。

　　我登上二层宽阔的平台。极目四望，是层层叠叠的金顶和高高低低的山。各路游客正你推我挤地摆着姿势拍照。突然间我感到寂寞。这时从人缝间又看到了那位老妇。她远远伫立在平台一角，凝神看着什么。我顺着她的目光，望去不远的地方有一群打夯的藏族青年，男男女女约有四五十人，一人一个小夯，排成两个方阵，唱着夯歌打着夯。歌是均匀的四分之四拍，强拍弱拍极其分明。一问，唱的都是信仰与爱情，粗犷之中揉合着亲昵，那么自然流畅，那么专注投入，快乐而空灵，使人觉得他们不是在从事繁重的劳作，而是在参加一场求偶的对歌。

　　了解一个民族，就要先去听那个民族的歌。一路上我们常常因一些大大小小的事被藏族人民感动，他们朴实无华，平和安详,与人无忤,与世无争,那样动人的夯歌只能属于他们。

唯有那些有着最纯净信仰的人,那些最热爱生活的人,那些笑傲过无数艰难困苦的人才能唱出那么快乐而深沉的歌。

老妇慈祥地笑了,听着那夯歌,望着她宽阔如蓝天的儿子们和她美丽如白云的女儿们。

夯歌起伏。两个方阵应和着,鼓动着,变幻着。忽而抒情,忽而高亢,忽而欢快,忽而沉吟。我听呆了。

谁在我肩头轻轻拍了一下。回过头,是那老妇。她张着缺牙的笑口,无言地向我告别。世界上有一种可以超越地域、时光、信仰与语言的笑容,一种只有终其一生而心中未曾存有过丝毫毒恶的人才能拥有的笑容。此刻如霁月般清朗绽放在老妇脸上的便是那种笑容。

目送着老妇瘦小的身影一摇一晃地远去,我深深地躬下身,也是为了送上我谦卑的祝福,也是为了掩饰我暌违了一年的泪水。

夯歌阵阵,发自肺腑,如碧蓝的纳木错湖水,一波接一波,叩击着我的心扉,打开我生锈的心锁,浇灌我龟裂的心田,洗涤缠绕我心头的三千烦恼丝……那美艳如藏红花的民族啊,那离天堂最近的民族!

夯歌如潮,它冲决了现代文明的喧嚣,奔腾而上,在蓝天白云间自由飞翔。云端慈悲的众佛们听见子民从心底唱出的歌声,欣慰地笑了,预备赐子民以至臻的幸福。

原载于《美文》2017年第10期

定　边

刘成章

很长很长的时间，车在夹缝中驰骋。缝是沟壑，夹者是大山，大梁，大峁。突然间"大"字如鹰飞走，才准备睁大眼睛细看，那些山梁峁已缩成了一片虚无。而虚无中已有了新的存在，令人兴奋，令人筋骨舒展：那是大原野了。平平坦坦，空空旷旷，一望无际，如关中平原。自然不是关中平原。关中平原盛产小麦和玉米，一年到头的色彩只是绿与黄的转换，而这儿是满目的粉红。像霞落原野。像蝶飞大地。像姑娘们把她们的嫁妆，一齐从家里搬出来了。那是什么？说个谜语你猜："三片瓦，盖房房，里头坐个白娘娘。"日本人非常喜欢吃那个东西。他们经常从这儿进口。如果还猜不着，听首陕北民歌好了，那民歌是挺有名的。"××圪坨羊腥汤，死死活活相跟上。"荞面圪坨。那是荞麦了。对。荞麦是紫红的杆杆。紫红杆杆上开着繁盛的粉红的花。

粉红的花，粉红的奇幻的海洋。奇幻的海洋中又偶尔间杂着糜子和洋芋，更显得斑斓夺目。但除了庄稼地，还有广阔的旷野。一眼望不尽的老黄沙。沙梁梁高来沙梁梁低。稀疏的植物是开紫花的沙打旺，沙蒿，以及沙柳。沙柳有惊人的细细长根，风把它吹得裸露出来，如平铺在地上的十丈八丈的铁丝。一种叫作"地雀雀"的小鸟，这儿一飞，那儿一飞。那真是一种稀奇的生灵，沙子般的颜色，头上羽毛形成独角耸起，耸一根调皮和美丽，挑逗人。

旷野里还有人们汗水浇灌出来的防风林的方阵。方阵座座，如座座城堡。筑作城墙的是高高的白杨树。守城的将士是高高的白杨树。可有敌寇来犯？折臂的白杨、倒了的白杨，叙说着次次战斗的残酷。

但真正的县城，是没有城堡的。迎着车，闪过房舍，闪过工厂，闪过拖拉机，人们如我，我如人们，都知道定边到了。

城不大，街不宽，铺面也都低低矮矮，却如熔炉出钢，一派红火烂溅。人流涌动。人潮起落。人群熙攘在琳琅的商品之中。而商品，从家用电器到锅刷刷，从装饰材料到红头绳，交会着，掺杂着，斑驳陆离。稀罕的是蔬菜。蔬菜像产自巨人国：菜辣子一个半斤，洋芋一个一斤多，西红柿大得就像小西瓜。这个定边，这个在人前总是吊着干瘪乳房的定边，怎么却留了一手？好憨厚好狡黠的定边！

南来北往的人，男的高大壮实，方墩子脸，黑红肤色，女的则曲线楚楚，丰满白嫩。男多骑摩托，女多着坎肩。男女皆有不少戴眼镜者——使粗粝的世界多了点温柔感的有色眼镜。他们的身影连着平坦的原野，连着早晚和正午悬殊的温差，连着时起的扬沙黄风，特异的地理环境塑成了他们特异的浪漫风姿。街上没有交通警察，没有什么规矩；有的是自由王国的遍街自由；人便成了一群乱羊，摩托车自行车便成了一群乱羊。其实摩托车自行车更像一群乱狼，狼入羊群，横冲直撞，真教人担心危险，危险，羊的厄运临头了，却不料，总是相安无事。他们都有敏捷躲闪的本领。

女子们放任着自己的天性，如野花疯开，最是无拘无束。在她们明亮的眼睛中，这世界从来没有什么雷池，因而她们荡开的脚步，层层叠叠踏下脚印如印下一街的厚厚字典，那字典中却没有"不敢"二字。到了车少人稀的街上，她们就十几个人排成一把梳子，梳向前去。她们要是二人横穿街道，就用胳膊互搭着肩，还要用另外两条胳膊互搂着腰，并且说说笑笑，招摇过市。对这些，周围的人们都习以为常了，不去注意。但我颇感殊异，还有一个从乡间走来的老太太，也驻足久视。不过，我站的是现代都市的角度，老太太持的是正被历史逐日遗弃的目光。这时候，老太太心中泛溢的是些什么呢？是不是一首她年轻时常唱的民歌？如果是，那民歌悲悲切切就像历史的抽泣声了："黑风顶住个上水船，多会儿教我抬头展腰活几天！"但歌声已渺茫了，如衬托着定边的深远背景：夕阳外，关河冷落，寒鸦数点。数点憧憬数点梦。

今朝好繁荣！人们喜笑颜开，心满意足，说："老先人没吃过的，咱吃了；老先人没穿过的，咱穿了；老先人没见过的，咱见了！"困难自然还是有的。困难一数一些还不能温饱的农民，二数一些机关单位。机关单位穷起来就穷得像原始部落,不但发不了工资,连办公费都没有。但公总是要办的,于是有的干部就到人家单位转一转,要几页纸,吸一点蓝墨水。回来的路上,下班的时间还没到,他就被人拉走了,拉他喝酒。定边人爱喝酒。只要口袋里还有几个钱,就喝。不是借酒浇愁,因为他们心里打根就没愁。酒浇的是朵朵乐天红花。菜很多,还有主食。主食是开过粉红花、的保持了白娘娘白皙肤色的荞面饸饹。但他们主要是喝酒。"喝着喝着狂放了,逗乐的酒曲唱上了。"——他们唱。酒曲。他们唱酒曲。酒曲,这承袭着唐宋元的当代民间小令,又注入了诙谐的生气。酒曲骤然唱起。酒曲。酒曲。酒曲纷飞。男的向着女的唱:

说你是个婆姨你没结过婚,
说你是个女子你刮过宫。

自然是一片哄笑。而女的毫不脸红,十分机敏,如刘三姐易地而来:

说你是个老驴你不长尾巴,
说你是个人儿你说的是牲口话。

又是一片哄笑。哄笑如冲天爆炸,摇天撼地。颤颤碗碟。颤颤餐桌。颤颤脸和衣。颤颤屋和瓦。颤颤门两侧的木制红底金字楹联。颤颤楹联的上联下联。颤颤"年年十八"。颤颤"岁岁潇洒"。这颤颤的八个大字如被揭开的什么,如深藏于人体中的谜,如他们的精气神。

但也有冷落萧疏的一隅,那是新华书店。书店如歉收的瓜园,虽然有瓜,却是稀稀拉拉十颗八颗。有的也是凶狠的瓜,泛黄的瓜,缺乏营养的傻瓜一样的瓜。没有巴金的瓜,没有王蒙的瓜,更没有我的瓜。我虽然整年整年地辛勤播撒种子,但这儿没有我的位置。而瓜园被服装占了,被罐头占了,被日用百货占了。哦,定边,这时候,你是否察觉一个外来人,一个散文作家心头的深重悲哀?然而我不怨你,不怨定边。全国大风呼呼,你的瓜园何能避开?

但我终于看见满筐的上好的瓜了。不过那是真正从土地里长出来的瓜。卖瓜的是一个小女子,大约十一二岁吧。她穿着一身花衣,头上又扎个花箍,使人眼花缭乱:一望而知,是从乡下来的。忽听远处传来个声音:"噢-翠翠!日你先人的你的瓜卖了多少啦?"循声望去,是一个汉子。翠翠便答:"噢——干大!日你先人的我卖了四五斤啦!"这"日你先人的"骂人的话,掺和在问答声中,像歌曲中"呼儿咳呀"之类的衬字。衬字毫无意义。毫无意义却透出了一股泥土杂草的热乎劲儿。我笑问翠翠:"你刚才怎么喊?"翠翠显然一下子便明白了我的意思,羞涩地笑道:"就那么个说法嘛!"翠翠卖的是一种长得很好看的香瓜,说叫"白玲脆"。哦,白玲脆,多好的名称!引人食欲勾人发馋的名称!这名称出现在粗俗之中,显得那么精致灵秀,如翠

定边　　137

翠的不开口的容颜，如她的眼睛和嘴唇，如诗。不过名称虽好、瓜虽好，我身上没带钱，只想看看便走。翠翠却突然挑出一个来，在衣袖上擦了擦，硬往我手中塞："不是卖，教你尝尝。"我自是推让。翠翠说："看这干大！到我瓜摊前了，还能不尝？"我只得双手接下。接下的是天真女孩的厚道情意，是淳朴定边的不朽民风。

到了另一处，街道边，树荫下，围了一堆人，围了一堆人躬身俯首，看下棋。下棋的是一个老汉和一个瘦弱的中年人。中年人虽然瘦弱，却精神饱满，特别活跃，发出阵阵朗笑之声。一盘下毕，中年人下赢了，拍拍胸脯，自豪如胸前挂满的勋章，勋章叮哨作响。正欲又开一局，中年人忽然瞥见了什么，站起身要走："你们谁先下，我就来。"说着就走了。人说，他去买棺材。果然，那边一辆架子车上，拉着棺材。"给谁？""给他自己。""什么什么？！""他害癌症了，知道活不了几天了。"他走了。他走得雄赳赳的，买棺材去了。他自己给自己买棺材。平平静静，乐乐呵呵，甚至也有几分潇洒，他去了，去买棺材，如给自己购置新房。

哦，乐天的定边！知天的定边！与天浑然一体的定边！

定边永生，如天，如天上的星辰！

1994年4月10日

原载于《美文》1994年第5期

黄帝之陵

阿 莹

我少年的时候去过黄帝陵的,记得是沿着一条斜斜的山路,走上一小会儿,就见到路边一块岁月剥蚀的石碑卧在那儿,仔细看那碑上字符,竟是"文武官员至此下马",心里便不由得肃穆起来,满山的翠柏似乎也发出了呼呼的告诫,任那多大的官吏到了这儿也是要下轿步行的,这当然都是因了桥山上葬着皇皇华夏人文始祖。

我这才注意到面前的山峦竟然长满了合抱粗的柏树,似乎过了铜川,车子就在山涧里颠簸,就感觉两侧均是低矮的灌木和蒿草,很少见到这般雄奇的柏林,密密丛丛,翠绿铺野,可见很久以来世人对黄帝陵的崇拜,早早就把黄土高原上这片植被悉心护佑下来,使得这片山峦始终呈现着郁郁葱葱的状态,默默地守护着身下的神圣。

终于穿过厚厚的柏林,走进轩辕庙山门,一棵粗壮的柏树蓦地扑进眼帘,好多人都在那里摆姿照相,有人惊呼这便是华夏第一柏了。我注意到那株从地面伸向天空的树干,粗粗的,壮壮的，布满了鱼鳞样的长条褶皱，七人扑上去想合抱，却添了一人才握手合围。那树冠伸出的枝叶与旁边的枝叶在竭力相接，一条条粗粗细细的枝杈像一条条虬龙盘旋着，恰如一条巨龙携着众多小龙欲拔地而起，几乎把所有人都震撼了。相传这是黄帝亲为的"手植柏"，是黄帝在桥山种下的第一棵柏木。旁边还有一棵"挂甲柏"，传为帝王挂甲之处，树干上布满密密的针眼，数千年而不愈，透露着帝王力量的神奇，想想居然能有四千多年的树木存于世上，不免让人啧啧惊诧。

手植柏后面是一片碑林，皇宗豪杰达官墨客都在此留有墨迹，当然都是称颂黄帝为中华民族带来的恩惠，绵延数千年呈现出大一统的国度。记得有块毛泽东当年在延安亲笔书写的祭文，洋洋洒洒，千字骈文，凸显了一代伟人对黄帝的尊崇。我当时最惊讶那里还有蒋介石写的碑碣，那是我第一次见到"人民公敌"的墨迹，想不到在黄帝陵前、两位势不两立的人物能够同处一地，面向黄帝表达自己的崇敬之情，可见黄帝作为华夏共主的包容性，让多少兵戎相见的伟人与枭雄在这里握手以礼。

这桥山的著名是有历史的，那司马迁在《五帝本纪》中，就申明"黄帝崩，葬桥山"。从此历朝的皇帝都把祭祀黄帝作为国家大事延续下来。出那轩辕庙不久，就会见到山背上冒出一座突兀的山峁，竟是汉武帝当年祭拜的遗迹。当时汉武帝北巡朔方之后率十八万兵马赶到这里，仰望桥山，心潮澎湃，下令在黄帝陵对面建起一座高达五十米的"祈仙台"，要举行声势浩大的祭陵活动。当时桥山周边山峦站满了汉家军，宫乐响起，俯首肃立，汉武帝独步上台，献上牺牲，献上祭文，祈求文治武功、彰显疆域。可想当时方圆百里的百姓都会涌到山脚下争睹一代帝王的气魄，更把黄帝的伟大昭告于天下，从此哪一届王朝没有祭拜黄帝陵的记录？

前边横着一道"诚心亭"，实际上就是殿前照壁，祭祀的人到了此处要平心静气，去除杂念，专心致志地向先祖黄帝献上祝福，以佑护家业国运兴旺发达。后边的轩辕殿只有百十平方米，门楣上的"人文初祖"，风骨凛然，透着一股华贵之气。里面条案上有一尊牌位，上书"华夏圣祖黄帝之位"，四壁则是青龙、白虎、朱雀、玄武的木质浮雕，烘托着悠久浩然的气息。此殿虽然狭小，但从屋檐下的斗拱和斑驳的漆皮可以断定是清代的遗存，过去几百年来人们就是在这儿祭祀黄帝的。

沿着祭祀大道往上走，心境越发静穆，当来到祭祀广场看到黄帝的封土，就有想跪下的冲动了，神圣两字也在头上萦绕起来。那隆起的冢丘有四五米高，方圆三四十步，上面长有稀疏的青草。记得有一年，我曾见一位国家领导人在这里焚香一炷，然后鞠躬致敬，绕陵一周，场面肃穆，以后再到黄帝陵祭祀总会叠印出那一幕来。

那开辟民族基业的黄帝，传说诞生于距今五千五百多年前的三月三，所以这一天亦被称为"生轩辕"。当然，那黄帝能被后代敬仰实在是功绩使然。司马迁称其："生而神灵，弱而能言，幼而徇齐，长而敦敏，成而聪明。"理性地说黄帝以前的中原，处于以血缘关系为基础的氏族部落时代，支系纷披，图腾杂多。

经过艰难治理，众多部落终于会聚于黄帝麾下，形成了黄帝、炎帝、蚩尤鼎足之势。后来黄帝联合炎帝与蚩尤在涿鹿决战取得胜利，统一了零乱的部落支脉。作为被后代尊为五帝之首的黄帝，进而发明了服冕垂衣、伐木筑室、蒸谷为饭、服牛乘马、礼乐奏曲，使得华夏一族走出了蒙昧，成了名副其实的九州共主，这便悄然奠定了中华民族的雏形。那黄帝之后主宰中原的颛顼、帝喾、尧、舜，以及后来夏、商、周三个朝代的主政者都直言自己是黄帝的后裔，从此中国历代史书都把黄帝尊为开篇第一人了。

然而，想不到历史的车轮驶入二十一世纪，各地忽然把祭拜五帝看成了一种资源，争先恐后地表演起来，祭出的旗号名目繁多，于是黄帝陵忽然有了边缘化的挑战，好像历史真就这样演绎过。我孤陋寡闻，却知晓那大约从秦汉兴起的"明堂"，供奉的以黄帝为首的"五帝"就应是祠庙的滥觞，帝王将相们年年都要去那里祭祀帝国先祖的，那作用就是教化皇亲和百姓。而所以要在都城的明堂里祭祀，完全是方便使然。试想，那周秦汉唐的都城距桥山有上百里路，宋元明清的宫池就更远了，如果帝王年年要亲往陵上祭拜，浩浩荡荡，鞍马劳顿，带来的烦恼不言而喻。而且古时皇帝出行，朝中常会有动荡风险，必须精心谋划。所以，平常年月朝廷就委托地方官吏去陵前祭祀，皇亲国戚转而到明堂拜谒，后来这明堂便演变成宗庙和学校了。也就是说轩辕黄帝至高无上，古人帝陵亦祭、宗庙也祭的，怎么会出现这样一场论争呢？

若我们走进旁边的碑林里徜徉，就会轻易发现，形制各异的石刻记载了昔日岁月的祭典印迹，有唐代宗把祭祀黄帝陵列为国典的昭告，有宋太祖三年一祭的碑记，有元泰定帝保护黄帝陵的圣旨，有明太祖遣官拜祀黄帝陵的祭文，有清康熙亲撰的满汉碑碣。那近代以来的领袖来陵上祭拜的记录就更是不胜枚举了，由此可知祭祀黄帝陵早已成为中国历代的规矩了。

君不见，如今在黄帝陵下，已建造起一座气势磅礴的祭祀大殿，四面敞开，一圈廊柱，歇山屋顶，既存秦汉遗风，又有希腊恢宏，大殿里空旷静穆，中间端正敬立着一尊黄帝石刻，那是根据汉代的画像石摹刻而成的，如今好多地方莫名其妙地让黄帝穿上华贵的服饰，头形也束成了想当然的模样，实在令人啼笑皆非。而采用这幅画像，凸显了人文始祖的悠久神圣，且比任何敷衍滥作庄严厚重呢。

如今在这座庄严的大殿前，每年都要举办声势浩大的祭典，献歌献舞，敬奉花篮，诵读祭文，鞠躬绕陵，且已成为一个传统了，吸引着世界各地的华夏儿女到陵前来表达崇敬。常有海外华人一到桥山脚下，便双膝跪地，捧起一掬黄土珍藏怀中，誓把黄帝的基因顽强地传下去。我想，这个庄严的祭祀已经成为华夏儿女认祖归宗的程式，也是伟大民族能够历经五千年而不衰微的"秘密"了。

当我的视野从大殿里缓缓移出，落到满山遍野的翠柏上，心里涌动的便不仅仅是豪情了，松涛如浪，山呼海浪，华夏儿女在细心呵护共同的历史记忆，在注视着中华之龙腾空而起。

原载于《美文》2016年第1期

中原，在我经过的时候黄了

王小妮

麦

很多年都没有机会在庄稼的包围之中悠闲从容地走。

5月，我在中国的中原醒来的第一个早上，天空是迷蒙蒙的灰色。我一直向着外面走，已经闻到了田野的气味。

从我们住的小城，向任何一个方向出去十分钟，都能遇上麦田。没有第二种庄稼，只是麦田。全天下，都摇摆着好麦子。大地因为加盖了那么厚的一层绿，变得富有了弹力，大地在灵动。

我直接走进麦子地，看见中国中原的土质细软，绝不是南中国的红砂泥。麦穗里面的颗粒正在鼓起来。我试了一下，它们正接近最后的成熟。沉绿有芒的麦穗从手的下面挣脱着滑出去，回到线路变化的风里面。

我说，今年好收成啊。

中原的人们尽量张大了嘴巴听着。同时笑着。我发现中国人的嘴巴，其实相当阔大。

我说，让我坐在这麦田里头，我就已经满足了。我的要求可以到此为止。

他们说，到了我们这儿，当然要到处去看看。从那个早上开始，连七天，我都待在古老的中原，在无边无际的庄稼之中穿过。

人们无数的好感觉当中，一定有触摸临近成熟麦穗们的感觉。我们并不在庄稼地里出生，但是，随着庄稼的波纹起伏走，我们得到了辽阔而且可以信赖的那种安全。

馍

出产麦子的地方，每个人每天都要吃面。吃了由面揉成的馍，人才能结实，长出硬面一样的肌筋。吃了馍，人才敢向着离家很远的地方走。土地用它的出产养育着它上面的人。

很快，我学会了用中原人的语调说出"馍"这个字音，而吃面是不用学习的。我是北方人，从来不会思念米饭。米是水里长的，面是土里长的。还是土地让人觉得踏实。

我盛上又一碗稀面糊的时候，中原的人们都在喝面糊，并且出汗。他们每个人几乎都找到了好阴凉。可是，面糊使他们发热，不管在多大的风里，多密的树下，照样出一场透汗。这是水分最平常的进入和溢出的道理。落了汗的那会儿，粗瓷的大碗已经光滑洁净地扣在面案板上。人坐住，望着又一年的收成。

如果人不拿着锄头出门，走向他的那块地，人任由着大地去生长，起码会有十种以上的植物在三个月里同时铺满了田野。都是油绿的，都能把种子抖落在地上。人们不稀罕其他，只稀罕麦子的原因，是看它能揉成面，揉成馍，能转变成力气。

我看见蹲在街头小面铺前面的少年，迎着拖拉机后屁股的一大卷尘土，吃着大碗热面。他的眼睛在众多尘土的扰乱之下，照样紧盯着他的碗。

站起来孩子！我衡量他，还不到下田的年龄。扛一大捆麦子的力气还没走到他的身体上。少年不自然地站着。他说他识字了。他把小面铺的名字念给我听。吃过面以后的少年，脸色简直太结实。

就在这同一天，我们很难得地吃到了当年的新麦。用成熟前的青麦炒成了菜。农民们看见这一碟子绿，一定会说糟蹋了庄稼。厨师却以为，单是青麦能有什么味道。他加了不少调料，所以我们不过吃了盐和味精包着的嫩绿颜色。

既然是在中原，还是端来实实在在的热面糊和馍吧。

河

七天之中，多次穿过大面积的麦子。车带我们上桥，桥以下就是黄河。我完全可以怀疑这条极顺服、温和的水不是黄河。我没把怀疑说出来。黄河说到底也不过是一条水，不值得特别为它去惊怪。

水面不宽绰，也没见到浑浊。它好像是不能流淌的水。在一块村前麦田里，中原的农民指给我们，说脚下站着的地方，过去就是黄河的河道，都是水。二十多年前，黄河走了。从脚下一口气走出了二十多里。

农民们一眼望过二十多里的麦田，用特殊的目光，用我看不透的复杂神色去眺望他们记忆里的那条大河。

远古的时候，人们称呼这条变幻莫测的水，只是叫它一个字：河。就像这世界上只有一个人，他当然不用另取名字。山林野兽只称呼他：人，你来了！曾经，人们以为黄河是人间唯一的一条大水。

一个傍晚，我们赶回小城，又一次经过黄河桥。太阳完全惨淡乏力地斜照着，很少见到那么没心情的太阳。河上漂着黏滞稠凝的一道白光。有微微突起的一片沙洲，像一条死鱼或者一艘翻沉的浮艇。这条传说中不可阻挡、四处移走流窜的河，把那张恶兽的面目遮挡了吗？

没这条河，人怎么过活，麦子怎么变绿。大水裹走了一百条人命，照样有九千九百个人冒险跟着水走。在它的大动大静之中，找到人的空隙。种麦，种树，盖屋，读书，生子。

我问一个作家，有没有就叫《黄河》的一本书？作家说，从来没有。写那么一本书要多大的气度。他误解了我。他要的是负有历史加给他的一切责任和象征的虚拟黄河。我要的，只是单纯的数字统计资料。我需要的《黄河》，几乎是不可编撰的一本书。谁能准确地统计得出它突然呼号而起时带走了多少条人命，多少房屋林木，多少接近成熟的麦田？

想和一条河坐下来算账，这可能性有吗？

我们经过黄河，没有看到人站在它的堤岸上，一个都没有，也没见到船。沙洲上有两个人,固定在那儿,一动不动。看他们撅在那儿的姿势,估计是下网捞鱼的。

后来,晴朗的一天,又过桥。看见河变得蓝而委婉。这么平凡的水可以是一条无名的河。沙洲边侧只有一股水在流,悠悠地向南,似乎不是向东。

每次经过,车上总是有人对这条河加上一个比重金属还重的颜色词。他们说:又过"黄"河了!

寺庙

在洛阳白马寺的庭院里,我遇见一伙妇女,都讲当地方言。十几个人围着一只石桌坐下来。从寺院的大水缸里舀出水,断了气那样喝。水分使她们的脸更加红和宽阔,更加有了精神。

女人们喝过白马寺里的水,开始吃干粮。当然是面做的馍,是前一年的麦子。吃完了,就站起来,一双粗糙起刺的劳作的手,使出力气,拍着花褂子衣襟上面的馍屑。

风吹过中国最早的这座佛教古刹之中,变得阴柔谦和。进了香,许了愿,又吃饱,喝得了水的女人们,起身向着寺庙的大门走。

在寺庙里休息的上了年纪的女人,没有比她们更满足更幸福的了。

穿着草鞋布衣的和尚,也在阴凉的庭院里,提着一些口袋,正准备把扭动纠缠在一起的草蛇们抓出去放生。

中原的农民宁可相信佛。佛坐大殿上,吃了人的白馍,才有那么丰腴的脸,那么洁白的手,有莲花宝座愿意托起佛。他们的模样看起来都是些好人。

有一个女人在选择比较两张纸币。两张都是粉红色的一元钱。她把明显干净的一张塞进功德箱,那箱上面写着"广施福田"。似乎吉祥幸福也是一块麦地,可以通过布施得到好收成。那么,可不可以说,一个人行善,这善就变成了水,变成了太阳,变成了农药化肥,使他的田里收割出他最需要的东西?

不弯下腰吃辛苦的人,能种好麦子吗?不在大河边冒着风险向黄泥下种的人,能把幸福给到所有的田地吗?这么多年,中原的农民不想那些复杂的事,费脑子去想的事都没有什么实用。他们在早雾里起身,直接就向他的那块麦田里走。

佛坐在寺里,人躬在田上。河绕着这一切,"哗哗"地顺着性子向东海里走。

古柏

麦田之中有园,园中有树,是从唐朝一直生长到今天的古柏,一共两棵,间距只有十几米的两棵柏。其中一棵,全身的筋骨皮肉都向上扭曲,形成鲜明旋转的走势,像被龙卷风强力抽上天空的一束干凝了的火焰。另外一棵,全身笔直流畅,像贯注而下的一股瀑布。两棵老树并不高,也不特别粗壮,但是,浑身苍老的皮皱,保持着各自固守不变的姿态。

我在瀑布之树和火焰之树间经过,在水火不相容的间隙里,感受着从盛唐到今天、火和水一贯的力量。

外国人说，中国人的面目过于平坦，很难分得清这个或者那个，分不清他们表情之中暗藏着欢快还是恼怒。让外国人来看中国的树吧，从唐那个朝代到今天，它始终都不隐含外形，始终都是满树的火和满树的水。

柏树以外，分别在两个土坡上站着两个中原的闲人。他们正从两个角度望着我们这几个外来看树的人。一个揉搓一顶旧布帽子，另一个单手下垂，拖一棵菜花的枯秆，都是下意识的动作。他们肯定不是呆子。我早已经看出来，他们来自远处那个带玻璃罩的小货摊。能摆个摊子，总要有正常人的精明。但是，除了呆子，还有什么动物会这么傻立着看？石头保持着石头的意识，土坡保持着土坡的意识，树保持着树的意识。只有人会离开人的意识，变得呆滞无神。

而我们这一伙，又是另一类呆人。我们为树的古老而感慨，倚在古柏上和它合影。摸索那棵火树上一个自然形成的漩涡形的凹处。据说，人们相信，古柏上的每个凹处都帮人祈福免灾。人们伸出惶乱不安的手，一年又一年摸索，使树在那个局部变得相当油滑黝黑。这种摸索使"惶乱"显现出了实体的形态，原来"惶乱"呈现着带油渍的黑色。

这时候，我把思想跳到外面。我看到一些呆人围观唐朝的柏树，又有两个望着看树的呆人。只有古柏静静立着，枯裂、嶙峋而无声，望着匆忙中变绿变黄的季节，不显耀也不声张。他们看到的世间兴衰和大地上的冬薄夏厚相差不多。

古人曾经描绘的理想国是鸡犬之声相闻，老死不相往来。从唐的树苗到今天的古柏,都没有视力,没有听觉,一个单纯的受授者,接纳着自然而来的阳光和雨水,由少年到老者。

做一棵树,才是一门深大的功夫。

墓丘

我问:麦田里突起来的是什么?

有人说,是机井吧。我是干过农活儿的人,不相信机井会那么无规则地修建。在麦田里偶然突出了两座青砖的小建筑,这一座向西,另一座向南,斜侧在麦子的波浪中间。

中原当地人说,那是陵墓。先于配偶死去的男人或者女人,他的墓留在田里,立在那儿,等待后来的未亡人。等待共同入土深葬。一个担水的老汉,在离墓丘不远的田埂上走,也许他正要去浇他未来的安眠之地。

好像一个人站在火车站的月台上,等待另外一个同行者。这种场面移接到电影里,必然带着浪漫的寓意。无数的列车都过去了,守候者并不去站台外面眺望,并不去打公用电话,他安稳得惊人,只是默默地说:"别急,反正我会等在这儿,无论他什么时候来。"守候者静止在漆成青麦颜色的火车站月台上,是最有定力的一种人。

有一天,他们将一起入土。入土的人将是多么好。任何纷争努力都消解了。还可以每年更换三条全新的棉絮,活着的时候并没享受过这种清静和奢侈。冬天覆盖他们的是白的雪,春天是绿的青苗,6月是黄的麦穗。这是给再不争论者的最大安抚,葬在中国中原地带的人是有福了。

经常能在麦子里见到那些浅平的黄土小丘，那是正式的坟墓，几天里面我已经见过多次了。汉以前的人和汉以后的人都在麦根以下成为泥土。被讲述得神秘运转的生命轮回我不相信。如果真有轮回，我看人也应该能轮回成麦子，遍地劳作的人在另一个时间里成为遍地的熟麦。我只相信我见到的，人每年都在入土，土里每年再生出庄稼。

石窟

我们沿着一条河水走。被我看见的河，是一条汹涌又颜色污重的水。后来我知道，它叫伊河。伊河滔滔地隔开两座山。一侧是白居易的墓地，另一侧是龙门石窟。

曾经传说唐代人轻易地怀疑白居易这名字带有轻狂的含意，又随后立刻凭借诗人的一首诗，改变了前面的看法。

其实，想白白地居存必然不易。有十万多尊大小佛像，面水而坐在伊河之上。到陡立的石崖上不断凿刻它们的人，一定是怀有目的。

一座石佛，已经足够领受保护一万个众生的责任。人们在那一片石崖上密麻麻地安置了十万个保护神，普天下被保护的人已经有了多余。世界该太平得过了头。

我们买了票，在伊河之上看见一场由人创造出来的毁灭展。没有资料能告诉我，这场破坏跨越了多少年。从各个途径看见对这石窟的介绍，我惊异于电视摄像机能躲避开无数残缺的石佛像群，居然还能寻找到面目完整的拍摄对象。

假如是对着羞耻敏感的人，早已遮面掩脸从那石头上逃掉了。

我听见某一个人去美容院结果做坏了鼻子，已经想跳楼自杀。石头心思粗犷，无头，无脚，无臂，它也不想逃亡。只是立在原地，向我们展示了被摧残之美。想在石头上刻出细腻丰腴的佛像，肯定没有毁掉它们更加简捷痛快。对佛像的破坏比大刀阔斧更豪放。因为我没在现实中见到那么巨大的刀斧。

破坏者已经不可查，没法对他们问话和颁发创作奖。我只能问那无头的佛像：白白地居住在这山上也不容易吧。

小城

我们住在地道的中原小城。城小而满街悠闲、散漫，使人想到古风还在这种地方残留。

但是，我没有见到读书的人。我见到了沿小街喝啤酒、摸麻将牌、听豫剧的，听到用土喇叭放中国台湾歌星的歌曲。在我们住处以北，总有人在夜里练唱"都说冰糖葫芦酸"。在明亮电灯下面的读书人，我一个也没见到。他们一定是有的，起码有那些学生，不能不拿本书去唱诵阅读。可是连这种学生我也没见到。

小城有书店，卖的书之中没有一本是我想买的。只举一例，它的"现当代诗集"栏里，只有汪国真。他是诗人吗？我们同行的两个朋友每人买了一本唐人韩愈的全集。书店里只存有这两种书。店主把这么厚的两本精装书卖给了两个外地人，一定感到遇上了奇迹。

而韩愈就是当地人。我们把这事实对小城里的人说，发出巨大声响喝面糊的人们或者不知道这姓韩的是谁，或者意味不清地笑一下，好像韩愈已经和中原小城没有关系。我们又说起建在小城外麦地的韩愈陵园。他们的理解，那地方不过是一个新景点。谁认识韩愈？没有人承认他认识这么一个人。

离开城市慢悠悠的小街，到了四公里以外的义井村。

眼前出现一片四千五百年前的龙山文化遗址，裸露的崖壁以上以下都是横跨了1996年至1997年绿油油的麦子。断壁之中可以见到古村落的灰迹和碎陶片。随同我们去的中原人说："上层的陶片是晚期人类的，看它们的质地已经能辨别出粗糙和敦厚，越接近深层才有精致有色泽和鱼鳞一样细花纹的陶片，那才是龙山文化的遗址。"博物馆的馆长给我们讲到仰韶红色陶片时候，脸上出现赞叹。他使我们再见了中原人身上隐藏的热情，他像孩子一样说："那才是好看哪！"

人在漫漫发展的过程中无知觉地背叛着一种美。人并不如麦子，麦子千万年也没有背叛它浑身的油绿和金黄色。

中原，黄了

我提前离开了中国中部的这一片原野，其他的人还要去少林寺。

我走的那一天是1997年的5月19日。七天前，我刚刚见到它的土地。

就在这七天之中，麦子由绿变黄。

它们大片大片地黄了。像谁飞快地刷上了一层黄颜色。

离开小城，迎面开过来一架威风凛凛的大家伙。由于高大，看它行驶起来有摇摆的感觉，这是流动在这个种麦省份里的收割机。我是第一次亲眼见到这种大机器。它和我在一条沙土的窄路上各望了一眼，便向着沙沙黄的麦田走。我的方向是离开中原的郑州机场。

可以想象，中原人放下手里的碗，面糊在风里干结在粗瓷大碗上。他们见了收割机忘了碗，龇起牙笑。风又过来吹动他们的张开的大嘴唇。麦子就在这个时候，风卷残云一样地黄了。

进入了6月，我接到一个从中原打来的电话。小城的人说，麦子全收了。

我问产量，他说平均亩产超过了一千斤。

他这么远打个电话，只是想告诉我，1997年冬小麦的亩产量。这个消息到了我这儿，变得层次繁多而复杂。

我说："这下又有馍吃了！"

中原人说："是哦，有了馍了！"

原载于《美文》1998年第7期

南京的秋天

叶兆言

想不出南京的秋天有什么特别的地方。南京是个四季分明的城市,什么样的季节和气候都有,夏天热,冬天冷,黄梅天潮湿,秋高气爽时干燥。不像海南岛那样常年是夏天,不像昆明四季如春,不像北极村一年里有大半年要下雪。南京的秋天显得很平庸,到日子就来了,来了绝不耽搁。说走就走。

秋天是成熟的季节。可是南京并没有什么地产的水果,北方的苹果和梨,南方的橘子,所有这些和南京都挨不上。南京人已经习惯理直气壮地吃别的地方的水果。

南京是个尴尬的地方,秋天里去栖霞看红叶,那红叶实际上并不地道。首先是不红,其次也成不了林。在南京也许只有秋天的银杏树值得一看,秋风萧瑟,金黄的叶片纷纷坠落,掷地有声,仿佛下雪一样。在南京大学校园里,在玄武湖的梁洲,有成片的银杏树,不过要观赏就得抓紧。满树的金色叶片,几天内会落得尽光。

都说南京有帝王之气,实在是玄得很,天知道什么应该叫帝王之气。南京的秋来也匆匆，去也匆匆，在南京建都的帝王也是如此。历史上，南京是出后主的地方，陈后主，李后主，都是不爱江山爱美人，命中注定要当亡国皇帝。南京时髦的女人都抱怨秋天太短了，说冷就冷，买了一套漂亮衣服，刚上身就不能再穿。南京的秋天是动态的，马不停蹄，变化万千，女人要爱美，就得准备挨冻。爱美总是有代价的，爱美的女人弄不好就会冻出病来变成林妹妹。

南京的秋天恰恰是以短暂取胜的。美永远短暂，正因为短暂，所以才美。只有经历过夏日酷暑的南京人，才能真正感受第一阵秋风的意义。那是一种死里逃生的庆幸，在过去连续高温的日子里，多少人把"热死了"这句话当作了口头禅。秋风迫使南京这口凶神恶煞的火炉不再咄咄逼人，同样的道理，秋天一天天往里走，冬天悄悄逼近的时候，南京人会比别的地方的同志们，更感到秋天的珍贵。南京的冬天往往比北方的冬天更难熬，北方的学生到南京来上大学，冬天里常被潮湿的冷空气冻得哇哇直叫。

四季有序，是南京的优点。只有在这样的城市里，人们才可能真正体会气候和季节的变化。春夏秋冬是大自然白白赠送给人类的珍贵礼物，少任何一部分都是一种残缺。南京的秋天，并不像想象中那么完美，而完美，向来也仅仅存在于想象之中。

原载于《美文》1996年第2期

回老街走走

舒 婷

有一首流行歌曲叫《常回家看看》，歌词蛮动人的，唱得一些个做父母的，鼻子一阵阵发酸。现代人的家，都在一格格的火柴盒里，外观千篇一律，里头的装修与格局也大同小异。幸亏游子们再健忘，可能走错楼栋，进错梯道，决不会叫错爹妈。

从前我们的家不是这样的。

城里的家，不是在什么胡同里就是什么小巷深处，歪着一棵老槐或撑着两树枇杷——至于丁香和油纸伞，那是在戴望舒的雨巷才有的。风大的时候，常有一两件衣裳从横架着的竹竿上飘落，罩在路人的肩或头，有些故事由此发生。乡下的家，再穷都有自己的院落，墙头摇曳着狗尾巴草，屋后一窝鸡两丘韭。孩子回家，当妈的急急去摸鸡屁股，捋一把嫩韭，炒得香味直钻入骨髓，多少年都不会忘。

我的童年在外婆家度过，住在八卦埕，想想这个地名有多么弯弯绕！厦门最老的区街之一。它那几条街巷的名字都极其生动传神："打锡街"，住的多是工匠；"夹板寮"，房子的简陋可想而知;"曾姑娘巷",原是有个曾姑娘祠堂的,碑文说她有"闭月羞花之容,沉鱼落雁之貌"。放学后特地去看她的画像,扁扁的圆脸上一双细细的小眼睛罢了。十分失望,从此对古书中的形容词,甚怀疑。

只要有时间,我还是愿意回老街走走。

在城市的夹缝中,总有几处被遗忘的角落。比如开元路,没有酒楼没有超市也没有发廊,只有小杂货店和补鞋摊。比较现代化的是一部公用电话,从居家里逶迤拉出,搁在门口木凳上,由一个抠着趾缝的老头看守。稍过去一点的骑楼下,摆一张矮桌,乌黑的茶具,几个打牌的老人,押着一毛钱十根的筹码。日子在这里悠悠打了个旋,继续慢慢流了去。

又比如打锡街,那么窄,张着两只手,可以同时李家抓两根葱,王家讨一撮盐;那么短,站在这一端,可以看到那一端的大马路车水马龙;却又是这么兴旺,白天家家都摆出点什么卖卖:茯苓糕、鲜鸡蛋、烧肉粽、金箔银纸、本地青皮芒果;或者找点事做做:缝补、修伞、代书、打金器。总是熙熙攘攘,看起来好像是邻里之间的买来卖去而已。晚上,都把小饭桌摆到门口,人要路过,须侧着身,常常不是碰翻了这家的小酒盅,就是打洒了那家的海蛎面线汤。不过不要紧,进出这里的人至少有个点头交情。熟而又熟的走不到家门,就被揪住坐下喝两口。免不了吵架,吵起来声情并茂,平日里搓衣掌勺低眉顺眼的妇女,这个时候口才极好,倾街倾巷。

咳,老街。

我们怀念的不是拥挤、闷热、三代同室的往日时光，而是相濡以沫、互通有无的凡间人情烟火。尤其当我们掏出一大串钥匙，打开公共铁门、自家的防盗门、房门，走到被钢栅密密封锁的阳台上，看看上下左右都是同样的铁笼子。你不知道隔壁阳台那个腆着啤酒肚浇花的男人在哪里工作，旁边那位风情万种的女子是不是他的妻子。当然他也不知道你，于是你觉得很安全，不想打破这种默契。气闷的时候，孤独的时候，被吊在半空的时候，不妨到老街走走。

记忆的流沙

春节茶话会，坐在我边上的是位参加工作不久的中文系毕业生，她十分兴奋地附耳絮语："我读过你写的不少文章，你的经历那么丰富多彩，真让我羡慕死了！"

任何人到了我这岁数，对人生都有所积攒。因此我回答她："我情愿拿这些经验来换取你那光滑的，没有腰肌劳损和染发剂的青春。"

另一位中年女书记接口："我们这一辈虽然备尝甜酸苦辣，说出来却乏味得很，家家都有一本难念的经，其实念来念去不过那几个字罢了。"

是的，这就是作家的观察、记忆和文字处理。

个人的生命历程再澎湃，也不过汪成一洼水。照见自己的脸影，脑后一小块天，也许还有三两枝多事柳条摇曳成背景。天有不测风云，树有盛衰荣枯，人面一会儿桃花映红，转瞬有如风干柚子皮似的沧桑。一汪水亦可魔幻人生，只是湿湿自己的记忆而已。

厦门五老峰有一口仙井，传说你俯视井面时间够长，你就可以认出自己的前生。

我曾经依言趴在井栏个把小时，直到头昏眼花却一无所见。是不是我的前生太过惊世骇俗不便泄露天机？或者生老病死根本就是一汪静水？料想那并非我族系，如何从阎王爷那儿调出我前几辈子的档案？

家族的记忆是一口井，流传的年份越长，井深越难测。平时也不见得会满了出来，你汲出一桶又一桶水，也不见得它会少下去，甚至一直贪得无厌地勒索。最初的焦渴过去，哪怕一匹善饮的马，也有餍足的时候呢。

一个民族的记忆便是像黄河、恒河、尼罗河那样伟大的浩瀚渊淼之水。能够使民族记忆薪尽火传的除了口头流传，最颠扑不破的只有文字，像水里的金沙沉淀保存下来。"关关雎鸠，在河之洲"记载最古典的爱情；《荷马史诗》再现古希腊战争；印度人在一年一度庙会上，流着眼泪朗诵两三千年前的长诗《摩诃婆罗多》。

文字曾经是历史长河的坚实桥桩，将我们的记忆一直渡向远古。

泥板上的楔形文字，竹简、锦帛上的象形文字，尤其费工费时的摩崖石刻，也许因为使用材料的来之不易，几乎字字珠玑，鲜有废品。而今文字闪烁在屏幕上，显现一种不稳定的魔幻效果。记忆被处理在数码流沙上,或者夹杂在信息垃圾里。

我们对它们失去信任和向往,甚至不敢信任我们的悲伤,因为生怕被人讥讽为落伍。

骂一个文化人,再没有比"落伍"这类评语更具杀伤力的了。

广东出版的一本杂志叫《记忆》,有点意思。多数黑白照片,朴素无华的叙述,赤裸裸的历史,这些资料性的画面猝不及防就拉你下水。创伤?愤懑?忏悔?无论你是否已抽身上岸,记忆从那个时代死死揪住你的脚。

纪实报道忽然斜单闯道,大有与虚构文学争风之势。

还有一本畅销书是美国人丹尼尔·夏克特写的《找寻逝去的自我》,很好地解释了记忆是如何愚弄、折磨,乃至陷害艺术家们,同时又一一解救并最后成全他们。

文学界正处于"大干快上"的连续剧时代,换幕太快又充满广告。眼看尘头大起自知腿短莫及,我很阿Q地以"落伍"为荣。

幸亏多吃了点米,多走了些路,于是便多挣了几文稿费。很想跟那女孩如此实话实说,怕她不信。罢了。

斜雨飞丝濡我情

——忆大足石窟春秋之行

4月的大佛湾,雨是薄荷绿,且若即若离,比烟稍浓了,比雾又略淡了,间或受渗漏的阳光所点拨,像调酒师那样晃出五光十色的霓虹。十月的大佛湾,林木依然葱茏,草色并不金黄。雨针绣够叶面那些釉彩，坡边那些菊蕊蝶须，牵出一粒缀一粒的鸟鸣，让它们滚动着跌下峡谷，溅起谷底嗖嗖的溪声。

闻名遐迩的大足宝顶石窟就在这里的峭壁上，已被联合国审核通过为"人类世界文化遗产"。

大佛湾在宝顶山的怀抱里，宝顶山在众山拱卫，峰回路转，丛林叠翠的大足境内。从重庆出发，沿新开辟的高速公路，不及打个盹儿，一个半小时就到了大足。

春也来，秋也来，两次到大足，牵肠挂肚的都是宝顶山的佛光，以至没看清县城是什么样子。只记得宾馆不错，虽然床单和被套无可奈何地潮，却是干净的。如果不失眠，就梦见在雾气氤氲的地穴里寻宝，很焦急，因为捡到的佛雕小金币，捧在手心立刻融化成水。当地有个小歌舞团，自编自导一台极富本地色彩的民间歌舞，总有外来观众一边抚着拍红的手掌，一边难以置信地发问："这些娃娃们真是本地土生土长的吗？"

重庆姑娘的美丽是全国人民公认的，在这个基础上，大足姑娘更加得天独厚。常年纯净润腻的空气，不仅明目养颜（于是她们个个眉是青山黛、眼是春波横呀），而且天然保湿（于是她们肤如凝脂，藕节般的臂膀勾魂摄魄）。她们柔若无骨，传情的指尖、颤动的腰肢和绽放的纤足，活脱脱是从石窟壁上，款款步下的"媚态观音"。

宝顶石窟里最多的就是美不胜收的观音像，居然有两百多尊。其中"数珠手观音"的雕像极为女性化，衣袂飘展，眉目含羞，若有所思，如此风情万种，因而昵称"媚态观音"（对菩萨简直大不恭敬呢)。最令人叹为观止的当是千手观音,也有个冗长的封号叫"千手千眼观世音菩萨"。这尊开凿于晚唐的佛像背后,手臂密密麻麻像孔雀开屏似的,无穷无尽伸展开去。葡萄手、自佛手、杨柳枝手等等,有一千只以上,而且形态绝不重复(导游说的,不信可以数数。我们忙不迭点头。即使有时间,只怕数不过来呢)。每一只手心都有一只眼睛,寓意法力无边广施善缘,大概还洞察秋毫,不被坏人利用吧?

我最喜欢的是水月观音,造型富于动感还颇有人情味,右腿跷于石座,手拈天衣一角,裸臂上的肘带临风飞扬,左脚轻触莲花,做戏水状。女儿态十足,略加三分淘气。"观音水边坐,静观水中月",佛龛的门楣和门柱上,镌有波纹恍恍、涟漪阵阵。想象晴好的夜里,月色当徘徊不去。

一直以为,水是大佛湾的灵气所在,半山雨霁半山雾岚,却也不缺湿漉漉的阳光四处漂染。谷底浅流从不干涸也不暴涨,曾有人提议拦溪为湖,规划旅游风景,因其砂岩质地不能贮水而作罢。造物神奇,终于护住这一方净土,容不得俗人扰了众菩萨的清修。

叮咚不绝的水声,在编为29号的"圆觉道场"里,是如磬如弦的背景音乐。整个洞窟从石壁掘进,甬道狭如瓶颈,洞里却颇为宽敞阴凉。其布局、结构和混合的雕刻技巧,都经过缜密的总体设计。正壁并列三身佛像,左右两壁分立十二尊圆觉菩萨,背向洞口低头合掌跪于台上的问法菩萨,以及石壁上的浮雕祥云瑞雾、奇峰怪石、紫竹菩提、飞禽走兽,均由窟门上方凿开的长方形天窗,所投射进来的柔柔自然光,一一照明。终于看清泉水从窟顶蟠龙的口中淅沥滴下,右壁有一位托钵老僧,接住龙涎,再经暗沟不露痕迹地排出。祥和、静谧、景仰,与水声共鸣着。

  肆意恣横的泉水在大佛湾,被巧妙地引入《牧牛图》里,让憨态可掬的牛犊仰颈渴饮不停;在《九龙灌顶图》里,原本飞溅的瀑流被疏导成巨龙口中的喷泉,沐浴着龙嘴下的释迦太子全身,飘飘洒洒注入金刚台下的半圆形水池,经池底的水沟流走。天衣无缝的画面设计,既形象地诠释了佛典,又艺术地创造了一处园林景观。

  大佛湾的龛龛窟窟多如蜂房,现行的编号竟有290号。别人看到的多是造像的精美、雕刻的细腻,以及源远流长的佛传经典;而我眼里、耳里、心里,全是水的无微不至,水的流畅活泼,水的动中寓静,血脉一样滋润着石头的故事,一洞一窟骤得生气勃勃起来。

  如此被水魂蛊惑着,常游离众人之外。幸亏导游吴弋小姐独具魅力,屡屡把我唤醒。我的近视眼总是盯着她的胸牌,马马虎虎把她叫作"吴戈","吴戈"小姐想我一定读书不多,便更耐心向我讲解。她是一级导游,妩媚得像一尊走动的"数珠手观音"。她的明眸皓齿,她的杨柳手势,比她字正腔圆的解说更吸引听众,尤其我们中的一群男作家。

  宝顶山仅是大足石窟的代表作,其他还有南山、七拱桥、千佛崖等大小石窟近百处,造像五万余尊,非一朝一夕可以翻阅到底的。对比信息时代里的文化泡沫与过眼烟云,这样一部深邃的民间艺术宝典，珍藏在大足的崇山峻岭之中，不愧是人类文化的永恒遗产。

南山古朴的木廊里，主人照例备好笔砚，铺开宣纸，请赋诗题字，美称"墨宝"。诗人高洪波果然不负众望，七步不到即成绝句；另有津门张雪杉，端的泼墨成章，立等可取；于是诸君挽袖抿襟，笔走龙蛇，才思勃发以至欲罢不能。我左闪右躲，恨不得站到观音旁边，立地化作一尊怔忡的石头女侍。

惶急间，有人点到我的名字，要我为石窟即兴留诗。我双手抱头，正欲夺路鼠窜，忽听当地领导金口解围："不要为难她了，我相信她不可能写应景诗的。"我佛慈悲啊！阿弥陀佛！

不论走到哪里，毛笔题字总是我的一大劫，是所有美景佳肴的潜在威胁。唯有在大足，因了周父母官的善解人意，我虽半饥着肚子，却好生快活自在。倒不是大足没有好菜好饭，餐餐满桌青红紫白，盘碟相加有如叠罗汉，只是样样极辣。涕泗横流地求要一碗清汤面，立刻送上一大脸盆。问："怎么还是辣的？"答："锅是辣的。"

伸出舌头，抿抿南山的伶仃雨，不辣，却是一股橘香。

原载于《美文》2007年第8期

江南第一楼

梅 洁

人类自从穴居的山洞里走出,千百万年来从未停止过营造居所、宅园的奋斗,这奋斗魔幻般成为人类永远的背负。而还有什么背负比此更让人类亢奋和生生不息呢?

走过苏南的周庄、甪直、同里,看过了三进、五进、甚至七进的沈厅、张厅、万盛米行和退思园……之后;看过了双桥、三步二桥和具有"明清建筑博物馆"之称的古镇、老街、水巷和贴水人家……之后,我已经从吴越人建造房屋、庭园的精细里看到了他们追求典雅、韵致、细腻生活的精神内蕴。这内蕴经纬在水里,也深藏在宅第。

现在我要说的是坐落在太湖边的苏州吴县东山镇的"雕花楼"。

雕花大楼绝不愧对"江南第一楼"的誉称。在一个三千多平方米的偌大的三层古楼和庭院里,成千上万的古典雕刻覆盖了所有建筑物的表面,你几乎无法找出哪怕是一平方厘米的无刻面。这里集砖雕、木雕、石雕、金雕及彩绘、泥塑之大成,走进雕花楼,你便走进了一座东方雕刻艺术博物馆。

仅一个青砖门楼就集阴阳雕、浮雕、圆雕、透雕、立体雕等所有始于东汉时的砖雕艺术手段,大自然中的万千物种:灵芝、牡丹、石榴、佛手、菊兰、祥云;古中国的无数传说、故事、人物:"八仙庆寿""郭子仪上寿""尧舜传让""文王访贤""天官赐福""鲤鱼跳龙门""和合二仙""牛郎织女"……均栩栩如生地浮现在门楼的每一块青砖黛瓦上。仰望那翼角高飞、斗拱重昂的砖雕艺术珍品,你会想,是谁在这方寸门楼上如此荟萃了东方古老的艺术精华?

走进砖门楼,气象万千的雕花楼就灿烂地绽放在你的面前——所有的门、窗、檩、梁、廊柱、搁栅、壁橱,甚至门槛、门扣、插销、锁眼,无不精雕细刻、繁花盎然;天井、花园、楼上楼下,大厅、书房、客房、卧室、阳台、密室、回廊,老爷屋、太太屋、少爷屋、小姐屋……好一个机巧静幽,雕花堆秀。仅在主人举办婚丧大事、接待贵宾的一楼大厅的檩梁上,就刻有一百七十二只凤凰;包头梁的三个平面均为黄杨木雕,密布着古典名著《三国演义》中的四十八个故事:《桃园结义》《董卓进京》《赤壁大战》《三英战吕布》《暗度陈仓》《孔明装神》……无不显露着古代武战人物的大气磅礴和威严英武;大厅的厅窗和左右耳房、书房的近百扇长窗和半窗的夹板、裙板上,精刻着连篇的《三国演义》《西厢记》《二十四孝图》。虽《三国演义》《西厢记》已毁,但我们依然可以清晰地读到始于东汉、宣扬《孝经》的完整的二十四个故事:如《怀橘奉母》《咬指心痛》《鹿乳奉亲》等等，以及古代勉励读书的《座神颜回》《道途磨杵》《囊萤夜读》……在所有面临天井的门窗上，全部配有海棠形、双桃形、古币形、蝙蝠形金雕搭钮、锁眼、插销；抬头仰望家眷居住的二楼，前楼二十个檐柱全部雕刻成硕大的竹节状，寓意"节节高"。其实，遍布木楼庭园的雕刻无不寓意着楼主对"福、禄、寿、祥、德、善、子传、孝、文"的虔诚渴求和寄望。

我在楼上、楼下、回廊、密室里转来转去，最终迷失了下楼的地方。迷失于楼中的我在想：雕刻这件大型艺术品的人是些什么样的艺术灵魂？倘若没有高涨的艺术激情和对立体造型之美的顽强追求以及自由发展这种艺术的外境，他们怎能如此娴熟磅礴、肆意汪洋地把玩雕塑语言、从而让这件庞然的大精大美占有了永恒的空间？

我还想：这座楼的主人是谁？他为何如此大气势、大手笔、大奢侈、大豪华地让工匠给造了这么一个宅园？发生在这种大宅园的幸与不幸、奋斗与享乐、希望与绝望抑或是悲欢离合、命运跌宕的故事还能少吗？

这样想着，我就仿佛听见从卧房的幽深处、窗棂的背后、密室的顶上，传来了柔婉的轻笑、窃窃的私语抑或是痛苦的呻吟、悲恸的抽泣……我慌张地找到楼梯出口，不无怅惘地走下楼去。

雕花楼的建造始于清末民初，这与遍布苏南古镇的明清建筑距我们要近得多，但它囊括的明清建筑艺术且部分地吸收十七至十八世纪意大利宫廷美术巴洛克雕刻以及法国宫廷艺术洛可可雕刻，已经向我们说明无论是楼主还是楼的设计者直至工匠，他们对生活和艺术的全部激情和梦想。彼时，活动在这座艺术大楼的人们的创作过程和激动心情，我们今天已无从知道，但有一点应该毋庸置疑：是劳动创造了我们的世界，也创造了从事艺术活动的人。

据说，建造雕花楼花去了十五万两银子，合时价黄金三千七百四十一两。按我们今天一克黄金合一百元人民币折算，造这座大楼用去的人民币应是一千八百七十万五千元，仅那个青砖门楼的费用就是四百两银子，折合今天的人民币也是两百万元。这些，对于今天清贫的文人来说，绝对都是一个个天文数字，只有那个在太湖岸边长大的东山人、后去上海开了纱行的金锡之拿得起。

金氏家族传递到金锡之、金植之兄弟时，除了三进明代建筑的老宅外，已经没有进金量银的生存手段，只为当铺小职员的父亲早逝使金氏兄弟只是靠着母亲做手工、搞刺绣维持生活和读书，长大后的金氏兄弟也只是在老宅的后山上种橘茶、务农耕度日。

阅读过于粗浅的关于金锡之生平简介，我更愿意相信民间有关他及其家族的传说：金锡之的发迹是他到上海一家当铺做徒工、后升为朝奉、最终成为当铺老板女婿之后的事情。

继承了当铺大业的金锡之，依然是没有力量在老家建盖雕花楼的。金锡之真正的发达是这位头脑精敏的苏南人率先嗅到了西方工业革命的信息。瓦特蒸汽机的发明使西方迅即进入了全新的工业革命时期,而纺织业的崛起是这一时期最辉煌的象征。在民族工业的蒙昧时期,精敏的苏南人金锡之毅然关闭当铺,开始了棉花生意,随之又开了纱行……纺织业在上海的兴起对中国民族工业的发展,我们至今怎样估价它的影响也不过分。

金锡之后来的事情我并不知晓,但我相信他的纱行一定开得相当不错,否则,他是没有力量、也没有胆量在二十世纪二十年代初就在太湖边老家花十五万两银子建一座艺术大楼的,况且还买进了与建楼资金同样数量的全部红木家具。

固然,雄厚的资金是建造这座艺术大楼的基本保证,但若没有苏南人对文化、艺术的生命积累,我们今天依然是看不到这座艺术经典的。

要建一座空前绝后的庭院楼房绝非易事。金锡之及其胞弟金植之当然要慎之又慎,他们请来数十名有百年传统工艺的香山工匠,花三年时间,设计建造了这座集雕刻艺术之大成的雕花楼。传说,金锡之与梅氏所生之长女在雕花楼建成之时,便偷偷离家出走,随建楼的一位技术精湛的领班雕刻大师飘然远去;又说因童年出天花变得丑陋无比的长女是被一位卖米的粮贩娶走。我宁愿相信前者。三年的相处、厮磨,没准是爱情的火花使雕刻大师焕发了难以遏止的艺术激情,他要为心爱的人盖一座美轮美奂的居所,尽管等级制度森严的社会使他们不能结合。

爱他的女子最终舍弃富贵与他私奔,这是雕刻大师所始料不及的。他们走了,走得离雕花楼远远的,走到无人知晓他们的地方。也许,他们做梦也没有想到,这座爱情之花的结晶居然如此天长地久，永远地矗立在了时间与空间之中，永远地矗立在了他们生命与爱最贴近的地方。人在天涯，楼在呼应……

离开雕花楼的瞬间，我把这样的想象留在了这座美轮美奂的造物里。

据说当年像周庄、甪直、同里、东山这样集中国古典建筑和江南民居之典范的小镇有四百多处，而现在已几乎破坏殆尽，只剩下不到二十处。物以稀为贵吧，现在，终于有了文化良知和文化觉醒的中国人从这里那里赶来，赶来参观游览水乡古镇上三进、五进的民居，赶来领略传统文化的美轮美奂。

走在江南古镇的深宅、大院、古桥、庭楼之中，现代人留恋什么？该说什么？

我想，我们能够留下的只能是一丝对平静、韵致、不争的家园生活的艳羡；一缕对千年传统文化的挚情又哀婉的回眸；一声对前人乃至祖先跌宕命运的深深感叹……

原载于《美文》2001年第13期

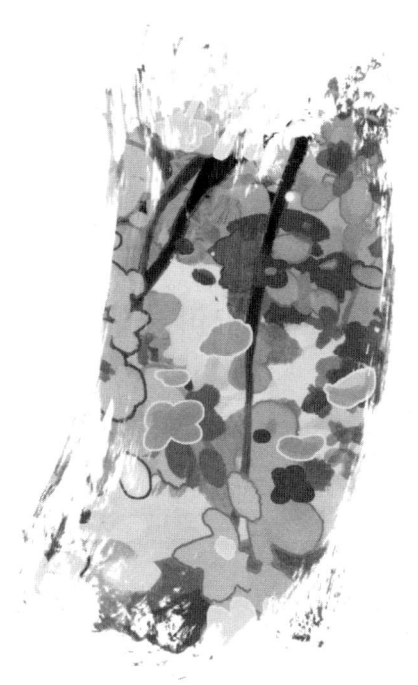

第三辑

且观山海,静待花开

让岩石告诉我们

阿 来

未来，作为正在发生的历史，可以用文字和别的方式记录下来。比如，在各种博物馆中陈列实物，或者大量的数字式的音像材料，也许，到了不远的将来，我们甚至能把事件正在发生时的很多感觉都保存下来，比如触觉与气味之类，科学使我们相信这一切并不是遥不可及的梦想。

人类是喜欢回顾来路的，这条来路便是成为过去的历史。

当我们回顾过去时，却发现只有几千年的文字记载。文字记载之前呢？生命与世界固然是一种客观存在，但这种历史未能通过某种记录方式进入人类的集体意识时，这个历史就是不存在的。自从人类有了记载与想象能力，就开始对我们意识建立之前就久远存在的历史进行想象与重建。最早的努力便是神话与宗教。《圣经》中有很多部分，就被认为是人类关于史前记忆的一种恢复。中国神话体系更加浪漫：从开天辟地到地理人文。没有这样一个似是而非的庞大体系的支撑，诗人屈原不会写出《天问》这样恢宏的、由众多设问构成的诗章。我猜想，如果屈原是一个权力巨大的帝王，就会把这众多翩然而至的疑问铭刻于一面巨大的悬崖之上。秦始皇东巡泰山，就命人勒石留下永久的纪念。在那个时代人们的认知水平中，能够与天地同在的，除了从岩石中提炼出来的青铜，就是岩石本身了。

巴比伦人则把一部法典——镌刻在石头之上。

当人类的科学意识逐渐强化，便从岩石中发现了更多历史。于是，依赖岩石的实证和大胆的想象，人类逐步建立起关于生命起源，关于地球生成的数十亿年的历史。

当人类考察自己的生命历史，发现根本无法将其与地球的历史剥离开来，于是，科学家们便把眼光投向了一个更宏大的存在，开始追寻地球起源的秘密。其中一个最基本的问题是，地球的年龄到底有多大。科学家们不约而同都希望从岩石中获得这个问题的答案。

测定岩石年龄所用的方法是放射性测定法。

放射性元素具有非常准确的衰变周期。放射性物质的原子会缓慢但持续稳定地一个一个转变为更稳定的元素。比如放射性碳，会逐步转化为氮。经过五千七百三十年，放射性碳会准确无误地失去一半的放射性物质。经过又一个五千七百三十年，其中的放射性物质又会减少一半。如此循环往复，直到所有的放射性元素全部转化。最早，放射性碳测定法广泛应用于对文物年代的鉴定。但地质学家们需要研究的年代却要漫长许多，因此必须寻求半衰期长达数百万年甚至几十亿年的别的放射性物质。地质学家们常常用来测定岩石年龄的放射性元素是铀。铀分布在地球表面的各个角落。每过二十二亿五千万年，铀的同位素只会衰减四分之一。

用这种方法测定出一块最古老的岩石年龄将近四十亿年。这块地球上已知最老的岩石发现于冰天雪地的格陵兰岛。当然，我们并不能以这块岩石来判定地球的年纪。因为地球广大表面的任意一处都可能隐藏着比这块格陵兰石头更古老的岩石。更重要的问题是，地球在形成初期，从里到外都处于熔融的状态。要测定形成岩石以前的年代，就只能借助一些间接的方式来巧妙地回答这个问题。比如，依靠来自太阳系内的陨石来间接证明。目前得到的太阳系陨石的年龄为四十五亿到四十七亿年。一般来说，太阳系的成员的应该在同一时期形成，所以，地质学家们得出结论说，岩石告诉我们的第一个最大的问题是：地球的年龄至少有四十六亿年。

四十六亿年？那是一个怎样的概念？

科学家们把这四十六亿年想象为十二个月。这样的话，地球生成岩石硬壳是在2月。最早的生命体可能出现在4月。恐龙统治的全盛期应该是12月中旬。如果说人类真像大多数学者所认为的那样，在两百多万年前从类人猿开始进化，那么，这段历史只相当于从12月31日以后才开始。至于说到现代人类的出现，就算我们很慷慨地为自己给出五万年时间，那也不过是这一年里的最后五分钟罢了。

根据岩石的记录，地质学家们把整个地球的历史分成两个"元"："隐生元"和"显生元"。

隐生元时期是指从最古老的岩石年代直到大约六亿年前的漫长岁月。这一时期留下来的岩石，通常会在在地球表面的古山脉受到侵蚀因而暴露出内部岩芯的地方出现，或是地表出现很深裂谷之处，寻找起来颇费工夫。现在科学家们通常是用打石油钻井那种方法，用特制的探管从地层深处抽取岩芯，一段段岩芯连接起来，像树木年轮一样，真实地记录着丰富的地球演化信息。

隐生元岩石中的化石是少数几种蓝绿藻及某些细菌群落，动物化石则主要是古代水母和多节蠕虫。就是这些化石佐证了科学家们的假想，生命来源于水。因为这些化石全部来自原始海洋。这些化石还告诉我们，早期的水中生命身上完全没有角质硬壳或者骨骼之类的硬质体，所以作为化石保留下来的几率便极其微小。

到了显生元时期，化石告诉我们的东西便越来越多了。所有被发掘的化石差不多可以构成完整的生命进化谱系。

化石很早就存在了，为什么只是在现代科学体系中才具有了生命进化证据的意义？道理非常简单，在人类漫长的蒙昧时代，因为没有科学观念的统领，化石就仅仅是一些奇异的石头而已。在一些文化中，常把化石当成神物来供奉；有些文化则把化石当成具有神秘功效的药物使用。古老的中国医学就曾把脊椎动物化石称为"龙骨"，在医疗实践中有着广泛的运用。当人类有了科学的信念，认为地球上的生命并非上帝创造的奇迹，众多纷繁的生命线索都可以在时间深处上溯到一个相同的起源时，这些零碎杂乱的化石碎片便拼贴成生命进化的动人画卷。

显生元则被科学家们分为古生代、中生代和新生代三个阶段。

古生代从距今约六亿年前开始，那时，地球上陆地构成四个大洲，地表十分荒凉，只是在靠近大海的地方开始出现一些原始的地衣。它们缺少从干燥的土壤中吸取水分与养料的根茎与脉管，所以只能生长在潮湿的低地。但在海水中，生命的戏剧上演得轰轰烈烈。简单的有机化合物进化到单细胞生物，再进化到多细胞生物，一些生物体重达到好几公斤，这已经是单细胞生物的几十亿倍了。其中最具代表性的是三叶虫。三叶虫有许多细长的腿，可以支撑其身体在海底的软泥上爬行。三叶虫还有像今天的鲎一样的壳，分节的身体可以方便地蜷缩成球形，使其可以防御来自外界的冲击。三叶虫在动物学分类上是节肢类动物，而人类所属的脊索门动物的祖先们还要在黑暗的大海里四处漫游。这些祖先的形状像条蠕虫，还是一颗海星，因为没有化石提供的证据，科学家们还不敢妄断。

这是前寒武纪的生命图景。

化石告诉我们：五到四亿年前时的海洋仍然是三叶虫们的世界，但海星、蛤、珊瑚等登上了生命舞台。对我们最重要的是，海洋里进化出了原始鱼，即最初的脊椎动物。

化石告诉我们：四到两亿年前，三叶虫等原始生物退出生命舞台，海洋里的鱼变成了一种品种繁多的庞大家族。其中一些进化出了肺和鳍，其中一部分又进而变成了两栖动物。陆地上长出了森林，其中出没着众多体积庞大的昆虫。

中生代最典型的生物当然是恐龙。它们统治了地球有一亿五千万年之久。恐龙的故事也是化石告诉我们的。现在差不多在世界上任何一块大陆上，都发现了它们巨大的骨骼。大部分的恐龙化石来自于那些中生代沼泽。随着地球的沧海桑田的巨变，沼泽的淤泥变成了岩石，陷入其中的恐龙骨骸便也一同石化了。参观自贡盖在发掘现场上的博物馆，数十万年间岩层与恐龙化石同时累积给人一种深刻的震撼。最近，在美国还展出了一对正在搏斗中的恐龙化石。生物考古学家们认为，这对恐龙正在山下殊死搏斗时被巨大的山体崩塌在瞬间掩埋。也是岩石的记录告诉我们，中生代晚期，我们曾在科幻电影中看见的小行星撞击地球的一幕曾在地球上演，巨大浩劫的结果便是恐龙的灭绝。

中生代是爬行动物的天下，最初的鸟类与哺乳动物也在这时出现。

新生代的鸟类与哺乳动物由冷血进化为热血。这在生命进化史上是一个了不起的进步。热血动物与冷血动物相比，可以在一定幅度内控制自己的体温。比如沙漠上的小蜥蜴，在强烈的阳光下，必须在很短的时间内从一片阴凉跑到另一片阴凉，否则几分钟内就会因阳光照射导致体温升高而死去。但热血动物却可以在同样条件下坚持几小时甚至更长的时间。生物进化的原则就是适应性，鸟类与哺乳动物进化为热血动物，使其能够适应更加多样的环境，迎接自然界更严酷的甄选。于是，在七千万年前，热血动物终于统治了世界。

热血动物的新陈代谢速率加快，使身体像一台发动机一样产生连续不断的热能，加上皮毛，加上皮下脂肪层，可以耐受冷血动物无法生存的低温环境。但是，为了保持体内热能的连续产生，所有热血动物都需要以很高的频率不断进食，否则就会死于饥饿。而属于冷血动物的大蟒在一年里，只要饱餐一顿就可以生存下去了。

故事进展到这里，我们知道，生命进化史上的一个奇迹：人，就要出现了。而人类近亲及人类的出现依然要岩石来告诉我们。

我们曾提到，为了更直观的把握，有科学家把地球历史当成一年的十二个月来看。

后来，又有科学家把地球这四五十亿年的时间，化成了钟面上更直观的十二个小时，并把这种设置方法称为地球钟。这口钟上的一小时相当于三亿八千三百三十万年，每分钟相当于六百多万年。从哺乳动物中衍生出人类这一分支至今这三百多万年将近四百万年的漫长历史，在这只钟面上不到一分钟时间。

对于个体的人来说，身处在自己的世界之中，很难对过于宏观的存在有真切的把握。最难真切把握的宏观，当然是宇宙无边无际之浩渺与无始无终之漫长。所以，科学家才设想出了以小喻大的地球钟。在这口钟面上，秒针的每一动相当于实际时间的数万年之久。如此算来，人类创造出文字，记载自己历史的时间在地球产生至今的十二个小时中，才不到半秒钟时间！

人类衍生进化历史剩下那三十多秒钟，也是岩石告诉我们的。所以，至今在世界的各个角落，仍然有许多人类学家在孜孜不倦地寻找与发掘岩石的记录。

最初,人类考古史上最大的发现是印尼爪哇岛和中国周口店发现的人类化石。这些人类化石的发现,把人类的进化史推进到一百多万年前。但是这个纪录很快就被改写了。

在岩石中发掘人类历史,做出最卓越成就的,是一个名叫李基的科学家及他的家庭。在考古人类学界,这个家族被称为"幸运的李基家族"。1959年,人类学家李基的妻子玛丽·李基在坦桑尼亚靠近东非大裂谷的火山灰沉积而成的岩石中发现了一个古猿的头盖骨化石。经测定,这些火山灰的历史达一百八十万年。于是,人类起源的历史被大大提前。

两年后,李基的长子乔纳森发现了更多处于更高进化阶段的猿人化石。

1972年,李基的次子李察率领一个化石搜寻队,在肯尼亚发掘到了一些猿人头盖骨碎片,经测定距今有两百多万年。

1975年,玛丽·李基在坦桑尼亚发掘出了迄今为止最古老的猿人牙齿与颌骨的化石,经测定,这些猿人活动于地球的时间在三百七十五万年前。使古人类学向着历史深处又大大前进了一步。李基一家的这些发现惊动了人类学界与地质学界。他们在利特里的发掘现场成为科学界与新闻界参观考察的热点。1976年夏季的一天,三位访问者互相投掷干象粪消磨黄昏无聊的时间,当古生物学家希尔伏下身子躲避打击时,突然在一层暴露的火山灰沉积岩中发现了动物的足迹。人们进一步仔细探查发现了更多凝结在火山灰沉积岩中的哺乳动物脚印化石。两年以后,加入李基考古队伍的地球化学家艾贝尔在同一地区发现了人类足迹！

　　岩层在发掘中像书页一样被层层打开。大多数时候，这些书页都是一片空白，并不包藏科学家们所期望的信息。但是，这一次，当火山灰沉积岩上覆盖的泥土和包藏着另外一些时间密码的岩层被揭开，两串平行延伸了约二十七米的人类足迹出现在人们眼前！这片火山灰沉积岩的年代约为三百四十万至三百八十万年。长期以来，科学家仅靠一些残存骨骼化石，很难对这些人类祖先的生活与进化程度做出一个清晰的估价。比如，长期以来，科学界对于人类祖先是否在制造石器之前和脑容量增大之前，就已进化为两足动物存在很大的争议，这次发现对此做出了肯定的回答。在长达数年的发掘过程中，除了人类足迹之外，仅在其十六个发掘场地中的一处，就发掘出一万八千多个足迹，据统计，这些足迹是十七个科的众多动物留在火山灰上的。利特里那串人类足迹告诉我们很多骨骼化石不可能告诉我们的东西。那两串平行的五十四个足迹告诉我们，当时是在一场小雨之后，三个人便从喷发不久的火山下走过，于是，足迹便留在了厚厚的火山灰里。科学家们普遍认为，乍看起来像是两个人足迹其实是三个人留下的。那串大的脚印其实是两个人留下的双重脚印。一个约有五英尺高的人走在前面，另一个矮半英尺的人相跟着前进，后面这个人努力把脚踩在前一个人的脚印里（在雨后的火山灰里有防滑的作用），而另外的那一行脚印是一个孩子留下的。于是，人们想象，这是一男一女与一个孩子留下的脚印。当然，我们不能说那就是一个三口之家留在历史深处的印迹，因为那时应该不存在今天的家庭概念。

因为这些重大发现，人类学家们的眼光转向了在过去认为最不可能发现文明进化遗存的非洲。1974年，美国人类学家约翰森在靠近东非大裂谷的埃塞俄比亚的奥摩河谷，找到了一具差不多完整的人类化石。这具化石距今三百余万年，属于一位年约二十岁的年轻女性。在人类化石编号目录上，一点也看不出这具化石的特殊之处：AL288-1。但在科学家们口中，她却有一个鲜活美丽的名字：露西。而且，在很多时候，露西已经成为支系庞杂的人类祖先的一个最为人所接受的形象代表。有点像是《圣经》创世故事中伊甸园中的夏娃一样，只不过，这个化石的夏娃不再是金发碧眼的白皮肤美女，而是一个并不漂亮的黑皮肤女人。

因为时间与空间的关系，人类所能发现有关自身进化的化石数量并不能清晰地构成一个没有缺环的链条，即使是从亲爱的黑皮肤的露西那里开始，我们也并不能确实地知道，她确确实实就是地球上所有这些不同肤色的人们的共同的直系祖先。化石链条上的缺环是如此之多，使我们无法建立起一个清晰的关于人类进化的完整谱系，但在阶段意义上，从化石所记录的基本信息，我们知道不同的进化阶段，人类文明曾达到怎样的状况。

还是那个"幸运的李基家族"的成员，在他们发现古老猿人化石的山谷中，发现了一百七十五万年前的石头工具。

在中国，差不多同一地点发现的北京猿人与山顶洞人化石，更大的研究价值体现在从化石附近发现的更多被猎杀的动物骨骸和篝火燃烧后剩下的灰烬，所有这些东西加起来，借助想象能力与推断能力，我们完全可以在脑海中复原原始人的生活图景。知道他们用燧石器取火，用石器猎杀野兽，用骨针连缀兽皮制成衣服。

人工取火是文明出现的标志；使用石制工具也是文明出现的标志；衣服除了御寒的功能之外，还在人群中培养出某种身体的禁忌与羞耻感。

人类进化到这样一种程度时，文明就要呼唤艺术与文字出场了。

艺术与文字出现的证据，考古人类学家通常也是从岩石的记录中寻找。

1879年夏季的一天，业余考古学家马塞里诺在一个叫艾塔米拉的洞穴里挖掘，希望有点意外的收获。比起专业工作者来，业余爱好者的工作似乎更为轻松。马塞里诺前往发掘现场时还带上了九岁的女儿玛莉。当他在洞穴的泥土中细心挖掘的时候，却从洞穴深处传来了玛莉的叫声："快来！牛！爸爸，牛！"

从洞外射来的朦胧光线中，洞穴顶部确实有些模糊的图案，马塞里诺高举起手里的便携提灯，于是，一片用大胆的褐、红、黄、黑等绘成的牛群出现在眼前。这些隐秘的画面颇有现代绘画中狂放不羁的风韵，却实实在在是史前一些无名画师的作品。这群史前野牛共有十七头，各自具有不同的动态，其中的一头身上还扎着一根史前人类掷出的长矛。与这群野牛相伴的还有一只野猪，一匹马，一头鹿和一只狼。后来，马塞里诺又在洞穴深处发现了更多史前人类绘制的动物图案。画上的这些动物，很多已经绝了种，相伴着同一地点发掘出一万多年前旧石器时代一万多件的人工制品，他认为这些动人的画作是史前人类绘制的。

但是，当他把这项成果提交到在里斯本召开的一次考古学界会议上时，专业人士们坚持认为，原始人的智慧不可能比猴子高出多少，所以，不可能绘制出这种风格粗犷奔放，充满生命活力的作品。更有甚者，很多人怀疑这是马塞里诺为了沽名钓誉而设置的一场骗局。直到1902年，布鲁衣神父来到艾塔米拉洞穴，从中发现了动物骨骼的化石。有些化石上还刻有与洞顶壁画相似的动物图案，马塞里诺发现的真实性才被证实。但是，这位发现者已经在1888年抑郁死去。

据人类学家们说，这些美妙的史前美术作品能保存下来，是因为那些无名画家并不像今天的艺术家总要把自己的作品最大限度地公之于众，而是将其刻画在隐秘险绝的地方。因为这些壁画当中包含了最初的有关自然崇拜的宗教感情，那些洞穴可能就是原始人的宗教圣殿。另外一些人类学家则认为，艾塔米拉这样的洞穴还可能是原始人类的狩猎技艺课堂，那些壁画可能是传授狩猎知识的生动图解。两种说法都有各自的道理，而且也都包含了文明发源时一些最初的要素：由自然崇拜而产生神秘的宗教感、经验的交流、对征服对象的认识和记载。

记载的方式最初是画，然后，才是从图画演变的文字。这种从具象的图画到抽象的文字的演变过程，不论是古巴比伦还是古代中国都有鲜明的体现。那些古代的君王，都愿意把文字刻写在石头，或者是类似的材质上，以期像其统治一样万年不变。

文明的进化,越往后,便牵涉到越复杂的层面,但有一点是肯定的,当文字出现,文字又从石头上向着别的材料转移,比如甲骨,比如青铜,比如纸和绢,一个完备的文明便出现了。一个有着自己明晰历史记忆的族群便出现了。

一个大写的"人"字便从此矗立在天地之间。

但是,即使如此,今天,我们还是会把一些特别具有纪念意义的文字深深地镌刻在石头之上。在岩石上记录,是人类一种伟大高尚的爱好,也是生命深处一种深远的遗传。

原载于《美文》2000年第12期

六棵树

贾平凹

回了一趟老家,发现村子里又少了几种树。我们村在商丹川道是有名的树园子,大约有四十多种树。自从炸药轰开了这个小盆地西边的牛脊梁和东边的烽火台,一条一级公路穿过,再接着一条铁路穿过,又接着修起了一条高速公路,我们村子的地盘就不断地被占用。拆了的老院子还可以重盖,而毁去的树,尤其是那些唯一树种的,便再也没有了,这如同当年我离开村子时上辈人使用的那些农具,三十多年里就都消绝了。在巷道口我碰到了一群孩子,我不知道这都是谁家的子孙,问:"知道你爷的名字吗?"一半回答是知道的,一半回答不知道,再问:"知道你姥爷的名字吗?"几乎都回答不上来。咳,乡下人最讲究的是传承香火,可孩子们却连爷或姥爷的名字都不知道了。他们已不晓得村子里的四十多种树只剩下了二十多种,再也见不上枸树、槲树、棠棣、栎、桧、柞和银杏木、白皮松,更没见过纺线车、鞋耙子、捞兜、牛笼嘴、曳绳、梿枷、檐簸子。记得小时候我问过父亲,老虎是什么,熊是什么,黄羊和狐狸是什么,父亲就说不上来，一脸的尴尬和茫然。我害怕以后的孩子会不会只知道村里的动物只有老鼠苍蝇和蚊子，村里的树木只有杨树柳树和榆树？所以，就有了想记录那些在三十年间消绝的花草树木、飞禽走兽、农耕用具的欲望。

现在，我先要记的是六棵树。

皂角树。我们从村子分涧上涧下，这棵皂角树就长在涧沿上。树不是很大，似乎老长不大，斜着往涧外，那细碎的叶子时常就落在涧根的泉里。这眼泉用石板箍成三个池子，最高处的池子是饮水，稍低的池子淘米洗菜，下边的池子洗衣服。我小时候喜欢在泉水里玩，娘在那里洗衣服，倒上些草木灰，揉搓一阵子了，抡着棒槌啪啪地捶打。我先是趴在饮水池边看池底的小虾游来游去，然后仰头看皂角树上的皂角。秋天的皂角还是绿的，若摘下来最容易捣烂了祛衣服上的垢甲，我就恨我的胳膊短，拿了石子往上掷，企图能打中一个下来，但打不中，皂角树下卧着的狗就一阵咬，秃子便端个碗蹴在门口了。

皂角树是属于秃子家的，秃子把皂角树看得很紧。那年月，村人很少有用肥皂的，皂角可以卖钱，五分钱一斤。秃子先是在树根堆了一捆野枣棘，不让人爬上去，但野枣棘很快被谁放火烧了，秃子又在树身上抹屎，臭味在泉边都能闻见，村人一片骂声，秃子才把屎擦了。他在夹皂角的时候，好多人远远站着看，盼望他立脚不稳，从涧上摔下去。他家的狗就从涧上摔下去过，摔成了跛子，而且从此成了亮鞭。亮鞭非常难看，后腿间吊着那个东西。大家都说秃子也是个亮鞭，所以他已经三十四五了，就是没人给他提亲。

秃子四十一岁上,去深山换苞谷,我们那儿产米,二三月就拿了米去深山换苞谷,一斤米能换二斤苞谷,秃子就认识了那里一个寡妇。寡妇有一个娃,寡妇带着娃就来到了他家。那寡妇后来给人说:"他哄了我,说顿顿吃米饭哩,一年到头却喝米角粥!"

但秃子从此头上一年四季都戴个帽子,村里传出,那寡妇晚上睡觉都不允他卸下帽子,邻居还听到了,寡妇在高潮时就喊:"卫东,卫东!"村人问过寡妇的儿子,卫东是谁?儿子说是他爹,他爹打猎时火枪炸了,把他爹炸死了。大家就嘲笑秃子,夜夜替卫东干活哩,秃子说:"替谁干都行,只要我在干着。"

村人先是都不承认寡妇是秃子的媳妇,可那女人大方,摘皂角时看见谁就给谁几个皂角,常常有人在泉里洗衣服,她不言语,站在涧上就扔下两个皂角。秃子为此和女人吵,但女人有了威信,大家叫她的时候,开始说:"喂,秃子的媳妇!"

秃子的媳妇却害病死了,害的什么病谁也不知道,而秃子常常要到坟上去哭。有一年夏天我回去,晚上一伙人拿了席在麦场上睡,已经是半夜了,听见村后的坡根有哭声,我说:"谁哭哩?"大家说:"秃子又想媳妇了。"

又过了两年,我再一次回去,发觉皂角树没了,问村人,村人说:砍了。二婶告诉我,秃子死了媳妇后,和媳妇的那个儿子合不来,儿子出外再没有音讯,秃子一下子衰老了,五十多岁的人看上去有七十岁。他不戴帽子了,头上的疤红得像烧过的柿子，一天夜里就吊死在皂角树上，皂角落得泉边到处都是。这皂角树在涧上，村人来打水或洗衣服就容易想起秃子吊死的样子，便把皂角树砍了。

药树。药树在法性寺后的土崖上，寺殿的大梁上写着清康熙初年重建，药树最少在这里长了三百年。我记事起，法性寺里就没有和尚，是村小学校，铃声在敲那口铁铸的钟，每每钟声悠长，我就感觉是从药树上发出来的。药树特别粗，从土崖上斜着往空中长，树皮一片一片像鳞甲，村人称作龙树。那时候我们那儿还没有发现煤，柴禾紧张，大一点的孩子常常爬上树去扳干枯了的枝条，我爬不上去，但夜里一起风，第二天早晨我就往树下跑，希望树上的那个鸟巢能掉下来。鸟巢是可以做几顿饭的。

药树几乎是我们村的象征，人要问："你是哪儿的？"我们说：棣花的。问："棣花哪个村？"我们说："药树底下的。"

我在寺里读了六年书，每天早晨上操听完校长训话，我抬头就看到药树。记得一次校长训话突然就提到了药树，说早年陕南游击队在这一带活动，有个共产党员受伤后在寺里养伤住了三年，解放后当了三年专员，因为寺里风水好，有这棵龙树。校长鼓励我们好好学习，将来也成龙变凤。母亲对我希望很大，大年初一早上总是让我去药树下烧香磕头，她说："你要给我考大学！"

但是，我连初中还没有读完，"文化革命"就开始了，辍学务农，那时我十四岁。

我回到村里，法性寺小学也没了师生，驻扎了当地很大的一个造反派的指挥部。我们从此没有安宁过，经常是县城过来的另一个造反派的人来攻打，双方就在盆地东边的烽火台上打了几仗，好像是这个造反派的人赢了，结果势力越来越大。忽然有一天，一声爆炸，以为又武斗了，母亲赶紧关了院门，不让我们出去，巷道里有人喊："不是武斗，是炸药树了！"等村人赶到寺后的土崖上，药树果然根部被炸药炸开，树干倒下去压塌了学校的后院墙。原来造反派每日有上百人在那里起灶做饭，没有了柴禾，就炸了药树。

村里人都傻了眼，但村里人没办法。到了晚上，传出消息，说造反派砍了药树的枝条，而药树树身太粗砍不动也锯不开，正在树上掏洞再用炸药炸，队长就和几位老者去寺里和指挥部的人交涉，希望不要炸树身，结果每家出一百斤柴禾把树身保全下来。

树身太大，无法运出寺，就用土掩埋在土崖下，但树的断茬口不停地往出流水，流暗红色的水，把掩埋的土都浸湿了，二爷说那是血水。

村人背地里都在起毒咒："炸药树要报应的！"果不其然，三个月后，烽火台又武斗了一场，这个造反派的人死了三个，两个就是在药树下点炸药包的人，而"文革"结束后，清理阶级队伍，两个造反派的武斗总指挥都被枪毙了。

我离开村子的那年，村人把药树挖出来，解成了板，这些板做了桥板就架设在村前的丹江上。

楸树。高达二十米，叶子呈三角形，叶边有锯齿，花冠白色。楸树的木质并不坚实,有点像杨树。这棵树在刘新来家的屋后,但树属于李书富家。刘新来家和李书富家是隔壁,但李书富家地势高,刘新来家地势低,屋后的阴沟里老是湿津津的,很少有人去过。楸树占的地方狭窄,就顺着涧根往高里长,枝叶高过了涧畔。刘家人丁不旺,几辈单传,到了刘新来手里,他在外地工作,老婆和儿子在家,儿子就患了心脏病,一年四季嘴唇发青。阴阳先生说楸树吸了刘家精气,刘新来要求李书富把楸树伐了,李书富不同意,刘新来说"给你二百元钱把树伐了",李书富还是不同意。

刘新来的老婆带了儿子去了刘新来的单位,一去三年没有回来。那时候我和弟弟提了笼子拾柴禾,就钻进刘家屋后砍涧壁上的荆棘,也砍过楸树根。楸树根像蛇一样爬在涧壁上,砍一截下来,根就冒白水,很快颜色发黑,稠得像胶。我们隔院门缝往里看,院子里蒿草没了台阶,堂屋的门框上结个大蜘蛛网,如同挂了个筛子。

李书富在秋后打核桃的时候从树上掉下来,把脊梁跌断了,卧床了三年,临死前给老伴说:用楸树解板给我做棺材。他儿子在西安打工,探病回来就伐倒了楸树,伐楸树费了老劲,是一截一截锯断用绳吊着抬出来,解成了板。李书富一死,儿子却没有用楸树板给他爹做棺材,只是将家里一个老式板柜锯了腿,将爹装进去埋了。埋了爹,儿子又进城打工了,李书富的老伴还留在家里,对人说:"儿子在城里找了个对象,这些木板留着做结婚家具呀。我也要进城呀,但我必须给他爹过了百天,百天里这些木板也就干了。"

百天过后，李书富的儿子果然回来接走了老娘，也拉走了楸木板，也在这一天，刘新来家的堂屋倒坍了。

香椿。村里原来有许多椿树，我家茅坑边就有一棵，但都是臭椿，香椿只有一棵。这一棵长在莲菜池边的独院里，院里住着泥水匠，泥水匠常年在外揽活，他老婆年龄小得多，嫩面俊俏。每年春天，大家从墙外经过，就拿眼盯着看香椿的叶子。

男人们都说香椿好，前院的三婶就骂：不是香椿好，是人家的老婆好！于是她大肆攻击那老婆，说人家走路水上漂是因为泥水匠挣了钱给买了一双白胶底鞋，说人家奶大是衣服里塞了棉花，而且不会生男娃，不会生男娃算什么好女人？

三婶有一个嗜好，爱吃芫荽，她在地里种了案板大片的芫荽，每一顿饭，她掐几片芫荽叶子切碎了搅在饭碗里。我们总闻不惯芫荽的怪气味，还是说香椿好，香椿炒鸡蛋是世上最好的吃食。

社教的时候，村里重新划阶级成分，泥水匠原来的成分是中农，但村人说泥水匠的爹在解放前卖掉了十亩地，他是逮住要解放的风声才卖的地，他应该是漏划的地主，结果泥水匠家就定为地主成分。是地主成分就得抄家，抄家的那天村人几乎都去搬东西，五根子板柜抬到村饲养室给牛装了饲料，八仙桌成了生产队办公室的会议桌。那些盆盆罐罐都被砸了，院子里的花草被踏了。三婶用镰割断了爬满院墙的紫藤蔓，又去割那棵香椿，割不动，拿斧头砍，就把香椿树砍倒了。

从此村里只有臭椿，臭椿老生一种椿虫，逮住了，手上留一股臭味，像狐臭一样难闻。

苦楝树。苦楝树能长得非常高大，但枝叶稀疏，秋天里就结一种果，指头蛋儿大，一兜一兜地在风里摇曳，一直到腊月天还不脱落。

先前村里有过三棵苦楝树。一棵在村口的戏楼旁，戏楼倒塌的时候这树莫名其妙也死了。另一棵在涧上的一块场地上，村长的儿子要盖新院子，村长通融了乡政府，这场地就批给了村长的儿子做庄宅地。而且场地要盖新院子，就得伐了苦楝树，这棵苦楝树产权属于集体，又以最便宜的价处理给了村长的儿子。这事村人意见很大，但也只能背后说说而已，人家用这棵苦楝树做了椽子，新房上梁的时候大家又都去帮忙，拿了礼，燃放鞭炮。

最后的一棵苦楝树在村西头，树下是大青石碾盘。碾盘和石磨称作青龙白虎，村西头地势高，对着南头山岭的一个沟口，碾盘安在那儿是老祖先按风水设计的。碾盘旁边是雷家的院子，住着一个孤寡老人。我写完《怀念狼》那本书后回去过一次，见到那老汉，他给我讲了他爷爷的事。他小时候和他娘睡在上屋，上屋的窗外就是苦楝树和碾盘，夏天里他爷爷就睡在碾盘上，那时狼多，常到村里来吃鸡叼猪，有一夜他听见爷爷在碾盘上说话，掀窗看时，一只狼就卧在碾盘下，狼尾巴很长，直身坐着，用前爪不断地逗弄着他爷爷。他爷爷说：“你走，你走，我一身干骨头。"狼后来起身就走了。我觉得这个细节很好，遗憾《怀念狼》没用上。

这棵苦楝树是最大的一棵苦楝树,因为在碾盘旁可以遮风挡雨,谁也没想过砍伐它。小时候我们在碾盘上玩抓石子,苦楝蛋儿就时不时掉下来,嘣,一颗掉下来,在碾盘上跳几跳,嘣,又掉下来一颗。述君和我们玩时,一输,就用脚踹苦楝树,他力气大,苦楝蛋儿便下冰雹一样落下来。

苦楝蛋儿很苦,是一味药,邻村的郎中每年要来捡几次。后来苦楝树被人用斧头砍了一次,留下个疤,谁也不知道是谁砍的。不久姓王那家的小女儿突然死了,村里传言那小女儿还不到结婚年龄却怀了孕,她听别人说喝苦楝蛋儿熬出的水可以堕胎,结果把命丢了,于是大家就怀疑是姓王的来砍了树。

一级公路经过我们村北边,高速公路经过的是村前的水田,但高速公路要修一条连接一级公路的辅道,正好经过村西头,孤寡老人的院子就拆了,碾盘早废弃了多年,当然苦楝树也就伐了。老院子给补贴了两万元,碾盘一分钱也没赔,苦楝树赔了三千元,村人家家有份,每户分到一百元。

这次回去,我见到了那个郎中,他已经是老郎中了,再来捡苦楝蛋儿时没有了苦楝树,他给我扬扬手,苦笑着,却一句话都没有说。

痒痒树。这棵痒痒树是我们村独有的一棵痒痒树,也可以说是我们那儿方圆十里内独有的树。树在永娃家的院子里,是他爷爷年轻时去山阳县,从那儿带回来移栽的。树几十年长得有茶缸粗,树梢平过屋檐。树身上也是脱皮,像药树一样,但颜色始终灰白。因为这棵树和别的树不一样,村人凡是到永娃家来,都要用手搔一搔树根,看树梢颤颤巍巍地晃动。

树和人在一起时间长了,不是树影响了人,就是人影响了树。五魁家的院墙塌了一面,他没钱买砖补修,就栽了一排铁匠蛋树,这种树浑身长刺,但一般长刺却是软刺,他性情暴戾,铁匠蛋树长的刺就非常硬,人不能钻进去,猫儿狗儿也钻不进去。痒痒树长在永娃家的院子里,永娃的脾气也变了,竟然见人害羞,而且胆小。当一级公路改造时,原本老路从村后坡根经过,改造后却要向南移,占几十亩耕地,村人就去施工地闹事,永娃也参加了,但那次闹事被公安局来人强行压服,事后又要追究闹事人责任,别人还都没什么,永娃就吓得生病了,病后从此身上生了牛皮癣。他再没穿过短裤短袖,据说每天晚上让老婆用筷子给他刮身子,刮下屑皮就一大把。村人都说这病是痒痒树栽在院子里的缘故,他也成了痒痒树。他的儿子要砍痒痒树,他不同意,说:"既然我是人肉痒痒树,你把树一砍,我不也就死了。"他儿子也就不敢砍了。

前三年的春上,西安城里来了人,在村里寻着买树,听说了永娃家院子里有痒痒树,就来看了要买。永娃还是不舍得,那伙人就买了村里十二棵紫槐树,三棵桂花树。永娃的儿子后来打听了这是西安一个买树公司,他们专门在乡下买树,然后再卖给城里的房地产开发商,移栽到一些豪华别墅区里,从中谋利。永娃的儿子就寻着那伙人,同意卖痒痒树,说好价钱是一千元,几经讨价还价,最后以五百元成交,但条件是必须由永娃的儿子来挖,把方圆带一米的土挖出。永娃的儿子那天将永娃哄说去了他舅家，然后挖树卖了，等永娃回来，院子里一个大深坑，没树了，永娃气得昏了过去。

永娃是那年腊八节去世的。

去年，永娃的儿媳妇患了胆结石来西安做手术，那儿子来看我。我问那棵痒痒树卖给了哪家公司，他说是神绿公司，树又卖给一个尚德别墅区，他爹去世前非要叫他去看看那棵树，他去看了，但树没栽活。

原载于《美文》2007年第8期

活在秦岭南北

陈　彦

　　人平时不太注意自己赖以生活的基础以及形态、式样，一旦注意，就会发现，与我们联系最紧密、最不可或缺的，恰恰是我们最不在意、最容易忽略的东西。比如秦岭，我从小就偎依在它的南麓，长大后，又跑到它的北麓找饭吃，但平日能引起注意的，可能是房子，是饭碗，是荣誉，是钞票，是人际关系，是周边许许多多说不清道不明的小环境，至于提供了氧气，挡住了风沙，调节了温度，供给了无尽生活资用的秦岭，反倒不在心中作数，并且还一点都不后怕。因为忽视了小环境，马上可能就面临着饭碗、荣誉、钞票以及遭磕碰、错位、缩水的困扰，忘记了秦岭的存在，却不会因此回家有石头挡道，登山有荆杖抽腔，正活着突遭氧气管道拉闸，或限量、涨价，直至停供的危险。这好像正应了老子的一些话，真正大的东西，有用的东西，在我们心中是无形的，似乎也是没有直接利益和利害冲突的，一旦有形，有状，有物，就小了，矮了，贱了。秦岭正是这种大而无形、无象的物质，因此，在我们的世俗生活演进中，它就退至恍惚，无形,甚至让我们已经感到"不知有之"了。

其实,秦岭一直就横亘在那里,以它为界,在南为南方,在北为北方。我家住在秦岭以南百余里的镇安县,因此,给朋友们介绍时总要说,我是南方人,不过还要补充一句:陕西南方人。据说我们那个地方的所谓"土著",祖上来自两个方面:一是湖广,多为大江发水,逆河逃难而来;另一方面来自秦岭以北,史载秦朝时,咸阳大兴土木,奴隶们被成群结队地驱赶上秦岭伐木,实在不堪重负的,就逃到那边躲起来,另谋生路了。直到一两百年前,那儿还称"终南奥区",也就是不为世人所了解的神秘地方。其实那里的文明遗迹,最早也能发掘到大秦帝国时期,只是一道天然屏障的阻隔,而使关中对它知之甚少而已。

现在,高速路一通,我从西安出发,仅一小时零五分,就能抵达县城,有几次,我先用电话告诉母亲,说要吃焖土鸡,结果,车开到家门口时,母亲刚从菜市场拎着惊恐的鸡回来。据说在二十世纪五十年代初,镇安的县长到省城开会,骑一匹马,警卫员挎一杆枪,两人来回是要走半个月的。我二十世纪九十年代初,从秦岭南麓调到北麓,几乎每月都要往返一次,那时小车少,天不亮,就得到车站排队挤长途公交车,常常是头进去了,屁股还在外边,人用头或膝盖往进顶,勉强楔进去,又常没座位,能看师傅的脸色,蹭在引擎盖上,诚惶诚恐地端半个屁股,就算是十分幸运的了。摇摇晃晃十几个小时,天黑时,两腿跟硬棍一样,扑通一声,戳在西安的大地上,还暗自窃喜:今天真他娘的顺!因为一遇雨雪天气,不定就撂在半山上,几天都下不来了。这一切，都因为"云横秦岭家何在"。如今，它十分慷慨地让人们从腹腔打出一个大洞来，南北由此切近，秦岭对于我去路与归途的遥远、高耸、阻隔感以及"难于上青天"的无奈诗意，都荡然无存。它已实实在在成为我在老家镇安和西安之间，一道薄薄的、凿开了门户的"隔壁墙"。

让我们难以想象的是，延绵数千里的秦岭皱褶中，分布着数十个县，这些文明的集散地，不知潜藏了多少故事人物，仅一个镇安，就牵出了贾岛、白居易等数十位历代知名诗人。在这儿一个叫云盖寺的地方，贾岛隐居三年，竟然留下了这样的千古名句："一山未了一山迎，百里都无半里平，宜是老禅遥指处，只堪图画不堪行。"这是对秦岭山脉最为形象生动的描述。离云盖寺不远，还有一个叫白侍郎洞的岩穴，是因白居易与贾岛等诗人来此唱和而得名。那实在是一个太不起眼的地方，二十世纪七十年代末，这个洞穴还因一对年轻人殉情而名动一时，后经公安部门查清，是一地主家庭出身的十九岁男儿，"勾搭"上了"根正苗红"的大队支书的千金，婚姻自然受阻，双双入洞，用嘴咬响从"修大寨田"工地上偷来的雷管，血肉横飞，遂化蝶而去。如若白侍郎、贾岛和诸位诗人有灵，不知又会写出怎样再传千秋的名句。

想那时的文人，是如何的一种散淡从容情致，仨俩一伙，骑头瘦驴，进秦岭山脉，一钻就是数月，甚至几年，写些诗句，塞在布口袋里，见朋友念一念，遇见喜爱的，再用毛笔抄一抄，不上杂志，不求出版社，更不用传媒、网络忽悠，竟然就千古不朽了。现在信息爆炸，人人都自以为红得发紫了，稍多睡一会儿起来，却发现那紫色就变乌了，甚至黑了。反正几天不自我搔首弄姿、抓耳挠腮一番，就黯淡了，就边缘了，就忧郁了，就愤青了，就活得不自在了，就心里堵得慌。如若能放下，学学贾岛之隐，不说在秦岭山中一闷三年，哪怕是三月，甚至三天，也许都是一剂清凉剂。可惜哪儿能呢？我们的灵魂已经被尘世的浮华、欲望、信息死死攫住，生命的脐带，已经不能须臾中断与尘世躁动的链接了。

去年五一长假，手头接一"硬扎活儿"，实在无法动笔，就下决心准备进秦岭"隐居"一礼拜，本欲关了手机，谁知去的地方刚好无信号。开始还暗自窃喜，结果待了一下午，就心慌意乱得不行，很是有离群索居，与世隔绝，甚至被人遗弃之感，就急忙跑到更高的地方找信号，竟然找到了。就在信号微弱冲进手机的瞬间，我甚至有一种终于"找到组织"的感动，嘭嘭嘭，几个信息急不可待地别了进来，第一个是问要不要发票的；第二个是让速把钱打到他账号上的；第三个是问要不要窃听器的；甚至还有一个问要不要枪的。最可怕的是朋友连发的五个短信：一是"速回电，有急事！"二是"？？？？？？"三是"怎么回事，还不回电？"四是"真的有急事，速回！"五是"真的不回？再不回，再过一小时就不用回了。"几乎吓出人一身冷汗来。我急忙把电话打过去，朋友似乎很是着急地："你赶快往回走，还隐居哩，西安的天都快要塌了。"我问什么事，他就是不说，反正让我赶快回。我开始也只当玩笑，结果越熬越觉得好像真有事，快傍晚时，山上一阵乌鸦叫，很是凄凉，我又突然感到一阵无法排解的孤寂，就把包一拎，驱车返回夜光如昼、繁华喧嚣的都市了。走进朋友画室才知道，先是约我吃合阳"踅面"，其实就是一种泡饼，后来又"挖坑"，"三缺一"，等我不来，又各方敦促，人早弥齐，我只好嘟嘟囔囔坐在一旁，配合人家娱乐了半夜，不过心内倒有一种饱受孤独折磨后的喜悦。由此我想，我们与能够隐居和游走在秦岭深山中的贾岛、白侍郎之间的生命定力和精神距离，已不是一点，而是很长很长，几乎已有千年之久长了。

我们总是时常讪笑昔日在终南山中的那些隐者，有些是真隐，没人用，就为民族文化制造一些"不动产"，再不出来了。有的干脆做了道士、和尚。多数隐者，总是三天两头从里边捎出话来，希望组织部门早点来考察，自己已熟透了，再不来就瓜熟蒂落了，实在等不来，也有主动扑出来，亲自吆喝"卖瓜"，直接请求安排的。总之，秦岭山中曾经隐者如织，佳话遍地，不一而足。古之隐士，虽多有待价而沽者，但隐也是真隐了，可笑的是今人，何谈隐，露都露不及，全裸了还怕引不起注意，还得通过各种手段，制造吸引眼球的轰动效应和怪叫声，无论形态还是精神质地，我们都与内涵十分丰富的历史秦岭，在分庭抗礼、分道扬镳。现在的我们，基本只打秦岭物质的主意，拼命吮吸着它所产生的负离子，挖掘着它体内的重金属，索取着它身上的绿色植被，偷食或把玩着它悉心呵护养育的珍稀动物，而从生命全息形态把握和精神内存的使用上，正日趋短视、渺茫，渐行渐远。

人类对生态环境、气候问题的关注，在大自然越来越强烈的警示中，正进入惊慌失措的议事日程。十分有趣的是，哥本哈根全球气候问题大会正吵得莫衷一是，不亦乐乎时，美国导演卡梅隆的新片《阿凡达》，恰好在全球"震撼上演"，我去看了一场，震撼是没咋震撼，感觉还真是有些感觉。故事讲：地球上的人类，终于把有限的资源发掘完了，濒临灭绝，却意外地发现了一个叫潘多拉的星球上，有一种矿物质，可以用来实施拯救，就不顾一切地把现代化战争武器和巨型盗挖工具开拔上去，准备"掘宝"。先是进行政治思想工作，自作聪明的人类，把一个人的大脑与阿凡达人的大脑链接起来，企图通过"卧底""潜伏"之类的人类惯用伎俩，洗了阿凡达人的"公主"的脑，而引诱其族群就范，谁知派去"灵魂附体"的人，竟然被那里的自然和谐所征服，"堕落"成了叛逆者。人类无奈，即对那里的生灵、植被，进行疯狂屠戮、捣毁。结果，一切都处在原始自然生态的潘多拉星球上的动植物，瞬间通灵，全面发动起来，与人类入侵之敌，展开了不惜流尽最后一滴血的"保家卫国战"，最后自然是正义昭彰，邪恶败北。全片收官那句话说得特别好，大意是：让地球上那些不善良的人回到他们地球上去，善良的可以留下与我们一道生活。只见那些贪得无厌的家伙——被潘多拉星球人称作"战俘"的——我们登上外星球进行科考、探险、弄资源的同类，灰头土脑，蔫不唧唧，傻眉搭眼，霜杀了似的钻进飞船，滚回地球去了。

影片最美的是潘多拉星球上的风景，用美不胜收形容，真是再也精准不过。现实中，无论如何也是不可能生成这般完美景观的，唯有人类的想象，才能使这种美臻于极致。据说，这部影片曾在中国的张家界、黄山以及世界许多名胜采过外景，可想而知，是拼贴加工而成。我觉得十分遗憾的是，没有秦岭山脉的华山身影。倒不是希望华山借《阿凡达》扬名，而是这样一部全球都十分看好的电影，没能更加奇妙地展示人类所向往的生存美境，是《阿凡达》不可弥补的缺憾。华山的鬼斧神工、奇险诡谲，华山的生命力度、精神质地，在我所涉足和阅览过的山川图画中，是最具神秘力量的一个，华山我可以年年攀登，并乐此不疲，而其他山脉，登一次足矣。最妙是，华山总给我力量感，给我以脊梁挺拔感，每登临一次，都能平添一些丈夫气概。虽然至今也还没能成为顶天立地的大丈夫，但有华山在，家人和我，就都感到了自己成才的希望在。人们称华山为"父亲山"，真是再也贴切不过的称呼。而华山是秦岭的魂，是秦岭的胆。

秦岭，美在巍峨苍劲，美在雄浑质朴，美在生态原初，包罗万象，更美在人文遗存丰厚，内涵深邃广博。这里曾经漫山书香飘动，这里曾经遍地诗句迸发，这里至今和尚、道士相携游走，这里千古依然孔庙堂堂，香火袅袅。从战乱中，辞了国家图书馆馆长位子，骑一头青牛，带着紫气由东向西而来的老子，是在走进秦岭山脉后，才留下五千言，然后继续沿秦岭北麓向西，去深入基层，考察调研，而不知所终的。我觉得秦岭能有今天的生态环境，当与老子的文化浸润不无关系。老子由于饱经了战国时期各位霸主的各种"有为"，而见百姓生灵涂炭，便给当下社会开出了"无为"的良方。对于企图成就霸业的诸位"圣人"来讲，谁又愿意听这个老家伙的絮絮叨叨，一气之下，他就从河南老家离开，彻底走向民间，验证自己的"无为而无不为"去了。

老子对社会的胡乱作为，有一个最形象的比喻，说："天地之间，其犹橐龠乎？"就是我们俗称的"拉风箱"。社会本来好好的，结果一些人总想作为，总想把事搞大，搞圆，就把风箱拉得呼啦啦、扑嗒嗒一片乱响，结果就不稳定了，就动乱了，就民不聊生了。在今天的世界经济争夺战中，大家又何尝不是在抢着拉风箱呢？只听满世界扑扑嗒嗒拉得山响，今天把石油从陆地、海底、山间抽了出来，明天又把稀有金属从岩石中炸了出来，后天再把东河的水赶到西河，再后天又把北面的山移到南面，总之，风箱拉个不住，在扑嗒嗒、扑嗒嗒声中，天在摇，地在动，钱在旋，人在转。有人说，地震与人类老在地底下抽气、抽油有关，好像是有些缺乏地质构造常识，但又试想，地底下本来憋得实实囊囊的，突然气放了，油喷了，大风都起于青萍之末，蝴蝶的舞动都可能带来千里之外的飓风效应，更何况是大地的头颅、腹腔遭无数次挨刀，曝了光，走了气，放了血？无论是否有科学依据，我都相信这个说法有一定的合理性。如若我们都能学点老子，哪怕把风箱拉得慢一点，缓一点，小一点，也总比全人类都吊在风箱杆子上，把个世界拉得飞沙走石、风雷激荡、昏天黑地还嫌科技运用不足，管理潜能发挥不够，经济增长速度不快强吧。秦岭与老子走得近些，早早就吃了偏碗饭，先前风箱不乱拉，如今风箱拉得慢，所以秦岭反倒是有些"无为而无不为"的意思。它永远是华夏南北分界线，永远是长江黄河分水岭，它还是中国最大的动植物基因库，更是儒释道相互包容，文明史陈陈相因，历史精英层出不穷，文化巨匠纷至沓来的人文胜地。

老子在他的《道德经》中，一直在寻找一种叫"道"的东西，用八十一章，铺排了五千多个字，还是没能说明白，用他自己的话说就是：能说明白的就不是"道"了。老子所说的"道"，是治国，是治军，是治人，是了解天体宇宙，是释疑人生百态万方，当然不好说明白，说透了，能说明白就简单了，也就用不着人们用两千五百多年的时间长度，来揣摸他的"道可道，非常道"了。我们是小人物，我们的问题，是老子五千言中所捎带着要解决的那些小人物的小问题，所以，这个"道"反倒好找些，我突然觉得，秦岭不就是我的"道"吗？"道生一，一生二，二生三，三生万物"，吃的喝的穿的住的，都由此而生，精神营养又取之不尽，用之不竭。秦岭不张扬，不趋时，不争宠，不浮躁；秦岭能高能低，能伸能屈，能贵能贱，能刚能柔；秦岭耐得寂寞，忍得寒霜，木讷处厚，高瀑善下，它不是我的"道"又是什么呢？

能活在秦岭的南边和北面真好。

原载于《美文》2010年第6期

山水清音（二篇）

高亚平

烟雨金川

下了一夜的雨。雨清清亮亮，时疾时徐，到了天明，仍没有要停歇的意思，差点使我们去金川的想法成了泡影。当地有谚：山戴帽，雨飘飘；江起罩，太阳照。望望紫阳城周围的群山，果然云雾缭绕，不见山头。而汉江之上，则是一片的烟雾迷蒙，水如一块翡翠，凝然不动，随天气的晦暝而变化。金川的李乡长犹豫着问我们："还去吗？要三个多小时的路呢！"我说去，便撑了伞，随他们沿着曲曲折折的石板小街，来到了码头。

这次来紫阳，我并不知道这里有一个地方叫金川。去金川，完全是受了一个朋友的鼓动与诱惑。他告诉我，金川是一个很有历史底蕴的地方，虽地偏，山水却佳，尤其那里出产一种黄泥，不唯性黏，且质地纯腻，是制陶绝佳原料，远在汉、唐，陶土业便十分发达，历朝历代，奇巧制陶艺人层出不穷。就是当世，也出了一个名叫叶锡平的角儿，此人年届不惑，木讷寡言，却从上辈人手中学得绝妙的制陶技术，制作出的土陶作品无论飞禽走兽，还是人鬼神佛，均形神兼备，惟妙惟肖，名播鄂、皖、川、陕之地。我便极想去看看，见识一下那里的风土人情。朋友是热心人，不负所托联系上了乡长，才使我们的这次造访得以顺利成行。

　　船在疏密有致的雨声中起航了。江风很硬，尽管已是五月，又在秦岭之南，但因下了雨，江面上还是很冷的。我们因贪看景色，还是都坐在舱顶的平台上。山势逶迤，山色青翠，水随山转，船若行驶在夹峙的画屏之中。偶尔，有一户人家临江而建，半边房屋悬空，让人心为之惊。而檐前窗下的红衣女子，影影绰绰，婀娜有致，不免叫江上之客玄想非非。江面上水波粼粼，船行其上，便将一江的绿犁开。船头，红旗猎猎。雾绕翠峰，雨色空蒙，正在我眼迷心痴之时，猛听得山歌声起，循声望去，便见江边的山路上，一个头戴斗笠肩挑担的小伙子，时隐时现地穿行在绿树丛中。他哼唱的是《南山竹子》："南山竹子节节高，郎吹笛子姐吹箫。姐吹箫来吹得好，郎吹笛来吹得高。"歌声粗犷、激越，山野气十足，但因了山风的撕扯，便变作一缕一缕的，隔了蒙蒙的雨雾，氤氲到青山绿水中去了。

　　茶是要喝的，但须移座船舱，江风太大，茶杯会被吹入江中的。品茗赏景间，船已到了金川乡。上得岸来，此地果然是满地的黄泥，踩上去便是两脚泥疙瘩，拖得人连路都走不动。乡政府坐落在白马村。白马村不大，也就是一千多口人的样子。几百户人家，一色的青石板房，掩映在绿树丛中，狗吠深巷，鸡鸣桑巅，幽静而诗意。甭看村庄不大，历史却很悠久，来历却不俗。据老辈人讲，此村江边有一石状似白马，白马浮出水面时，便风调雨顺；若白马隐于水下，则会出现洪涝灾害，极为灵验。因此，当地老百姓将其视为神马。可惜此石已毁于1983年汉江百年不遇的洪水中，湮没无闻，不知所终，只留下了一个美丽传说。冒雨漫步在白马村中，我常常为农家牛栏猪舍墙间造型奇特的青砖而惊异，那纵横的花纹、那篆隶夹杂的铭文，古朴而典雅，传递着这里土陶文化历史的久远。而乡民家中随意弃置在墙角灶间的一个陶罐或瓷碗、瓷盘，也许就是一件价值不菲的文物。要知道，这里是有名的土陶之乡，远在千年前，陶器的烧制已有了相当的规模，而到了近代，制陶作坊已如星辰，散布汉江两岸。其土陶产品，更是行销大江南北。

沿着泥泞的山间小径，踩着绿汁四溅的青草，我们来到了江对岸的龙王潭，走进了绿树环绕的制陶艺人叶锡平家。"幽兰生前庭，含熏待清风。"他的家虽然很寒素，但其土陶作品却是气象万千。林间隐者的高逸、和合二仙的忘俗、月中嫦娥的清丽、茶姑的清纯俊美，以及在山巅高飞的苍鹰，在田中耕作的健牛，还有酒杯茶壶，无一不栩栩如生，透出一股山野之气，观之如清风扑面，味之若土酒醉人，其灵活与奇谲让人喟叹，不由我们不信紫阳陶土文化后继有人。

暮从碧山下，但做伴的并不是山月，依旧是淅沥的雨声。泛舟江上，望着薄暮冥冥中烟雨蒙蒙的白马村，抚摸着刚刚购置的金川泥精茶壶，心里想着用它泡一壶紫阳富硒茶，于月清风明之际，独自品茗，那滋味又当如何呢。夜静谧如瓮，船如游鱼，在我这番胡思乱想间，已渐渐驶离金川这块古老神奇而又富有朝气的土地。

龙潭沟记

在我的印象中，河南似乎无山水可言，一望无际的中原大地上，除了嵩山尚可差强人意外，别的便不值一提。但到了西峡，我方明白自己印象之谬了。这里不但有清奇峻茂的山，而且有灵秀碧澈的水，不唯令人耳目一新，也让人的心灵得到震撼。老界岭的高入云天，寺山的葱郁清幽姑且不谈，单是龙潭沟的潭瀑便有良多趣味，叫人一见倾心了。

龙潭沟位于双龙镇以西，距西峡县城仅三十多公里。双龙镇是全国著名的香菇集散地，一年四季，香菇客商云集，显现出一派盛世的繁华。我们一行是八月份前往龙潭沟的。八月骄阳虽不如盛夏那么威猛，但依然热烈而奔放，路边植物的叶子被晒得耷头耷脑，加之秋蝉声嘶力竭的聒噪，让人感到烦躁、郁闷。"秋老虎热死人"，这句俗语果然讲得不差。好在我们不久就到了龙潭沟口，烦躁之心也渐渐平复。

一泓碧绿的水恬然地从山沟中流出。溯水而行，景色起初尚自平平，除了水，便是毫无新意的山，一无可看。但走过一二里后，龙潭沟的佳处便渐渐显现出来。山幽林密，石白水碧，连空气也朗润了许多，人的呼吸一下子变得畅通起来。而千姿百态的潭瀑也便接连撞入眼帘。沿了一条山石铺成的窄径，我们迤逦地穿行在原始森林之中,时而溪左,时而溪右,如玩家珍,如赏珠玉,在十多公里长的山沟中,依次品游了十八潭瀑。青龙潭的幽邃,白龙潭的冰洁,黄龙潭的玄秘,双龙潭的碧翠……潭潭如镜如鉴,映树木人物,映飞禽走兽,让人目乱神迷,惊叹不已。更奇的是潭潭有瀑,十几米长的,几十米长的,甚而百多米长的,若银链,若白虹,若素绫,或瘦瘦的一条,或窄窄的一线,或泛泛的一片,从高空,从崖畔,从石间飘然而下,訇然而下,飞玉迸珠,风韵无限。溪潭之中为水所覆之处,石皆裹上一层斑斓的水藻;而岸上之石皆为白色,有的危如累卵,有的滑润平坦如砥,似美妇人新开之面,为我生平鲜见。潭中游曳有竹排,用一根碧绿的竹篙撑了,在水面荡漾,任习习的山风吹着,或者干脆将竹排撑至瀑布下,让瀑布之声在心中响起,任飞流而下的瀑布从指间滑过,感受一番扑面而来的水意,也是一件极惬意的事。一路上,我和大河报社的刘君不断受到经营竹排生意者的怂恿,终于临到山顶最后一潭时,受不住诱惑,嘻嘻哈哈地登上竹排,美美地过了一把瘾。之后,便坐在岸边的一个竹寮里品茗、休息。

"能在此筑一小居,春赏山花,夏听瀑吟,秋看红叶冬观雪,夜啸林间,伴山月而眠,也不失为一种自在。"刘君触景生情,喝着茶,不觉发出一通感慨。

我听了,失笑道:"怎么,受刺激了,想逃避攘攘红尘花花世界?"

"鱼在水则乐，鸟居林则喜，鱼鸟之心，人皆有之。我也不是想弃世隐居，而是想找一个清静的所在，让心灵得到些休憩、慰藉。"刘君注目一潭碧水，似乎是对我，又似乎是自言自语地说。

我不觉默然。刘君已是小五十岁的人了，从他额际的皱纹，从他鬓间已现的白发，隐隐的，都可以窥出许多沧桑之色，想必平日烦心的事一定不少。我理解他此时的心情。其实，人生在世，最重要的是心灵的安宁，心灵不得安宁，即便是住草庵茅舍，居山水之间，过一种隐逸生活也是枉然。反之，心灵安宁，身居闹市，住宫殿楼阁又有何妨。说到底，心灵快乐与否，不干红尘之事，也不干山水之事。但我并未将此话说出。

胡思乱想间，便见一轮红日已缓缓地移到了山巅之西，龙潭沟倏忽间就有了丝丝凉意。瀑声洸浪，潭为墨玉，水浅处，有无数的小鱼唼喋着游来游去。

原载于《美文》2003年第6期

阿央白

迟子建

它是如此安然地出现在我面前——阿央白。晨光弥漫了空悠悠的山谷，它面朝着鸟声起伏的山谷，把它那惊世骇俗的美一览无余地展现在我面前。

石钟寺石窟的第八窟便是它了——阿央白。它是一尊刻有女性生殖器的石窟，据说是白族先民原始崇拜的特殊雕刻。它同周围石窟中的菩萨、南诏国王及侍从、天神、力神、古代波斯国人等等坦然地相处在一起，以其浑然天成的美吸引着一代又一代的人。只有这尊石窟下的一块圆石，才被千古不绝的朝拜者给跪出两道深深的凹痕，那么触目惊心的凹痕。

我远远地看着它，它的黑褐色的质地、轮廓分明的曲线、睥睨世俗的那种天真无邪的气质。我们就在那一瞬间温存地相遇了，阳光在它的身上浮游着，它似乎就要柔软地荧荧欲动，就要流出一股莹白芬芳的生命之泉。

没有嘈杂的交谈，静悄悄的风、静悄悄的阳光在我们之间穿梭着。它静悄悄地立在这里已经有许多个漫长的世纪了。它沐浴着风声、雨声、月光、阳光，这一切都没有损害它的容颜。它是古老的，同时又是年轻的；它是苍凉的，同时又是青春的。我注意到，周围许多处石窟在战事中遭到破坏，菩萨断了胳膊、侍从少了腿，而许多头像都面目模糊。独有它，阿央白，它依然完整无缺地出现在我面前。就连邪恶的手都不敢触及它，看来真正的美本身就能驱除邪恶。

阿央白出在庄严肃穆的佛教圣地曾招致了种种非议。有人说这纯粹是后人出于对佛教的亵渎而导演的一场恶作剧。他们认为阿央白不洁、不贞，怎么可以把生殖器赤裸裸地雕刻在石头上呢？

我无意揣测这尊大约诞生于唐宋时期的雕刻其用意究竟是什么，也许雕刻者雕厌了充满神话色彩的菩萨、天神，雕厌了国王和歌舞升平的场景，雕厌了他们不可触及的事物，所以他们才雕出一副显赫的女性生殖器，因为只有它，才能给人以最温存、亲切、可知的感觉。也许雕刻者只是发现了一大块黑褐色的石头，他产生了丰富的联想，于是女性生殖器的轮廓就在上面显现了。

当然，一切揣测都只能是假想。不管怎么说，阿央白诞生了，而且存在下来，并且将要获得永生。雕它的人没有留下名字，但我觉得当他用刀凿划出一道道痕迹时，他一定是敛声屏气用心在雕刻。雕它的人一定是个心性很高、懂得温暖的人，也是一个真正懂得艺术之美的人。我与阿央白邂逅的一瞬，我便于无形中看见了一双手拂它而过的痕迹。那只能是一双男人的手，只有男性的手才能使女性的美获得真正意义上的解放。

晨光涌动着，我和阿央白同样沐浴着光明。我走近它，仔细端详它，我其实是在端详自己。它经久不衰的魅力在于它的真实、凝重和生动。它可以感知语言，它的深处曾搅起多少令这世上男女流连忘返的波澜——万劫不复的波澜。对于它，世俗的一切揣测都是毫无意义的了。可我仍未能免俗，试图还想为它所招致的非议做一番开脱。它跻身于佛教圣地，是否提醒人们，能做佛的思考该是由人开始的，而不是由神开始。只有人才能思考宗教和哲学，而人是从母腹中啼哭着爬出来的，阿央白是我们生命的窗口，我们的思想在做无边无际的精神漫游时，不要忽视生命本身的东西。没有生命，一切都不会存在。

当然，这些念头只是一闪即逝。在阿央白面前，你所需要的只是安详的目光。我一遍遍地注视着它，由远及近，由近及远，这时阳光更加浓郁了，它使阿央白焕发出一股流光溢彩的美。

阿央白的美在于它赤裸裸地将人们引以为神圣或邪恶的东西公之于众，这样神圣和邪恶就不能依附它而存在，它只为它自己而存在。犹如一枝娇艳异常的金黄色喇叭花，在深山野谷中摇曳着，释放着它那安静、炫目、动荡而悠久的美。

原载于《美文》1995年第11期

大雁·细狗

叶广岑

二十世纪七十年代初,我在三门峡库区的农场务农。10月,天气转凉,滩地的风渐渐变硬,农场的男人们开始躁动不安起来,他们要打雁了。

每到秋天,渭河的芦苇塘里就歇息着成群成群的雁,它们不是今天来了明天走,它们往往要在这个地方盘旋很久,直到很冷了才离开。那些雁都是麻色的,粗看很不起眼,但是在阳光下细看,它们的每一根羽毛都辗转着色彩,随着角度的变换而变得五彩斑斓。

男人们的枪已经准备好了。

我去河边看那些雁,一大片的,有时静得没有一点声息,有时则吵得一塌糊涂。它们在河里觅食,在芦苇丛里歇息,这些齐整的,有纪律的鸟儿,给枯黄惨淡的渭河滩带来了美丽的色彩和无限的生机。秋风吹过,雁在冰水中瑟瑟发抖,我真是可怜它们,白居易有诗说"雪中啄草冰上宿,翅冷腾空飞动迟",我心里想,怎么还不快走呢?家乡就这么好吗?南边比这里要暖多了，危机四伏的黄河滩有什么好留恋的呢？

但那些雁还是迟迟不走。

一天傍晚，枪声终于响了。

长河落日，萧萧风声，天地间一片血红。我认为他们干打雁这样的事有点儿残酷，雁是义禽，古来对雁的赞美实在是不少的，"鸿雁于飞，肃肃其羽""高城残照下，万里一行飞""拣尽寒枝不肯栖，寂寞沙洲冷"……对这样的鸟儿怎能开枪射杀呢。

我的心里满是悲哀与失望。

大堤上，男人们手里提着淌血的雁迎着我走来，他们很夸张地向我炫耀着，炊事员将一只很秀丽的绿羽雁在我的眼前使劲晃动，得意地说："今天夜里别睡着了，我给你们做红烧雁肉。"

我看见那只雁的头颈像绳子一样地垂着，眼睛睁着，晶莹的眼睛里反射着落日的余晖，它大概到死也不理解，不明白，没有招谁没有惹谁的它，为何会落得如此下场。

我奔到芦苇丛中，大声地冲着那些雁吆喝。我要赶起那些雁，让它们快走，快走，快走！

没有雁儿飞起，四周死静一片。

它们在更深的苇丛中躲避。

我跌坐在河岸，望着滔滔的河水，只感生命的不易，存在的艰难。

雁尚且如此，更何况人。

我们的炊事员做别的不行，红烧雁肉却做得很地道。农场的人都很兴奋，大家都在为雁肉而熬夜，难见荤腥的人们在厨房溢出的肉香中已经飘飘然，昏昏然，不能自已了。

我没有去凑热闹，早早地躺下睡了。在蒙眬状态时，我听见让大家去盛肉的招呼。拖拉机手老张的媳妇敲我的门，说去晚了多半会让那帮"狼"吃光。我说不吃了，老张媳妇隔着窗户说："那你就亏了。"我还是说不吃。老张媳妇说："要是真不吃，我就把你那一份也打了。"我说随你。老张的媳妇就咚咚地跑走了。我知道，她得顾及到她的那两个馋肉馋得眼睛发绿的女儿。

夜里，男人们就着雁肉蹲在碾盘上喝酒，是从渭河对面小村沽来的一毛二两的红薯酒。他们边吃边闹，"老虎、杠子、鸡"的嘶喊传入我的小土屋，清隽高雅的雁与浑浊浓烈的酒风马牛地搅在一起，让人有种说不清道不明的惆怅。

男人们都吃得很惬意，很酣畅淋漓，他们开始唱了，唱秦腔："有为王打坐在某某地面……"

跟大雁没有关系。

炊事员喝得舌头已经发直，不利落地说："明天还去打……"

男人们纷纷应和着："……还打。"

第二天，按正常作息时间起床的只有我一个人，我看见石碾上一片狼藉，被嘬啃过的雁骨遍地皆是，厨房的墙根是一堆用开水烫过的杂乱的雁毛，情景惨烈而悲壮。

我来到河边，见苇丛中雁们又在起落，不禁深深吸了口凉气：

糊涂的雁哪——

后来，男人们每天都去打雁，他们吃了多少回红烧雁肉，谁也记不清了，可叹的是那些雁，打了还来，打了还来……

我埋怨它们的没记性，细想那是一种执着，是一种临乎死生而不惧的气节，一种伏清白以死直兮的精神。

我不如雁。

事后我才知，打雁的并非我们这一个农场，几乎在黄河滩上的所有团队在那个时期对雁都发动了攻击。一到傍晚，河滩上枪声不绝，经过沿途无数的浩劫，南去的雁真正能飞到目的地的大概没有多少了。

就是能到达目的地，那里也未必就是乐园。

我将那些雁羽做成了一把把扇子，为的是纪念那些在黄河滩上永不能再飞起的鸟儿。我被招回城市以后，不少朋友都接受过我馈赠的羽扇，他们为那羽的美丽而惊叹，我就给他们讲那些大雁九死而不悔的故事。

下雪了。

河滩上一片洁白，白得耀眼。

狗们不怕冷，冬天似乎是它们的节日，它们几只、十几只地结在一起，有我们自己的，也有外来串门的，它们在空旷的田野里奔跑跳跃，忽而一群集体朝东，忽而又朝西，跑得莫名其妙。

带头的就是老万的那只纯白大狗。

农场的狗不少，各有各的主人，也就是说，它们每个都有自己的投靠，并不是领导的分配，是自然的结合，谁也说不清楚是怎么的，有只狗就会像卫兵一样厮跟上了你，冲你摇尾，向你献媚，对你毫不掩饰地抛撒出它喜欢你的信息，不由得你不动心。

我的黄儿就是这么找上我的。

黄儿是只漂亮、聪明的小母狗，大眼睛，全身一片金黄。它来自城市，是夏天城里的一些年轻学生来帮助收麦子后留在农场的。我在仓库里发现黄儿时，它正奶声奶气地尖叫着，躲避着炊事员的堵截。我问炊事员为什么要逮这只还没脱尽绒毛的小狗。炊事员说为了吃。又说他下午想做炖狗肉，食堂小黑板上的菜谱都写出去了。炊事员在谈论吃黄儿的时候，黄儿就在麻袋后头藏着，一动不动，听他说话。

我让炊事员把小黄狗给我。炊事员说我要是在下午以前把它给哄出来，就属于我，要是过了午睡时间，我还没有把它搞到手，他就要和美食家们联合采取行动了。

炊事员走了，我就弯下身子趴在地上哄那只狗。黄儿还是不动。我只看见在麻袋与麻袋的夹缝里有一双晶亮的眼睛在闪烁。

中午，我正在午睡，感觉有什么在拱我的门，趿拉着鞋推开门一看，竟是黄儿，天晓得它怎么想通了，会寻到我这儿，它很会掌握时机，赶在了炊事员向它发动总攻之前，及时修正了自己的生存方针，是只聪明的狗。我从地上抱起了黄儿，它很害怕也很虚弱，浑身颤抖着，眼里有水光，那双眼分明在说："是死是活，我把一切都交给你了。"

黄儿的信赖让我感动，我将它抱进屋来，放在地上，它委屈又胆怯地站在那里，不敢乱动，我将碗里的半块剩馒头掰了喂它，它嗅嗅，不吃。那条小尾巴却在不停地向我摆动。

从此黄儿就跟定了我，成了我的狗，我走到哪儿，它跟到哪儿。

人们都喜欢黄儿，这得益于它的美丽。

农场里最没人气的狗要数老万那只大白狗了，它跟希特勒似的，永远是一脸的严肃与郑重，冷漠得让人想到那不是狗而是什么其他东西。老万的大白丑陋至极，高近一米，细腰长腿短毛，脸特别长，我每每看到白狗那张没有表情的、失却比例的长脸，就感到这应该是马而非狗。除了老万以外，大白不认任何人，我喂黄儿的饭也多被它抢了去，且吃了我的并不领情，任你怎么喊，它是从不搭理你的。

老万对他的狗却情有独钟，说他的狗是上了谱的，叫细狗，产于山东梁山，有皇族血统，自汉朝以来就是皇宫里的宠物，高贵得不行，与我们那些杂种狗非同日而语。

我不知老万的阶级立场到哪里去了，他的狗有"皇族"血统，便被视为高贵，当他骂我是封建王朝的孝子贤孙时，我则是卑贱得提不起来的狗屎，世间的事情不能细想，想来想去便很想不通。我想，皇族的狗也罢，狗屎的人也罢，人和命运的冲突永远是一个伟观，一个难以破译的谜。

狗们倒很有臣服思想，它们对有皇族血统的细狗大白极尽讨好、卑躬之能事，这其中也包括我的黄儿。大白争它的饭，它竟摇着尾巴表示欢迎，有时大白看它一眼，它也激动得翻仰在地上，四爪朝天，把肚子亮给人家。我问过老张媳妇，黄儿一见大白为什么要采取这种姿势，老张媳妇说这是狗们对对方表示信赖、友好、甘愿服从，不唯狗，猫也是如此，老虎、豹子也是如此。

皇族的大白称王称霸得厉害。

大白将我的黄儿咬得鲜血直流，我让黄儿出去奋勇争斗，黄儿缩在桌底下不敢出去，我说："黄儿你窝囊到家了，谁见过挨了咬夹着尾巴钻桌子的，也就是你吧……"

我决心报复一下可恶的大白。

趁它蜷在我窗下晒太阳的时候，我过去逗弄它，大白自有王者风范，任我怎么搬弄，连理也不理。我想，机会来了，就用紫药水、红汞，将那张狭长的狗脸画得如山魈般的花哨。须臾，大白站起，抖动全身伸直前腿，伸了一个大懒腰。我看着郑重的大白，扑哧乐了，它已不是细狗，分明是戏台上的窦尔敦了。

接下来的情景十分微妙，大白迈着皇族的雍容步伐走向那些杂种狗的时候，杂种们一齐冲着它狂咬起来，它们没见过这花花绿绿的怪物，它们把它当成了外星狗。

在集体的撕咬下贵族的大白败得非常惨，直到它被骂骂咧咧的主人弄到冰冷的河里去洗脸，它也没弄明白，平日归顺的臣民为什么会在它午睡醒来之后突然发生了哗变。

冬天是撵兔的季节，也是狗和男人们的活跃时期。陕西的农村有雪天撵兔的传统。在老万的带动下，我们全体出动要跟过冬的兔子较劲儿了。

苍茫的雪野上，只有我们几个人，此外就是一群张牙舞爪的狗。狗们似乎都知道我们要干什么，它们一蹿一蹿地撒着欢儿，表达着它们的兴趣和忠心。我们一字排开往前蹚，男人手里都拿着镰，当兔子惊起时，男人手中的镰便朝着兔子逃窜的地方飞过去，一声呼哨，细狗大白就箭一样随着镰射出，直奔兔子而去。于是，一场追逐在雪地上展开了，兔在前面夺命逃窜，狗在后面穷追不舍，人则分路散开围截，人喊狗叫，气氛热烈。

渐渐地，我窥出端倪，大白追兔，是不声不响地实追，白的狗，白的雪，往往把兔子搞得昏头昏脑，防不胜防。大白在追兔的时候很有策略，它多是从侧路包抄，以其敏锐快捷，从速度上采取主动。而那群杂种狗则不然，它们闹哄哄挤成一团，平时就爱扎堆，撵兔时仍爱扎堆，瞎跑乱咬，全没有章法，不是撵兔，是在起哄。

大白叼着今年猎取的第一只兔子，很优雅地向老万小跑着走来时，老万对我们说："什么叫血统，这就是血统，得了猎物给主人送出，绝不私吞，这就叫规矩，这就叫训练有素。"

我们就一齐夸大白。

大白仍旧是一脸的傲慢，不肯纡尊降贵。

这使得我想起了庄子的话："举世而誉之而不加劝，举世而非之而不加沮，定乎内外之分，辩乎荣辱之境，斯已矣。"

再看我们那群杂种，仍在地里忙活，不知为什么在撕扯打架，我的黄儿也在里头不依不饶地上蹿下跳。

有人跑过去看了一下，回来说："是为了一只干瘪的死鼠。"

老万手里的镰冷不丁又飞出去了。

大白早已风一样地赶在镰落地点的前面，向另一只兔子发起了攻击。

那边，热闹的一群仍在为那只死鼠而纠缠。

三十年后，我在陕西电视台的体育节目里突然又看到了熟悉的细狗撵兔的场面，那是大荔县的农民领着他们豢养的细狗在做表演，他们县成立了"细狗撵兔协会"，电视里说，这是全世界独一无二的协会，它将被列入陕西的体育项目。电视里那些细狗都长得跟大白一样，丑陋而精神，仍旧是一副贵族派头，风采不减当年。一农民爱抚地摸着他的狗对着镜头说："这狗，是我的心尖子哩，它是有皇族血统的，自汉朝以来就是宫廷里的专用赛犬，尊贵得很。"

电视台的人问这一只狗价值几何。农民说，不贵，也就万把块钱。问养了几只。答曰：六只。问所为何用。答曰：撵兔。

我在屏幕那闹哄哄的背景上寻找老万，我想这样的协会，这样的场面是一定少不了老万的。却没有找到，静下来一推算，老万若在也该是七十多的老人了，七十多岁的老万大概不会再随着众人在田野里撵兔了⋯⋯

原载于《美文》1998年第9期

燕燕于飞

任林举

那个清晨,我骤然醒来。

一睁眼,便有不期而遇的景物撞入眼帘。那是一双古老却又面貌一新的燕子,宛如收拢了翅膀不再飞翔的岁月,沉静地停落在檐前的电线之上。

它们是什么时候来的?此前的季节,虽然已不属于冬天,但持续不断的低温却无论如何也无法让人相信那就是春天了。可如今,这春天的信使都真切地兀立于眼前,我们面对的不是春天又能是什么呢?

燕子总是和春天联系在一起的。唐代的李峤曾有吟咏燕子的诗:"天女伺辰至,玄衣澹碧空。差池沐时雨,颉颃舞春风。"说的是只要春风一起,燕子就会像掌管节候的天女一样,因风而至。诗至美,而我却不能完全认同。我一直深信,正是由于燕子的出现,春风才在它们舞动的翅膀或不断开合的尾羽间生发出来。

眼前这双神气十足的燕子,却并不像从远方而来,因为从它们传达的信息中,我察觉不到一丝一毫的疲惫与倦怠,难道说旧巢边上那缕陈年的苇草气息竟敌得住千万里的奔波与劳顿?看它们黑白分明、如沐如洗的羽毛,流盼、灵动的目光以及神闲气定的姿态,似乎它们从始至终就没有离开过。去年的这个时候、前年的这个时候、很多年以前甚至从古老的《诗经》时代开始,它们就一直停落在那里,等待与我们的目光重逢。反倒是猝不及防的自己,竟如一个迟到的学生,以目光代足,匆匆赶到先生面前,怀着局促、迫切的心情,期盼一节新课程的展开。

"燕语呢喃""燕燕于飞"……

从最初读到《诗经》里那些富有蛊惑性的文字之后,我就一直以为,那些凭空而来的燕子就是爱的信使和爱的象征,每年春天,它们都来到人间用玄妙的语言和形体为我们讲解、诠释爱的要义。或许它们本来自于一个神秘的地方,上天或者《诗经》里,所以它们满口都是令人费解的古文或口音浓重的方言,它们话语间的隐喻和情感一直让我颇伤脑筋,尽管我曾做出过很多解读的努力,到头来,一旦面对它们,仍如面对表情庄重却语焉不详的老师。

已经几千年了,燕子们在檐下或梁间并头而语、"下上其音",而我们却只在每年的春天听一个不知所云的开头,就已经"溜号儿",埋头想起了自己的心事或沉湎于自己的情感,"瞻望弗及"也好,"伫立以泣"也罢,都是人类自己的情感冲突和爱的波澜,或与燕子的箴言心语毫无关联。因此,我们对爱的领会注定永远只是局部和片段。

两只燕子双双在天空比翼齐飞，如漆似胶、如影随形，那种无以言表的幸福和甜蜜，甚至让人在感怀之余，蓦然生出一缕缕莫名的忧伤。为什么会这样呢？我从前并不曾细想过，是所谓的"伤春"吧，或是燕子尽心以形意感动我们，让我们学会珍重和珍惜：春来了，要想到春的逝去；花儿开了，要想起花儿凋零；正柔情蜜意之时，要意识到日后必有一场苦涩的相思……

悠悠千年岁月并不是一卷经书，可以轻挥羽翼一翻而过。千年前就已经双栖双飞的燕子，千年后仍能够在檐前立定，交颈而谈，期间要经过多少沧海桑田，多少悲欢离合？如果它们真如我认为的那样，从未离去，那便是特意错过了时光的列车，执意在岁月里滞留，不弃不离的守候，原只为完成一场仍未穷尽的倾诉；或许它们曾经离去，那么再度回归定然是在岁月的站台幡然转身，拼尽生命里全部力气和激情，突破时光的重围，重返爱的现场，只为赴一个曾经的誓约，只为了却那场难以平复的思念。

前路遥遥，来自空间和时间两个维度的阻隔，如今都只能依靠那付柔弱而又坚强的尾翼，去一一剪除。一千回柳丝摇曳，它们就一千回勇敢地穿越，由浅入深，反复挥剪，繁而又简、简而又繁的柳叶终成一路前尘往事的印证；一千回雨帘垂落，它们就一千回投身其中，以一种凌厉的手法将那些水绳一段段、一截截剪成标志着浪漫与缠绵的珠链。千百个晨昏重叠的背景摞压成千万重岁月的门扉，严严地挡住前路，但它们没有放弃，没有停歇，一路向北，一路一页页奋力将其掀开，再一次重返"故里"时，仍然为心中的最爱带来一幅最新最美的春天。

然而，燕子并非耽于嬉戏的青蛾、粉蝶，显然并不只是为了追逐爱情而四处飞舞。谷雨一过，它们开始专心致志地衔泥筑巢。这是一个半空中的翻身折转，只一个动作便将惯常的生活推向另一种情境。

因有一粒春泥在口，燕子从此便经常保持着沉默。只将藏于内心的音符转化为双翅轻灵多姿的飞旋、舞动，在泥巢与田野之间谱写一曲无字无韵的歌谣。就这样一直奔忙到夏至，由一口口春泥黏结而成的家终于告竣，具备了生儿育女的条件。于是，燕子们纷纷停下那种争分夺秒的劳碌，绕房舍兜一个悠然自得的圈子，或干脆就停歇下来酝酿起另一程细密绵长的呢喃。

每天清晨，太阳刚刚升起，人们大多还都在梦里留恋，房前的燕子便三三两两地聚到一处。

如果只有两只燕子，理所当然就应该是一对情侣或夫妇。也正是凭借着对它们之间关系的种种猜测，人们心中才无穷无尽地泛起仅属于自己的温情。如果出现了三只以上的燕子，那一定就是邻里之间的"走动"或聚会了。有时，屋檐下竟然同时聚有五六只、甚至十几只燕子，它们疏一阵密一阵地"促膝"长谈，声音忽高忽低、忽缓忽急，细密如春雨绵绵，疏朗如风过林梢。激烈、高亢时，似正在讨论或争议什么重要问题，是有关爱与恨、是与非、善与恶、退与守吗？高低间杂时，则像是在研究、确定下一步的生存策略或一年的计划，也许如农人一样在探讨一些关于芝麻西瓜、豆麦桑麻之类的话题，也许如被闲情逸致滋润得精神饱满的市井男女，尽着劲儿地释放着比较轻松的东拉西扯、兴高采烈或嘻嘻哈哈。而低缓如小溪流水的那些呢喃，则有了点儿抒情的味道，那是燕子们在表达着彼此的关心、关怀或抒发着彼此间的友情和亲情吧？也可能是一些更加深远的指涉或意境，诸如幽深的历史和长远的未来、身如漂萍的命运和杨花柳絮般随风而去的故事、刚刚发生的回归或有朝一日的告别、子女的成长与亲人离散、慢慢老去的秋之将至和不期而至的冬之逼迫、短短的无所事事以及漫长的迁徙跋涉……

那些一直在眼前和记忆里飞来飞去的鸟呵，为了它们的深奥或平易、亲切或邈远，每一个春天都要花去我很多的心思和情感。多年以后，我才发觉，我所做的一切，怕最终还是难免要归于无益的臆测与虚妄。于是，就在这春之将尽的时候，我毅然从以往的主观与矫情里抽身，不再"伤春"。

这时，恰逢"端午"来临，兄弟姐妹们约好一同回到母亲身边，谢绝一切应酬及俗务，安静地陪她过一个节日。及至家中，兄弟们已经从四面八方聚齐，晚饭过后，便不约而同地围坐在一处闲话家常。不管谁随意扯起一个话头，大家都像传球一样，一手一手地接着往下传，有人在说工作，有人在说家庭，有人谈起了孩子求学，有人谈及过去那些经历和故事，有欣喜也有忧虑，有怀念也有期盼……大家的话语连成一片，抑扬顿挫，刚柔相济，竟然有燕语呢喃的错觉。不知不觉间夜色渐深。母亲习惯早睡早起，若在平常，九点前必须就寝，那天却谈兴极浓，精神极好地与儿女们守在一处。妹妹心细，催老人早些歇息，母亲却说，难得一家团聚，舍不得自己先睡，执意不走。此情此景，让我感慨万千，不禁再一次想起年少时老家的那些燕子，它们平日里的胶着与呢哝，所表达的又何止于爱情的激越与浪漫！更多的大概也与人类一样，尽皆是红尘里的常情俗务、人间烟火。千言万语，千辛万苦，千回百转，到头来所求的也不过是一份平淡、平常与平安，往高说是殷实富足，低一点儿则止于温饱宁悦，有梦的就多关注一些花开花落云卷云舒，无梦的便静待岁月无声如水流过吧。

原来，平常、平安才是人生的大主题，才是所有生命最本质的遵循。

虽然，我们一家人早已陆续从老家迁居到燕子极少现身的城市，不再与那些燕子同屋或同檐与共，但老家那些燕子以及与燕子有关的一些往事仍然让我难以忘怀。仿佛它们的命运仍然与我们或与人类的命运有着某种若隐若现的关联。

那时，我家的房子虽小，却有燕窝四个，三个在屋外一个在屋内，分属于两个不同种类的燕子。其中有一种燕子因为胸部羽毛是纯白色的，也是最常见的一种，通常被我们叫作"平燕儿"。平燕儿虽然长相平平，却极具冒险精神，有些平燕儿会依仗自己的机敏灵活，突发奇想越窗而入，在农家的住户内做窝。当然，它们会认为那是最安全的地方，不但雨淋不到，连风也吹不到。平燕儿的窝简洁明快，略显粗糙，看起来很像切成四分之一的皮球，敞口向上贴到墙上或檩木上。它们总喜欢在做窝的泥里夹杂进很多草屑，以增加强度，因此它们的窝看起来便有一些毛糙和粗糙，所以人们便不太看好它们的技艺，又称它们为"拙燕儿"。相比之下,那种胸部有着暗色斑纹的"麻燕儿"却保守得多,它们从来不把窝做到户内,窝筑得精细美观,筑巢的泥里并不掺一丝草屑和其他杂物,总是光光滑滑地贴在檐下的泥棚上,像一只大肚小口的琴囊,所以人们又把这种燕子叫作"巧燕儿"。

几窝燕子轮番地飞来飞去、叽叽喳喳,满满地填充、占据了我少年时代的很大一部分视听,于是那颗有一些单纯又有一些敏感的心,便不可避免地被它们的生活和命运紧紧牵动着,因它们的忽安忽危而忽喜忽悲。

让我万万没有想到的是,有一天我竟然成为了那一群燕子命运的主宰。

那年春天,因为我家要迁新居,必须拆掉旧房,把旧房的檩木移用到新房上,父亲便交给我一项特殊任务,让我想办法把房檐下的燕子窝处理掉。父亲的意思很明白,趁燕子还没来得及产卵孵雏,赶紧把旧窝拆掉让它们另建新家,否则将来的麻烦可就大了,一定会落个巢倾卵破的结果。

屋外边的麻燕窝中,有一个被我们去冬晾干菜时碰掉了一块泥,如今已经被它们修补完好。望着那几只燕子一口口不辞辛苦衔泥而筑的燕窝,我十分不忍,但踟蹰良久,还是狠了狠心用木杆把它们捅了下来。我也没有办法呀,相对于大人,我也主宰不了自己。我想,我的父母面对比他们更加强大的现实,也是一样的无能为力吧。当那些絮窝的羽毛和泥壳纷纷扬扬撒落一地,我差点落下泪来。可想而知,那些燕子一定比我还难过千百倍,辛苦经营了几春几秋的家,转瞬之间就消失了。这不是一场灾难又是什么呢?其量级,一定不亚于人类所经受的一场大地震、一场大洪水或一场横扫一切的战争。

突然间,院子里就出现了几十只燕子,除在我家做窝的那八只,其余的都是外来的声援者。一大群燕子围着房子不断盘旋,并在迅疾的飞掠中不住地鸣叫。谁都能听得出,它们声音里充满了不可言喻的悲愤和哀怨,但凭着它们的弱小与无力,就算聚众再多,抗议再强烈又能改变什么呢?一切不过是徒劳无益的挣扎罢了。

它们就那样不甘不愿地在天空里飞旋,再飞旋,直到正午时分,才渐渐散去。其中有几对燕子随燕群飞走之后,再也没有回来,看来是彻底绝望和放弃了。但有一对麻燕儿却出人意料地留了下来,并于正午过后开始衔泥,在原来窝巢的基础上垒建新巢。当我傍晚放学回家时,工程已经进行了很大一块。为了把好事或"坏事"做到底,我又操起了那个长木杆,但木杆举到半空,我却感觉自己的手有些微微发抖,实在是下不了手呵。爷爷看到这情景后,向我摆摆手,示意我停下来。爷爷长长叹了口气,若有所思地说了两个字:"命呵!"然后背手而去。

以后几天里,只要有空儿,我就张开双臂对那两只执迷不悟的燕子做一阵驱赶的动作,试图把它们吓走,以免再一次遭受打击。起初,它们还有一点儿反应,稍微做一下惊慌的姿态;后来,干脆就对我那貌似向它们学习展翅的滑稽"警示"置之不理了。"这些鸟儿呵,怎么就不明白人的心意呢!"看来鸟儿们有时也会如人类一样，执着于眼前得失而不识祸福，但事已至此，我也只能无可奈何地看着无法制止的事情继续下去了。

一个月后，我们的旧房子到底还是到了拆期。十几个村民一齐出手，不到半天工夫，一座房子便夷为平地。拆房的那天，我应该去但没去现场，我心里清楚，那燕窝是无论如何也要同我们的房子一起消失的，我实在不想亲眼目睹最后的情景。从时间上推算，那时节刚好过了燕子的产卵期，想屋倒巢倾的那刻，一定会有一番令人心痛的土崩瓦解和清黄四溢吧。

不知是有意回避还是真的微不足道、不值一提，关于那窝燕子，自始至终都没有一个大人提及。有些事，可能就是那样，越是想说，就越是不敢说、不能说。自然，我也没有勇气详细打探，因为我那时还小，并没有足够的力量和心智正视那样的事情。

事隔多年，旧事重提，本以为自己已经有了承受的力量，实际上心里仍然存有某种莫明恐惧，仿佛世上少了一个小小的燕巢，天空的某处就多了一把达摩克利斯之剑。而且，它不是静悬在那里，而是在天空里飞行，并时刻寻找着合适的落点，说不准它何时就会突然落于何处。

原载于《美文》2014年第7期

历史是一条河

葛水平

在山西境内，沁河是仅次于汾河的第二大河流，民间有小黄河之称。它从远古就以深切的母爱和血脉之乳滋养、丰润了两岸，人们在河岸上扎下根基建出了村庄，开垦出田地，河流孕育了两岸文明，它终让时间在边界内尽情闪现出灿烂之光。

沁河：即沁水，古称少水、洎水，是黄河的一级支流，发源于山西省沁源县，干流流经山西省的沁源、安泽、沁水、阳城、泽州等县，于河南省济源市五龙口出太行山峡谷进入下游平原，流经河南济源市、沁阳市、博爱县、温县至武陟县方陵村汇入黄河。全长四百八十五公里，落差一千八百四十四米，流域面积一万三千五百三十二平方公里。我于2011年10月份开始沿着它的源头循着它走，走近它曾经流过的村庄，我看到繁华露出瘦削刚硬的筋骨，素净的沁河与壮阔的秋风，无限扩大了村庄两岸衰落后的萧瑟，我不能够欢喜。一座村庄，一代人的驿站，路上尘土飞扬，扑打人的脸，水成为村庄的终结，也丰沛了万物。然而，随着经济建设的飞速发展，人口增多，一方面，沁河两岸的土地面积日趋紧张；另一方面，由于人为设障、缩窄河流，开采煤矿，一条河流，在孤独和将要面对的绝望下虽爱于执着，然，不得不面对它最后的宿命——死亡。

我在想，我是否要追随一条河流流浪下去，在白与黑的交接中，我做一个简单的人，爱，或者走，在岸上打坐，在河道放牧，做一个河岸初始的人，等月亮落入我的怀中。

我明白我已经不能，城市的文明耻辱地挂在我的脸上，苍白，没有红润的血色，我的脸和我的思想一样，爱并尴尬着。

水是生命和文明的源头，所有文明都有一条滋养自己的河流。比如恒河、尼罗河和幼发拉底河，它们是印度、埃及和巴比伦的母亲河，黄河也一样，是中华文明的摇篮。比起四大文明起源的其他河流来讲，黄河的性格是乖戾的，放荡不羁，在它传播文明哺育文明的先祖的同时，又给我们至少带来了五千年的灾难。《中国大历史》一书中说，两千五百多年的时间里，黄河曾经溃决了一千九百五十多次，改道二十六次之多。有作家用文字告诉了我们：

黄河，平均三年就会发生两次决口，一百年里就有一次大的改道。

泽水而居，人类从诞生那天起，面对河流就面对了灾难。

黄河，是从白云缥缈的巴颜喀拉山下来的，由西而往东，关于它的发源，昔日曾把新疆南部塔里木盆地中的葱岭北河和葱岭南河，当作黄河的源流。一直到了清高宗，派阿弥达到青海实地调查，始知黄河实导源于噶达素齐老峰之下。蒙古语——噶达素——北极星——水作金色！一个"金"字，把黄河的水抬到了文字的最高处。

那么沁河呢？黄河下游的一级支流，北倚太行，东临太岳，南屏中条，西接晋南，当潞（长治）泽（晋城）之门户；扼平（临汾）蒲（运城）之咽喉。《左传·襄公二十三年》："齐侯遂伐晋，取朝歌。为二队，入孟门，登太行。张武军于荧庭，戍郫邵，封少水"，文中的少水即沁河，当指沁水县端氏附近河段。《水经注》的记载："沁水即少水也，或言出谷远县羊头山世靡谷。三源奇注，迳泻一隍，又南会三水，历落出，左右近溪，参差翼注之也。"这条山西的第二大河流，从山西沁源的二郎神沟发出如歌的欢音，让彼岸人相观此岸世界，它是佛，一路走来，宁静心绪、洗涤尘埃、广布和谐姻缘，在青翠广阔的田野沃土上，于云雾山谷间远去。

历史上几次大的人口流动多由于天灾或政局不稳造成，而流入沁河两岸的灾民和流民，他们带来自己的手艺，他们用自己的手艺繁华了沁河。沁河，上苍这份得天独厚的礼物，它用它朴素的胸怀接纳了他们，它承载了纯正的华夏文明。

"清泉百丈化为土"，在岁月节令中成长的一代一代人，不管他们的先祖来自何地，从沁河走出，他们都是喝沁河水长大的人，对养育自己的河流，似乎已是身外无忧，碧水在胸。

拥有一条河流出生的人，是活在世上最幸福的人。

我庆幸我喝沁河水长大，沁河给了我聆听天籁的声音。

在纷乱的人世间，我已经远离沁河了吗？越走越远，已经没有回头的迹象了吗？这不是我的意识所为。你看我有多么虚伪。

我曾经努力来试图控制自己回到故乡，回到我的小炉台前去闻那小米捞饭的清香，但是，这一切都只是一种表象，头顶的燕子依然在飞，晚夕的阳光落卧在河岸上，我已经不是当年那个穿枣红格格粗布衣裳的女孩。我曾经想在这条河流的两岸找到我的爱人，纷乱的时空和爱一声不响逃亡。经历带着某种诡异的色彩，当我们彼此放弃了可能美丽的老年故事，我明白，生活不过是一场华丽的寓言。

河水告诉你美好和绿，告诉你湿润的空气是挂在柳树上的。我走，树给我阴凉，给我欢喜，给我万花盛开。

路上尘土飞扬，当我走近河流的时候，清浅的水晃动着我的倒影，岸上连片的玉米，旖旎灿烂，只有一条河和它流动的河岸才具备我爱人的特质。

沁河，它给人间永远的恩惠，它接纳所有走向它的人民，它给它的人民秋日灿烂的金黄。我沿着它的河岸走，河水若即若离。我已经找不到黄土的道路，只有黄土的道路上，牛粪才能蒙上一层粉白的细尘。我一生有所悔恨，是未来让我离开了我的村庄，离开我故乡那张古旧、粗糙、安静、纯朴、沧桑的脸，离开养育我的河流。我的生命已永不能返回初衷，夕阳驮走了我，我曾经那样熟悉我的故乡，我是一个在外乡长成的女人，我的沁河澄净如梦，我时刻眷念它，我对它永怀感恩：父母给了我健康的生命，沁河给了我健全的心智。

沁河，我一路沿着河道走来，与旷野的寂静一样，我祈祷，希望上苍让我听到弦响般的风声、水声、燕声和人声。我走过春暖花开,我走过内心的依恋和不舍,我看到一只乌鸦的黑翅,在一块棉花田里张开,在另一块麦田里收拢,它望着虬枝苍劲的老树,叫着,把河流推向远方,推向野花次第开放的远方,推向炊烟飘荡千万年后消散的远方。

我走沁河,我明白我们的河流是需要怜悯的。

同时我想说,流域文化是一种区域文化,地理与人文相互激荡,沁河最终形成充满地域特色的文明。然而,谁又能看清文明的底牌呢?我只知道,沁河的河道像瓦一样粗粝,我敬畏曾经在河岸活着的朝气和欲望。我怀念,源自于一种骨子里的自卑,我有多自卑我就有多孤傲。我,只走我的母亲河……

水在水之外活着

一条宽阔的谷地间,曾经有一条河流过,如今一群羊恰似河的洪峰滚出山间,向更远处四散而去。这生殖的土地,鲜花盛开,青草繁茂,正适合羊们的口粮。一切都是晴朗的光照,数丈宽的河道,下游一位年长的老汉说:"往山里走是它的源头,公家人叫它沁河源。走到我的脸前头我们喊它秋水河,因为当年秋天雨水多它的声音大便有了这个外名。"

古人誉之为"沁水秋声"。

有诗曰:

滔滔沁河不停留,一色同天节到秋。
银汉高连云漠漠,金风暗转韵悠悠。

一帆风顺千波助，万籁含虚两岸幽。

浪及中州勤灌溉，但叫邻省屡丰收。

沁河，南北贯穿晋东南。我们立足的这个县就叫沁源。

沁源，因三晋名水——沁河六出其源于山中而得名。（官滩乡活凤村、景凤乡西沟、白狐窑马泉村、赤石桥乡涧崖底村、聪子峪乡水峪村、王陶乡河底村）东部有连接屯留的老爷山与沁县交界，南部有雕巢岭和罗云山与屯留、安泽相连，北部有谒戾山（又名遥头山）分界平遥，西部有绵山、石膏山、灵空山、霍山相交于介休、灵石、霍县。四面高山的中部有云盖山、黄土岭、天池山、青龙山等山脉耸立。山间沁河的六个源头清泉喷涌，碧水成溪，汇成了绿水沁河。除了沁河的六个源头外，沁源境内还有青龙河、狼尾河、木白河分别汇入沁河，一路走来大放光明。

河之源头魅惑了天地两界。更主要的是魅惑了我。

往里走，树开着白色的花朵，望远处，繁华无比。繁华之上，绿色之上，我无法判断那是什么样的香味，我只知道它洗净了我的心肺，像是要重新焕发一个新的我。我知道，每一个人的出生地都会有一条河流走过，每一条河流都用它天国的乳汁喂养了它两岸的子民。我知道，河谷两岸简单的炊烟有对于日月任命的担当，视命为必然的乡亲啊，你们知否？一条河养育了你们子孙万千福分。

看天空，把花魂揉进去的云朵给我神秘，给我引领。

车开入河道，河卵石高低起伏着，有青草填补了它们的缝隙，黄绿交织，有繁荣，有寂灭，也有疼痛。郦道元《水经注》

这样记载:"沁水出上党。涅县谒戾山。沁水即少水也,或言出谷远县羊头山世靡谷。三源奇注,经沵一隍,又南会三山水,历落出,左右近溪,参差翼注之也。"

西汉时山西沁源县叫谷远县,武乡县叫涅县。

河谷两岸没有人烟。云朵让天空无限扩大,空了的村庄让我六神归位。

这样的时候,因了空气的绝对新鲜和纯净,声音的穿透力也特别强,不知名的小鸟啁啾声声,在空旷中游走,那啁啾声便遥远了一切,透明了一切。我们奔跑而去,让景色生动起来。一条土路被水漫过,形成水路。人走在水路上,两行杨树形成密匝匝绿色拱道,在一个马蹄形的缺口前水流分开到两边山脚下。

"源"至此而出。

泉水清澈,冰凉清甜,东边泉眼水流湍急,西边泉眼水流平缓,两股泉水流出数十米后汇成一股,顺河谷而渗入地下。我俯身就地一气喝了数十口,一阵剧烈的清澈刺进骨髓,我体会了水如何奔流,在我的躯体内,它将在我的胃囊壁上生成露珠,水让我的身体实践着自然法则。我活过了多少年?少年、青春,我何时学会过俯视脚下的这片土地?而我另外一次生命的少年时期,我望着天空飞越而过的飞机,轰然而响,一首儿歌让我满含热泪。"小闺女,快快长,长大嫁给洋队长,穿皮鞋,披大氅,坐上飞机嘟嘟响!"文明,洋溢着天生逼人的高贵。活到现在,我相信,我历尽往生。活到现在,我活在了电子时代。为什么所有的事情一定要等到后来?我尽量不愤世不嫉俗,然而,我明白最简捷的办法是让我死去,很绝望,我已经喜欢上了这样的清澈!

我抬起头来,山崖壁上有大小不一的洞,能感觉到在远古那些洞都有水出,水流分散,涡流丛生该是怎样的景致!浅浅的一汪至山间流出,我把手伸进去,它的深度淹不到我的胳膊肘。水流出泉眼,漫铺开来形成小河,水面刚能把我平放的巴掌淹住。走过河对岸,鞋面不小心会被水打湿,也许是故意的,此时的我居然对水生出了敬畏之情。水面上因了阳光的感光不同,看上去呈颗粒状,有别一番模样。对岸有碑亭,新修却已经残破。是山西省人民政府在此设立下的"沁河源头纪念碑"。

山崖上的那一朵黄花陡然间湿润了我的眼睛。它不是原来就这个样子,如今,羊群代替了它成为河道里流淌的植物。开着五朵花瓣的黄花,自在地生动着,羊群走来,放羊人撒了细盐,我听见羊舌头抹布一样擦着石板,像一支曲子在低声部回旋。放羊人挥着皮鞭,鞭梢带着响,羊群聚集在一起,那一只头羊昂着头,相比于那些勾着头吃草的羊,那只头羊扩大了我的视野。源头在我身后一百米远的地方就已经看不到水了。我坐下来,粪蛋蛋落在草丛间,索性躺下,我的情绪复杂。源头的河床这么宽,那是常年流水落下的影子,我现在只能用"幻觉"来填补它的空缺。这个世界已经失去了用心灵与眼睛观察的习惯,快乐是持久的,痛苦则是刹那之间,而人都喜欢飞蛾扑火,谁在为眼前的利益狂欢而死?

明代诗人王徽诗云:"沁水河边古渡口,往来不断送行舟。"在沁河两岸的冲积平地和原有台地上,由于沁河总体水量的减少和沁河水被过度开发利用，昔日汹涌的河水变成了今天的涓涓细流，日常流量从过去的每秒几百立方米下降到每秒几立方米。放羊人说："也就几年光景，什么都没有了。"一种贴近泥土说话的口气。我看到台地上的秋庄稼卷曲着叶子，阳光像电一样烤着它们，一个旋风旋过来，没有旋走，头与尾咬在一起，越旋越大，河道里什么都没有，连它想卷起的土尘都没有，它孤独得只能同自己的影子搏击了。旱大了。旋风过去，放羊人说："看着是河的源头，却使唤不上水。"一条河的旺衰总有一定的规律可循，领导人在社会转折关头的抉择也非常重要。资源可以引发最激烈的战争，谁都知道，对资源无节制的开采，当一座城市变为一片废墟，一座最为繁华的都会变成一片草场，沧海变桑田，有谁知道我们少了什么？变化，只是多维世界一个很简单的动作，我们对于身边清醒事物的认识最兴奋的事情，依然是挖掘。走走走走走，汲取什么才能够让水茁壮成长？我看到薄淡轻疏的云彩，正俯视数十万烟灶的生命，并不是太久的岁月，放羊人说："河道里的水再都不敢喊河了。"那些植物和人一样喜欢喝清水，黄花遍开，如经脉一样的腰肢风姿绰约在阳光下，放羊人甩开鞭声，羊群们奋力撒开蹄子顺着河道走往山外，放羊人的鞭声坚硬而空旷。

谁能知道眼泪是生命最后一抿唾液？

我走沁河，水在水之外活着。却是我心里的急事。

原载于《美文》2013年第1期

第四辑

且 观 山 海， 静 待 花 开

海　市

张抗抗

穿越戈壁滩时，你会忽然觉得，世界原来竟是如此单纯。

天很蓝，蓝得像海，一无杂质。悠悠白云飘来，丝丝缕缕地绕在头顶，天幕有如巨幅浮雕。地很平，一马平川。视线里弥漫着黄褐色的沙地，从车轮下一直通向地球的尽头，眼里除了黄沙还是黄沙。粗糙的沙滩散落着碎石般的砂砾，精细的沙丘上刻着一圈圈年轮般的波纹；日月凝聚而成的沙岗，如长堤般延绵伸展；路边掠过废弃的村落，断墙残垣仍是一片触目惊心的灰黄……

偶尔有远远的山，卧龙似的蜿蜒着，如黑黢黢的树根纠集、缠绕在一起，皱折却整齐而光滑，透着西北的苍劲。峰顶的积雪分外鲜明，蓝莹莹地闪烁，像一双双苍茫而忧郁的眼睛。

旋风突然就出现了。风裹夹着黄沙，构成了风的形状。像一只只倒扣的金钟，呈U字形，底部紧贴着戈壁滩，任意地旋转舞蹈着。那是一派奇妙的图景，大漠上凝固的黄色成为一块巨大的底版，与游曳的黄色旋风浑然一体。镂空的风柱又似一支急促的喷泉,安慰着沙漠里的行人。

再没有更多的颜色了。戈壁只有单纯得近于单调的金黄。

当然,还有白灼的阳光。戈壁,永远灿烂。

在长久单调的旅途中,假如眼前忽而掠过了几丛稀稀拉拉的骆驼草,那样短暂而可怜的一点绿色,也会给人带来莫大的惊喜。针叶状的骆驼草总是自顾自一丛丛生长着,周围聚起一个个小沙堆,略略地高出沙地,远看就像是一座座小小的绿岛,淹没在无边无际的沙海之中,却没有一棵绿树。

出凉州,经张掖,过酒泉,漫漫长途,古城的绿洲与绿洲之间,没有河,没有泉,也没有井。黄沙古道,掩埋了多少流放者饥渴的白骨和焦灼的灵魂。

真的没有绿树也没有河流吗?苍天在上,谁能拯救这荒茫死寂的戈壁?

昏沉沉的困倦中我睁开眼。如闪电掠过黑夜,我的眼睛为之一亮——那是海吗?灰蓝色的水波漾溢着,弥漫着,悬浮于沙洲之上,宁静而安谧。水上横一道长长的湖堤,堤上有树,清晰而精致的树影,一棵棵生动地排列着,像故乡西湖十景之一的苏堤春晓。更奇妙的是,水面上还映着绿树的倒影,水墨画一般,朦胧得柔美。在沙漠的骄阳和干旱中,那水,想必是清凉又甘甜的。

那一定是个好去处了。我问,那是个什么地方呢?

是海市。司机回答。

海……市?这真的就是海市?怎么就和真的景致一模一样啊?

车上的人都醒了，迷迷糊糊的，都来看这海市。再是睁大了眼，也看不出这实际上虚无缥缈的海市，同实实在在的风景，有什么区别。虽然远在天边，那水中的倒影，却是明明白白的啊。

有点儿怀疑自己的眼睛，也怀疑司机漫不经心的介绍。就只差停车下车，自己徒步大漠，直奔那远处的湖岸，去看个究竟了。

嘻，你去吧，没等你找着那个地方，你就在沙漠里渴死累死了。司机显得有些幸灾乐祸。千百年来，有多少人被它骗了。都以为那是真的，奔着那水去，奔着那好风景。可你走它也走，越走越远，一辈子也走不到头……

脑子里忽然涌出许许多多关于海市蜃楼的传说。

……焦渴的找水人，怀着虔诚和崇敬之情，流尽了最后一滴汗、耗完了最后一滴血，倒毙在沙漠里。也许临死时，还在期待着他那一个可望而不可即的梦幻，会如奇迹般出现……

再看海市，那清清的湖、静静的树，分明露着一种狡诈和虚伪的微笑。可为什么，曾有人会以生命相托，祭祀这本来虚无而渺茫的幻影呢？连同我在内，如不是亲见，我也不相信如此美丽诱人的海市，会是一个骗局。然而，海市没有罪过。海市因沙漠的气流和折光而现，海市本无意。而人，辛劳饥渴、疲于奔命的赶路人，孤身于茫茫戈壁、漫漫大漠之中，寻求一处绿树环抱的甘泉，就成为苦难的旅程中，灵魂最后的庇护地和温柔之乡的梦。人依赖于心造的幻影，苦挨岁月，为自己的精神天国付着高昂的代价。人迷恋海市，人也没有罪过。

但如果是一些备足了水的人，为另一些缺水的人，刻意造出一个人为的海市来呢？造出一个连他自己也并不相信、更不会以真情和生命去抵押的神话。那人造的海市，便是一种真正的罪孽了。

海市是一个陷阱。误入其中的猎物就成为海市下一个猎物的诱饵。尽管海市的谎言早已被人戳穿了很久，却仍然还有饥不择食、自欺欺人的后来者，走进那没有坐标的戈壁滩，在无水的沙海中迷失自己。

车窗外，遥远的海市仍然烟波浩渺、树影憧憧，美得充满诱惑。车迎着那片海市而行。海市始终浮游在沙漠的尽头，在我前行的左侧，固执地不肯离去。有一阵寒战从心头掠过，不敢再看海市一眼。那时候我只剩下一个愿望：我只想快快走完这片苍凉的不毛之地。

临近中午，阳光越发炽烈，金色的戈壁要燃烧起来。抵达安西城时，天空忽然飘来几片黑云，一阵凉气袭过，豆大的雨点落下，干燥的地面扬起一层白粉，雨却顷刻无踪无影。旋即，清朗而广袤的天穹之下，横空划出一道巨大的七色彩虹，勾勒出一片绚丽的辉煌。

司机说，你们的运气不错呵，戈壁滩上的旋风、海市、彩虹、丝路花雨，都看见了。我走那么多次，也不是回回都有的啊。

我心里却觉得一种莫名的酸楚。我只想快快地往前走，快些到达前面那片真正的绿洲。没有狰狞的旋风、虚幻的海市、稍纵即逝的彩虹，却有冒着炊烟的房屋、欢乐的人群、油绿的青稞麦和那丰收的田野……

戈壁是单纯的。在这片单纯得近于单调的黄色世界里，美丽的海市和斑斓的飞虹就成为沙漠的调色板，成为旅人一个虚幻的希望。可惜它们并不真正存在，当彩虹悄然隐去、海市无声消失的时候，人们仍然只能依靠自己的双腿走出戈壁，去寻找活水和黑土，寻找蔚蓝色的大海和坚实的船帆。

我多想筑一条引水的渠河，然后，在路边种上一排排树苗。

那是一种看得见、摸得着的绿色。浸润着绿叶的水，就在树根下流淌。

原载于《美文》1994年第2期

都市漫游者

李欧梵

布拉格的明信片

亲爱的年轻朋友：

上次在布拉格寄明信片给你，已经是十年前的事了。这次旧地重游，恍如隔世。想你也已经成年，甚至成家立业了吧。而我也老了。

我抵达布拉格后，第一件事就是找那家玩具店。记得吗？当年你托我买一个"玩具"，一座中国古庭园的模型，害得我走遍全城，后来经人指引走进一家旧玩具店，见到那个老头儿，他告诉我这种玩具在苏联进占捷克以后，早已收工不做了。今年刚好是苏联进军布拉格的三十周年纪念！令我吃惊的是，除了一两个摄影展之外，全城竟然没有任何纪念活动。甚至还有年轻人说：这个事件，根本是捷克共产党和苏共内部的事，和我们这一代无关。没有想到昆德拉的《笑忘书》竟然得到如此的反讽：过去的历史，早已忘却了，我在查理士大桥上碰到的年轻人，一个个满脸笑容，男女互相拥抱着，在享受人生。

我又何尝有资格教训他们？今年的布拉格已经变成了游客的天堂，也许还带点地域的弊病：扒手、色情买卖、警察的贪污无能、计程车敲竹杠……昨晚我喝醉了，叫了一辆计程车，从城中心到郊区的旅馆，原来仅值五元美金的车资，被他要价十倍，竟然还说照表计程，把我气得半死，八分酒意也醒了七分，和他争吵起来。我过去对布拉格的美好印象就此一扫而空。

我过去的印象到底如何？可能还没有向你仔细描述过，在十年前的明信片中，我斤斤计较着形式问题：这种明信片，没有信封，有目共睹，所以不适合谈私事，其实我想和你说的都是私事。时过境迁，我对当年的回忆更美好了，那个时候我心有独钟，感觉特别灵敏，我所看到的布拉格，像是一部无声电影，又使我无端地想到阿伦·雷奈的那部纪录片《夜和雾》——当年的布拉格有一种雾样的美，特别是在雨后黄昏，街上行人渐稀，整个城市笼罩在一层灰色的迷雾中，偶尔街头巷尾传出几声爵士乐，听来冷冷清清的！夜深了，我一个人仍在老城广场蹉跎，幻想着十八世纪的莫扎特和二十世纪的卡夫卡……

这就是我回忆中的布拉格，一座消失的城市。

还有当年碰到的各种各样的知识分子，他们在地下酒吧中高谈阔论，还送给我私人出版的文学杂志，我至今还记得那本杂志的戏剧版女编辑。她坐在几个诗人中间,一言不发,我顿时惊为天人,心跳得很厉害。我在给你的明信片中当然没有提起——这是我的私事——然而人老以后,缅怀往事,似乎一切都无所谓了。一个年轻女人的美可以横越时空。不过,我还是打听了她的下落:当然她早已结婚生子,现在是这本杂志的主编,而且也把它改头换面了,变成了一本商业性的刊物。还有那位地下电台的女记者,叫安娜丝塔西——一个好神秘的俄国公主的名字——她那晚喝得半醉,一边说要访问我,一边竟大胆轻抚我的眼睛。我哪里有资格接受访问?我只不过是一个从中国香港来的玩具商人,一身市侩气,只是心里仍然嗜爱昆德拉的小说而已。

连昆德拉也变成法国公民了。听说他的每一本新作出版之前就要价美金一百万,真是比我还会做生意。至于我的玩具生意呢,其实早已卖掉了,现在转业经营电脑,这次来,也是为了和一位布拉格的电脑专家商量合资策划一种新的电脑玩具的事。目前这种新玩意儿都是日本人发明的,我有一天无意中在一本杂志上发现"机器人"(robot)这个词,原来是捷克文,于是妙想天开,想找一位捷克人共同发展电脑游戏,竟然找到了。他名叫马丁,今年才三十几岁,当年还学过一点汉语,你说这是不是缘分?祝我好运吧,我这次是孤注一掷,如果失败,就只好自杀。

忘了告诉你,当年的那家老玩具店早已关门了,连店门也改了样子,我认不得了。不过,附近倒是有一家玩具博物馆，我兴冲冲地跑进去参观，却大失所望，哪里还会有中国旧庭园的模型？

此信啰啰唆唆，已非一两张明信片所能负荷，所以我早有先见之明，把明信片附在信里寄给你。

片后的画是Alfonso Mudia的作品，你看那位楚楚动人的年轻美女，是否有点像（当年的）你？一笑。

《九月》，夏日的遐想

那天下午，我们驱车抵达农庄时，已近五点。阳光仍然灿烂，7月底的盛夏天气，并不感到炎热。从加拿大蒙特利尔开车到这位友人的避暑农庄，要两个多小时，我在车后座昏睡，一觉醒来，闻到一股清新的山气，还夹杂着一点晒干了的牛粪味，顿时精神抖擞。下了车，也不向同伴们说一声，就径直走了出去，举目四望，群山环绕，漫山遍野都是绿色，脚下更是绿油油的草地，屋旁的木栏杆倒在地上，好像是被牛踏过的。我一脚跨了过去，信步走下山坡，朝着地平线上的树丛茫然而行。

直到我看到树畔的一只母牛和一只小牛，悠游自在地站着。母牛突然转过身来，直瞪着我，小牛还在若无其事地吃草。"对不起，我打扰你了，我是过客，波士顿来的，朋友约我来这里度个周末。"我发现自己向母牛默言默语，想得到她的谅解。

——陌生人，你看来很疲倦，近来太过劳累了吧，还是这里好，山明水秀。

——谢谢你，打扰了，我的倦态是因为时差，从中国香港回来以后，两个多礼拜了，一直都睡不好，每天昏昏沉沉的，不知道自己在做什么，也分不清楚梦幻和现实……

——先生，你说的我听不懂，我只知道这就是我的现实世界，我的老公牛就来了，他午睡刚醒，小牛生下来才四个月。你看他还很壮硕吧，但你不能伤害他，我们人兽之间以这棵树为界，你不得越雷池一步。

母牛叫了几声，好像对我没有兴趣了，兀自退下山去，那只小牛也跟着走了。我略感失望，但又觉得很自在，全身感到罕有的舒畅和清爽，甚至灵魂好像出了窍，在山中邀游，瞬间飞出尘世，将那千丝万缕的杂乱心思，抛出九霄云外，但在千山万水之间环绕几圈之后，又飞回来了。我毕竟还是个凡人，身在大自然的山中，却仍然不能超越红尘，心中仍然燃着炽热之情，但身外的宇宙早已万籁俱寂了，曾几何时，天色显得更灿烂，原来是到了日落西山的时辰，那股即将失去的阳光，显得特别珍贵，温柔透顶，直射人胸中。我的脑海突然涌出一首歌来，不是中国民谣，也不是西洋歌剧的咏叹调，我在心中哼来哼去，竟然记不清此曲出自何处。

那天晚上，在主人殷勤款待下，和几个朋友大吃大喝，几杯啤酒下肚后，似乎有点醉意，耳边却仍然隐隐听到那首不知从何而来的曲子，只怪是心中幻想，而且调子也愈来愈凄凉。于是就向主人告罪，提早上床休息，走到二楼的小卧室，打开窗户，清风徐来，我不久就进入梦乡。

一觉醒来，已是次日清晨八点，我竟然睡了九个多钟头，这是我七月初自港返美以来，第一次睡足了觉，人好像从一种虚脱亢奋状态回到了安宁。只是那首莫名其妙的歌曲仍然萦绕在心头，使我患得患失，不知其所以然。

吃完早点，主人带我们去爬山，几个读书人平日不运动，好不容易走到山顶，就气喘如牛了。（牛呢？恐怕还在昨天那树下吃草吧，它们那么安闲自在。怎么会气喘？反正加拿大的牛，不会懂得中国的古老成语。）我们坐在山头，远眺山下的小河，景色怡人，大家都静了下来，似乎都觉得这种大自然美景，是不会长久的，应该把它深嵌在心里。

我突然记起那首绕梁三日的歌曲了，是李察·施特劳斯的《最后四首歌曲》之中的第二首：《九月》。这是他在生命已到日薄崦嵫之年（84岁）所作的。作完这四首告别人世之歌的第二年，他就去世了。我为什么在此良辰美景的夏日，脑海中萦绕的调子却如此迟暮！莫不是自己也有点异样的预感？自己的一生也快走到头了？

从加拿大回到波士顿家中，赶紧把自己心爱的几种《最后四首歌曲》唱片拿出来反复聆听，边看歌词，才发现《九月》这首歌的歌词出自我在年轻时颇为心喜的德国作家——赫瑟（Hermann Hesse）。

根据两种英译本改译成中文于后：

《九月》（September）
花园在哀伤

冷雨沁入花丛

夏日在战栗

悄然面对终结

落叶片片金黄

从高大的橡树飘下

夏日微笑着，惊讶于

即将逝去的花园之梦

她眷恋在玫瑰花中

企望着安息

缓缓地她闭上了

那只疲倦的眼睛

注：乐迷如想聆听，我推荐斯华慈考夫（Elizabeth Schwarzkopf）和诺曼（Jesse Norman）主唱的版本，前者韵味无穷，后者戏剧性浓。而最回肠荡气的可能是最近菲兰明（Renee Fleming）主唱的版本。以上所译的歌词，则是参照菲兰明和卡拿娃（Kiri Te Kanawa）与萧堤合作的版本。

都市漫游者

班雅明（Walter Benjamin）笔下的波德莱尔和他的世界——十九世纪商业文明发展中的巴黎——是所有研究都市文化的学者都很熟悉的题目。他创造了一个至今仍颇时髦的都市"漫游者"（Flaneur）的形象，这种人只能生活在都市里，却又和都市中的群众有一种若即若离的关系；他终日似乎无所事事，闲游街头，而于散步之间在脑海中捕捉都市的形象，甚至由此而作抒情象征的诗篇（如波德莱尔）。

这种都市漫游人貌似高人一等而又超群独立，但事实上却和商品文化脱离不了关系。在班雅明笔下，他似乎没有兴趣购物——浏览商品或窥视漂亮有钱的女性则时而有之——但特别喜欢十九世纪巴黎所特有的"商廊"（arcades）。这里面当然有各种店铺和行人，千奇百怪，而这百怪之中也包括漫游人自己，有时候他甚至会在街头访问"遛龟"——拉着一只乌龟散步，以示与众不同。最终他还是在走进刚刚建立的商场或百货公司，用班雅明的说法，这就象征着"漫游人的历史命运"：任何都市里的艺术家都脱离不了资本主义兴起后的商品阴影的笼罩。

以上写的这一串文字，是为了目前我暂居香港的日常生活做一个注脚，也为自己的文章找一个"理论根据"。

然而，在二十世纪末的香港做一个都市漫游人，其情景就和十九世纪的巴黎大异其趣了。香港有没有arcades我不知道，但商场"漫山遍野"，互相之间有无数条人行道连接成一个庞无边际的商品网，把所有的都市人都罩在网中，无所遁避。加以香港人口众多，人人忙于挣钱，根本无法遛龟闲步，甚至偷看几下贵妇脚下的名贵皮鞋都不好意思，因为她走得太快，欲望刚在发端，她已经在人丛中消失了，即使波德莱尔再世，恐怕也写不出抒情诗来，恐怕只能写散文，或许还可以创出几首散文诗。

二十世纪的现代性（modernity）的特色就是时间和速度，

现世生活的节奏越来越快。如果中午在香港中环或金钟的架空人行道上散步，会觉得十分荒谬，身前身后都是疾步而行的年轻"上班族"，衣着入时，人手一部电话机，边走边讲。这一队急行军所唱出来的都市交响乐，恐怕每一个乐章都是小快板或急快板，而像我这种想在快板乐章之后来一个慢板散步节奏（Andante）的人，也是绝无仅有。如果你能够碰到像我这种人，一定会不经心地骂一句："又是一个失落街头的游客，他这种漫游步伐，简直是在阻碍交通！"

说来令（香港）人难以置信：我此次到香港小住的目的之一就是研究当代都市文化，我将会逛遍香港的所有广场和其间的交通甬道，并以之来纪念班雅明——我最钦佩的西方理论家。至于我是否有资格做二十世纪的漫游者，那恐怕有待其他理论家来鉴定了。

作别西天的云彩

记得二十年前在康桥那一个夜晚，"仰望着一弯新月，随着步伐，静寂地移向皇家学院半歌德式建筑的尖塔旁。河水也是静寂的，摇滚乐声不知在什么时候停止了，也没有夏虫礼鸣。……他走累了，坐在教堂与康河接连的一张椅子上，突然觉得他自己有点造作，似乎拼命在寻觅伤感"。第二天"他按图索骥，进了皇家学院大门，走到皇家教堂与克莱亚学院的毗连处，眼前是一座三环桥和几张木椅子，这里不正是他昨天深夜驻足沉思的地方"！

也记得那一天清晨在康桥:"他走进一家屋顶咖啡店,要了一杯加糖的黑咖啡,装模作样地拿出稿纸……咖啡喝完了,稿纸也涂满了三四张……他好奇地抬起头来,看见一位二十岁左右的金发小姐,正在向他微笑……他心中想着真有这类巧事吗?难道这是徐志摩在天之灵的作合?他自己写不出小说,却不知不觉地制造了一篇浪漫小说的开端……如果徐志摩再世,他一定会写出一篇《康桥鳞爪》之类的好文章,背景是风光明媚的康桥——中古式的建筑,静静的河水,绿油油的草地,一对情侣手拉着手,不停地娓娓细语,女郎的金发在初夏新月的抚摸下,淡淡地发光——一段浪漫韵事,由此展开。"

二十多年后重读自己"少年不知愁滋味"的浪漫文章,竟然感到有点荒唐。两次学术演讲,似乎也忘了提当年研究的对象——徐志摩。在康桥的最后一天,经过几度盛宴,宾主尽欢之后,我带着感激的心情向主人告别,坚持不要他送我到车站。于是我终于找到两三个小时的孤独。"你要发见你自己的真!你得给你自己一个单独的机会。你要发见一个地方(地方一样有灵性),你也得有单独的玩的机会。"徐志摩如是说。于是我终于想起此次重游康桥的另一个目的,踏寻自己年轻的踪迹。于是,终于勉强打起精神,在细雨纷飞之中撑着一把破伞,在雨巷人丛中找寻当年"奇遇"的那家屋顶咖啡店,记得底下是一家小剧场,就在皇家学院不远的地方。

然而我按图索骥,在附近大街小巷转了几圈之后,仍然没有找到,几经碰壁之后,终于看到一个破垣断瓦的建筑,门口贴了一张告示:"本剧院整修门面一年,谨定于明年秋天重新开张。"

我怅然若失。于是信步走到皇家学院的大门口,就要登门而入的时候,一位身穿该院制服的金发女郎微笑着却来挡驾:"对不起,先生,今天本院学生大考,禁止游客游览!"我游兴尽失,心灰意冷之余,也无心再去追寻当年住过的那条街——耶稣道("那一晚他们对坐到深夜"?!在耶稣道的那一家供应床和早餐的小旅馆?!)。那么,这篇不相像的"非小说"的续篇如何终结?且让我试试当年的笔法:

在归途中,他的心情终于在些许激动之后归于平静。二十年前的康桥的心路历程,无论如何短暂,它是真切的。虽然他自称"六十年代的现实已经使他顾忌多端,再也不能像徐志摩那么直率,那么毫无遮拦",其实他当年的那种自作多情还不仍是徐志摩的余绪?如今时过境迁之后,即使在午夜梦回之时,他再也无法于心中涌起无名的波涛。此次临走之前才偷偷地想重拾旧梦,还不是怕他的朋友们知道会嘲笑他的痴愚。"也许她已经做了祖母!"一位老友曾经如此调侃地说:"还记得那晚你们谈的是什么吗?"他自己也不自觉地笑出声来,引起路旁的一队法国学童的侧目。

于是他匆匆回房,行李早已收拾完毕。同行的友人(也是他在芝加哥的学生,现在已经应聘到剑桥教书)早已在圣约翰学院门口等他。于是两人同坐一辆计程车直奔火车站。途中司机转弯抹角,好像走的是另一条路。他偶然在雨中凝视窗外一排低屋闪过,一刹那间,他似乎看到屋畔围墙上的小路牌——"耶稣道"!他讶然失笑,喃喃自语:"也许当年供应床和早餐的小旅馆早已改装成公寓了!"

在火车即将离站的时候,他终于又记起徐志摩的那几句诗,于是向友人朗诵起来:

"轻轻的我走了,
正如我轻轻的来;
我轻轻的招手,
作别西天的云彩。"

原载于《美文》1993年第3期

后　院
北　岛

一

　　起风了。我站在窗前发愁,眼看着后院四棵橘子树和从墙外探进身来的三棵野树的所有树叶,都要落进我家游泳池里了。那意味着绝望的劳动,刚捞起一拨又来一拨,要是鱼或者美元倒也罢了,与天奋斗的结果是一堆烂树叶。

　　不管怎么说,我还是喜欢后院,与前边草坪相反,它代表了某种私人空间。依我看,在每家门前铺草坪,准是联邦调查局和建筑商串通好的——标准美国公民的思维方式肯定与这有关,没有一丁点儿怀疑的阴影。其实草坪之间有一种对话关系,正如处在英文环境的外国人,永远理屈词穷。当你家草长高变黄,平整碧绿的草坪和主人一起谴责你。你得赶紧推着割草机,呼哧带喘。特别是三伏天,一转身草又蹿得老高。我家那台割草机是二手货,点火有毛病。我铆足了劲儿,猛拉数十下,纹丝不动,汗早顺着脖子流下来。脱光膀子,再拉,割草机终于咳嗽了一声突突吐出黑烟。不过想必那姿势相当绝望，邻居们准躲在窗帘后边看热闹。

我有时坐在后院的木摇椅上看摇荡的天空。四年前我们搬进来时买的这摇椅，费了好大劲儿才装起来。圆木支架的木纹随年代旋转，在阳光下闪耀。戳在那儿，怎么看怎么像个崭新的绞刑架，坐在上面多少有点儿不安。如今这摇椅被风雨染黑，落满尘土，很少再有人光顾。

当初买这房子头一眼看中的是游泳池，清澈碧蓝，心向往之，连第二栋都没有看就拍板成交了，这恐怕在本城房产交易史上还是头一回。谁想到这个游泳池可把我治了。除了入冬得捞出七棵树上的所有树叶，还得捞出无数的蚂蚁飞蛾蜻蜓蚯蚓蜗牛潮虫。特别是蜻蜓，大概把水面当成天空了。这在空军有专业术语，叫"蓝色深渊"，让所有飞行员犯怵，除了天上飞的，还有水下游的。有一种小虫双翅如桨，会潜水。要是头一网没捞着就歇着吧，它早一猛子扎向池底。虽说有水下吸尘器可帮忙打扫游泳池底部，但任何机器都要人跟班。比如要掏空吸尘器网袋里的脏东西，清洗过滤嘴，调整定时器，及时检修动力及循环系统。另外，水要保持酸碱平衡。先得测试，复杂程度不亚于化学实验。用大小两个试管取水，再用五种不同颜色的试剂倒腾来倒腾去，最后根据结果在水里加酸兑碱。这道程序还省不了，否则就给你点儿颜色看看——变绿，绿得瘆人；变浑，浑得看不见底。池壁上长满青苔，虫孽滋生。前不久出门两周，由我父母看家，回来游泳池快变成鱼塘了。

我们后院有一个巨大的蚂蚁王国，时不时地攻打我们房子，特别是凄风苦雨天寒地冻的冬天。先派侦察兵进屋探路，小小不言的，没在意；于是集团军长驱直入，不得不动用大量的生化武器一举歼灭。有一种蚂蚁药相当阴损，那铁盒里红果冻般的毒药想必甜滋滋的，插在蚁路上，由成群结队的工蚁带回去孝敬蚁后——毒死蚁后等于断子绝孙。这在理论上是对的。放置了若干盒后，我按说明书上的预言掰指头掐算时间，可蚂蚁王国一点儿衰落的迹象都没有，反而更加强盛了。我估摸蚁后早有了抗药性，说不定还上了瘾，离不开这饭后甜食了。人的同情心有限，没听说哪儿成立了保护蚂蚁协会的。就社会属性而言，蚂蚁跟我们人类最近。看过动画片《小蚁雄兵》（*Antz*）后，我还真动了恻隐之心。可紧接着蚂蚁大军杀将进来，只能铁下心来。

和蚂蚁相反，蜘蛛代表了一个孤独而阴郁的世界，多少有点儿像哲学家，靠那张严密的网吃饭。它们能上能下，左右逢源，在犄角旮旯房檐枝头安身立命。那天来了个工人检修游泳池，他打开池边的塑料圆盖，倒吸了口凉气，狠狠地用改锥戳死了个圆盖背后的住户。他翻过来让我看，那蜘蛛腹部带红点。他说这叫"黑寡妇"，剧毒，轻则半身不遂数日，重则置人于死地。

二

冬去春来，我们后院来了对燕子做窝，这还是我女儿发现的。隔着玻璃拉门，只见房檐下大兴土木。两只燕子加班加点衔来泥土草根，用唾液黏合在一起。这和我们吃的燕窝类似，不同的是，正宗的燕窝是在海边绝壁上，建筑材料都是小鱼。忙乎了一个星期，窝落成了。我是建筑工人出身。出于同行间微妙的竞争心理，我围着它转悠，不得不肃然起敬——这纯粹是嘴上的功夫。虽说从建筑学的角度来看：一个阳台而已，还得靠人类的屋檐遮风挡雨。

孵化过程是静悄悄的，就像写诗，得克服不良的急躁情绪。和那燕窝只一窗之隔，我伏在计算机前，卡在破碎的诗句中。突然我女儿叫我下楼——两只小燕子孵出来了。父母又忙乎起来，衔食物飞上飞下。小燕子闭眼张着大嘴，凄声尖叫。

真正威胁它们存在的是我们家的两只猫：哈库和玛塔。算起来，这两只猫折合成人的寿命——正好"三十而立"。胸无大志，再说也无鼠可抓。这个没有老鼠的世界是多么无聊啊！美国猫聚在一起，准是一边打哈欠一边感叹。几代下来，大概遗传基因早就蜕变了，见老鼠不但没反应，说不定还会逃窜呢。哈库和玛塔整天呼呼大睡，有时也出门溜达溜达。它们有自己的小门，嵌在人的大门上。当人被防范之心阻隔时，它们则出入自由。

要说它们才是后院真正的主人。在草坪如厕，在泥土里打滚，到游泳池边喝水照镜子，上板墙眺望日落。这两年哈库发福了，不再灵活。而玛塔身手不凡，只轻轻一跃，就上了一人高的板墙，再一跃就上了房。头两年，它们经常叼回小鸟、蜻蜓、蚂蚱之类的活物邀功请赏，但迎头就是一顿臭骂，甚至饱以老拳。大概在猫的眼里，人类是毫无理性的。此后省了这道手续，自个儿在外边吃点儿喝点儿算了。后院常发现麻雀羽毛，即证明。美国麻雀傻，一点儿也不像它们的中国同胞。记得当年在北京西郊，百步开外，我一举气枪，麻雀从电线上呼啦啦全都飞走了。

而美国燕子不同，毕竟走南闯北，见多识广。它们先勘测地形，把窝建在猫爪根本够不着的地方。夏天来了，小燕子长大了，跟父母出门学飞。眼见着这"阳台"对四口之家过于拥挤。一天早上它们全家出门，再也没回来，大概去寻找更暖和的地方。我回到书桌前，心空空如也。

女主人出门了，由她照看的二十来棵玫瑰紧跟着枯萎了。我本以为玫瑰是生命力极强的植物，开起来没完没了。突然间，她们像灯一样全熄灭了，整个后院暗下来。我每隔一天拉着水管子浇水。除了浇水，还要剪枝施肥喷洒杀虫剂，总之得关怀备至才成。我本来就不喜欢玫瑰——刺多，开起花来像谎言般可信，一不留神划你道口子，疼得钻心。我常遭此暗算，尽量躲远点儿。

玫瑰熄灭了，后院又被四棵橘子树照亮——满树橘子黄灿灿的。不知是品种不好，还是照顾不周，太酸，酸得倒牙。只好让它们留在树上，随风吹落，那些顽强的一直能熬到第二年夏天，和下一代橘子会面。其实四棵树中有一棵是柚子树，一点儿也不张扬，每年只结两个大柚子，像母牛硕大的乳房。剥开，里面干巴巴的，旧棉絮一般。

后院西南角种了棵葡萄树，眼看快把支架压垮了。葡萄秧是朋友给的，随手插在角落，没当回事。谁想到悄没声息的，两年的工夫竟如此这般。我担心有一天它顺着支架上房，铺天盖地，把我们家房子压垮。再细看那些葡萄须子，如官僚的小手，为攀升而死死抓住任何可能。生长的欲望和权力相似，区别是权力不结果子。葡萄熟了，一串串垂下来，沉甸甸的，根本没人吃，让它们在树上烂掉。我想起三十年前背诵过的食指的诗："当我的紫葡萄化为深秋的泪水……"

天色阴下来。隔着窗户，我看见哈库正在后院转悠。它太胖，腹部垂下来，但走起路有老虎般的威严，昂首阔步，微微抖动皮毛。一阵狂风，七棵树前仰后合，树叶和橘子纷纷落进游泳池，吓得哈库一哆嗦，转身逃走。

原载于《美文》2004年第1期

守望峡谷

周 涛

这里就是世界第二大峡谷,怒江峡谷。

在峡谷的大拐弯处,怒江水像一大群正在参加世界杯赛的摩托车选手似的,优美而惊险地做弯道侧压,把箭一般直射的速度拧弯——而且拧得这样漂亮,大概只有怒江。它似乎并不怎么"怒",却有一种大回环的稳健之美。

金沙江不是这样,金沙江被挤压在两岸陡壁之下,清纯澄碧但不显得单纯,它有一股寒凉的怨气。

澜沧江呢?澜沧江以两岸浓密的热带雨林,以榕树的苍迈、樟树的灰斑、橡胶林的婷婷和藤缠树、树缠藤的亲密状造成一种傣家少妇的气质。

独龙江——它给我的印象并不像它的名字那么凶,而倒像是怒江的弟弟。

伊洛瓦底江作为瑞江的一部分是平凡的,但是流入缅甸之后据说长大了,变得非常迷人。我估计,它在瑞丽时只是个十一岁的小姑娘,到缅甸以后,它丰满漂亮了,像变了一个人。

这么多的江养育着云南，而且是这样一些著名的江，云南怎么能不神秘呢？这些守护神一样的江，各自都有性情独具的美妙的名字，有性格，有历史底蕴，有概括力，有婉转优美的诗意，谁起的呢？真该感谢那个人。在一个废名的只剩下编码的所谓现代社会里，凭着这样几个组合而成的美丽的字音，我们将能感到多少亲近、宽慰，品尝多少遐思和美感！

怒江的水这时变成一股一股的了，每一股都非常清晰，但合在一起又浑然组成一条江。他们从岩石上翻滚过去或盘绕过去，在江中纠缠，然后分开，被流速梳理着，又被山峡规范着，像一根粗大的多股的发辫似的，弯曲盘绕在峡谷的尖底部，并无声息。

车子停下来，谷地有风，然不甚烈。前面横跨江面的是一座桥。

桥墩的水泥柱额上，刻着暗红的四个字：亚碧罗桥。又是一个美名字！在名称问题上，这个少数民族众多的云南，总是以她特殊的选择能力超出诗人们的想象。

怒江分区总司令崔延相大校此时身着便装，指着桥对岸的半山腰说："看，那就是我们要访的傈僳族村寨！"听他那轻松的口气，仿佛很近似的。

我一看，先在心里叫苦不迭了，望山跑死马呢。而望那山寨，黑乎乎一片，眉目不清地嵌在陡峭的山腰上，既没有理想主义的光芒，也没有功利主义的诱惑，何苦要爬得满身大汗然后一无所获地回来呢？

同伴笑问：那还有什么能让你爬上山呢？

我说："要是有个大美女在山上等着我，也许行。"

"也许……呀？"同伴们大笑起来，说没准儿真有一个呢。

不过我还是爬了，我不愿意让身体力行正在前头带路的崔司令感到遗憾。怒江的云停滞在峡谷间，不动。大片的狭长的云烟氤氲飘浮，既不掉下来，也不升上去，更没有一丝风能移动它。这是那种乖张的风景式的云，仿佛它不是真正的云而是一种固定的装饰品。它这时像是峡谷的思绪，使山峦具有了思想——起码是情绪。

我脑闷气喘，腿软得不行，不过五十分钟还是爬上去了，最后一个到达，并且拒绝了女士们的搀扶。

可是这里有什么呢？傈僳族山寨所坐落的这段山腰，打个比方吧，就像一个住高楼的人家一打开门，前面就是一个没有栏杆的阳台。不比阳台宽，只需两步就会滚下山腰跌进大峡谷，而怒江，就日夜不停地汹涌地在下面等着。鸡和小孩正在这没栏杆的"阳台"上跑来跑去，狗待在更安全的地方叫着。黑黢黢的木楼，一楼住着猪和牛以及它们的粪便和臭气；二楼住着傈僳族的人们还有火塘。远处更高的山坡上，就势辟出一块块的种苞谷的地，大的有半个篮球场，小的也就是个三秒区，你很难相信这些巴掌大的陡坡，就养活着傈僳人的身家性命。

水呢？

仰首在天上，在天空中那些云的脸色里；低头在谷底，在怒江千年万载川流不息的巨大洪流中。两个都够不着，却都离得很近,像是上帝在惩罚那位抬头吃不上果子低头喝不上水的神,馋着你。傈僳族人啊,苞谷啊,是什么力量把你们逼到这样尴尬的生存绝境里的呢?又是什么力量使你们在这样比"吃土豆的人"更艰难的环境里顽强生存呢?

居高而临下,傈僳人世世代代正是这样生活的,生活在数百米的陡坡上,悬在空中,守望着这座巨大的空寂的仅次于科罗拉多的大峡谷。

这就像是一座空剧场,剧中人坐在包厢里,看着本该自己去演出的剧目,没有观众。

演出者观看一出不可能开场的戏,那么他(她)们守望和等待的究竟是什么呢?

一个民族的这种生存态势令人不寒而栗。是谁把这么重大的、一个有关人类生存的哲学命题如此强烈地推到了这些茫然无知的人们身上了呢?碗里有煮苞谷粒,墙上有弃置不用的发黑的弓弩,而几百米之下,怒江峡谷上的亚碧罗桥静静地期待着,在峡风中抖动着铁链……彼岸正是峡谷的另一面。

这时,大美人出现了——她的狗正狂吠时,木楼的一角处出现了她。她仅仅用手势便制止了那凶猛的狗,然后对我们歉意地嫣然一笑。她衣衫褴褛,而且还戴了一顶旧式布军帽。她的身上几乎是挂满了孩子——手里牵着一个,胸前奶着一个,背后系着一个。但是正是在这样一个被贫困、落后、蒙昧紧紧围困着的女体上,掩饰不住的光芒似的闪出了美的力量。

只需一眼,你便可以认定她是美的。

然后当你坐进她一贫如洗的家里，面对唯一的木床和火塘里的灰烬，你望着她和她的孩子，语言不通，眼睛黑亮。她非常自然和安详，仿佛这一切都属于她而其实并不属于她，她似乎属于别一世界，这些都是借来的，暂时的。

她很少说话，只是有时微微一笑。但是你能感到她对一切都是理解的，完全懂得，因为从她美丽的眼睛里，流露出坦然的端庄和自然。她那最大的小女孩只有五岁，躲在她身后。女儿好奇而害怕，她轻声地对女儿耳语，鼓励女儿。

我们既不是出于怜悯也不是降低标准，应该承认，她的确是天生丽质。关于这一点，我们同行的三位分别来自广州、北京、成都的年轻女作家都承认，虽然她们也各具风采，而且穿戴得光彩照人，但是她们说"思蜜纽才是天生丽质"。

思蜜纽就是她的名字，她二十三岁已经生了三个孩子。

最大的那个女孩叫胡蜜花，五岁，睁着一双新奇略带恐慌的大眼睛。那眼睛，即使在最昏暗的角落里也能发出光亮！这小姑娘正是她母亲的原型，对照着一看，你就明白血统中的美丽是怎么承袭的，美这种价值连城又无法购买的品质，是怎样对一些人高度吝啬，却在另一些不太需要它的地方默默浪费着……胡蜜花真是可爱得令人心酸呀。

我想开玩笑，但是我知道我开的玩笑是真的愿望。我说，把这个小姑娘带走吧，你们可以代表命运，给她一个全新的世界！用最好的文化教育她，让她隔两年换一座城市，领略整个中国的风土和文明，像栽培一棵好树苗那样，像科学家进行某种试验那样,胡蜜花将会成为一个什么样的人呢?

让她改变命运,摆脱她母亲留给她的生活轨道,当然仅仅是我们这些外来人的假想,没什么实际意义。但是这种假想刺激了我们的想象力,小姑娘的聪明可爱又为这些想象力提供了无穷的可能性。

无疑,她会长成一个出类拔萃的骄傲的美人儿,会使京华子弟为之倾倒。她举止高雅,天分独具,以她的聪明兴许是个美丽的天才也保不定,没准儿正是一个时代的奇葩呢!那时她长大了,她会说:"我生在怒江峡谷,我其实是傈僳人!"这会使她更神、更有魅力。

我们就这么做着"解救"胡蜜花的白日梦,完全不着边际,一厢情愿,但兴高采烈跟真的一样。胡蜜花呢?睁着一双大眼睛惊奇地望着我们,有时也跟着笑起来,笑得很好看。她不知道我们在说些什么,但她知道我们说的事情跟她似乎有关,她专注地听着,但不明白。

不知谁说了一句:"她妈妈才不会让人把她从身边带走呢。别说北京,华盛顿也不行!"这是一句老实话,我们看思蜜纽,思蜜纽浅浅地笑着。她懂,但她乐意让我们高兴一会儿,什么也不说。

但是……我想,这仅仅是一群异想天开的作家们开玩笑吗?

这里面难道没有含着人们对命运如此残酷不公所抱的不平,和妄图改变这些而激起的幻想吗?当肥胖的痴呆儿在北京街上撒娇,聪明可爱的胡蜜花正用她天然纯洁的眼睛——守望峡谷。她注定守望一生，面对这空茫寂静的一座大屏障。

一切奇迹都不可能发生。

更深刻的疑问恰恰在这里：难道我们的假想一旦可以成立，小姑娘胡蜜花的一生就会是幸福的吗？这一切是我们可以给予和保证的吗？

那么，我们本身是幸福的吗？

我们面面相觑，胆寒彻骨。

一个更为巨大的峡谷突兀地从心里升起来，巨大而且空洞，岁月的流水也正从一座类似亚碧罗桥的铁桥之下穿过，做大回环，也无声无息，把此岸和彼岸隔开，望过去很近，但醒着是总也走不到。

我也在守望着，没有奇迹，并且终生也休想像胡蜜花这样被无关的外人如此热心地关心过命运，哪怕只是假想，哪怕只有半天。

后来，我们当然下山了，沿着原路，慢慢下。回头望过去，思蜜纽"披挂"着她的三个孩子，一直站在木楼角上，目送我们。

记住亚碧罗桥，我想，十年以后或者更长的时间，有谁假如恰好乘车沿着怒江行驶，恰好停车在一座刻着暗红字迹的亚碧罗桥边休息，当然，恰好还读过我写的这篇散文，那么请过桥，别嫌麻烦爬上对面的山腰，到那座傈僳人的寨子里去，替我们看看一个名叫胡蜜花的女人和她的母亲思蜜纽。

她们非常美丽。

原载于《美文》1992年第1期

耶路撒冷日记

张平(以色列)

2006年7月12日　星期三　晴　耶路撒冷

今天前往耶路撒冷希伯来大学暑校报到。想起今后几天上网不方便,早起便浏览了一下网上新闻,看见北部边界发生冲突,报道说有两名士兵受伤。这次既然规模不大,以色列方面损失有限,估计不会恶化。

中午赶到耶路撒冷,先在希伯来大学校园旁边的一家酒店办好入住手续,随后进入校园,到暑校办公室报到。

这个暑校每年只举办一个礼拜,年年的主题都不一样,但都是社会人文方面的。主办方依主题从世界各大学选取相关研究方面的一流学者作为师资,每人主持一个半小时的研讨班,包括一个小时的演讲和半个小时的研讨。通常入选的都是成名学者。而我的研究方向在全世界也没几个人,一流末流都是一回事,所以今年滥竽充数,居然也被邀请来主持一个研讨班,深感"与有荣焉"之幸。

其实这个暑校比师资更有特色的是学生,那是从世界各名校选拔出来的优秀犹太裔研究生。今年的二十多名学生几乎都来自哈佛、耶鲁、牛津剑桥等欧美名校,而且每校只有一个名额,由当地教授推荐录取。不言而喻,这暑校的目的是聚拢世界各地的犹太青年才俊,在享受与一流学者对话机会的同时也加强彼此之间的联络,培养他们对犹太祖国的亲近感。

暑校的待遇也非同凡响,海外来的学生学者都享受免费机票。所有参与者只要愿意,都可以在五星级酒店获得一个星期的免费住宿。早餐由酒店提供,午餐在校园里的一个有相当档次的小自助餐厅进行,标准比我参加的几次接待部长级官员的午餐还高。晚餐自理,不过每个人都获得了高额正餐补贴。为了让这笔补贴不会形同虚设,主办方专门向参加者提供了一份耶路撒冷高档餐馆推荐名单,上面各餐馆的菜式、风格、电话、地址一应俱全。

主持研讨班的教师没有报酬,不过考虑到每人其实只讲一个小时,那一个礼拜的宾馆加餐费补贴其实已经远远超出了授课报酬标准。可惜我俗务缠身,竟无暇充分享受,只能在我的研讨班开课前一天赶到。

下午旁听了一堂研讨课,一方面对相关题目有兴趣,另一方面也想熟悉下学生的情况。主办方在开始时介绍今天的主持教授,只轻描淡写地说:"这是某某教授,如果有人还不知道某某教授的话,现在就可以离开教室了。"一句话说得我醍醐灌顶,

耶路撒冷日记　　275

心想这才是大学者的境界吧，那些靠一堆头衔和著作来唬人的学者只好算等而下之了，只是不知还要做多少年苦功，才能当得起这么一句评语。学生们看来都认真预习了指定书目，问题问得精彩纷呈，热烈的讨论在下课时竟无法停止，拖了十五分钟才下课。

五点钟回到宾馆，打开电视看新闻，才知道北方的冲突比最初的报道严重得多：在以色列边界巡逻的以军受袭，至此已知七名士兵死亡，两人遭遇绑架。电视画面右下角的醒目标题文字是："打回黎巴嫩去！"

给朋友Y君打电话。Y的儿子正在当兵。本来服役时Y走了门路，让儿子在军中某机关坐办公室。儿子知道后跟老爹大闹一场非要到野战部队去，并且向上级提交了请调报告。几经周折，请求终于被批准，被调到某装甲部队，驻扎黎以边界。事件发生后，Y不知为何无法跟儿子联系上，此时全家正焦急不安地坐在电视和电话旁边，一边打电话四处询问，一边惴惴不安地等待电视新闻宣布伤亡士兵名单，祈祷自己的儿子不在其中。

随后想起今天研讨课上学生的表现，便觉得还是把课再预备一下的好。于是关掉电视，开始看资料。

太太九点才到。天色已晚，就在酒店底层的饭馆用餐。离开房间前又看了一眼电视新闻，知道黎以边界已经是战火连天。餐馆里的气氛却一切如常，钢琴在流畅地演奏肖邦的优美旋律，美丽的女侍者微笑着抱歉说今天的厨师特色菜已经卖完，于是点了一份烤仔鸡，太太点了一份主餐沙拉。连饮料算一算只花掉我每日正餐补贴的一半都不到，而这差不多已经是耶路撒冷最贵的馆子了。起身回房时钢琴忽然变奏《祝你生日快乐》，角落里一桌人家欢声笑语，正在庆祝生日。

2006年7月13日　星期四　多云　耶路撒冷

早起看新闻，知道开战已成定局。

因为要用多媒体材料，遂提前半小时赶到教室。大半学生已到，都在旁边的咖啡室享用咖啡蛋糕。跟学生们随便聊聊，发现虽然都是犹太人，秉性却大为不同，欧洲学生大都彬彬有礼，美国学生活泼大方，以色列学生则是一贯的热情豪爽，围上来抢着告诉我他的哪个亲戚在中国，哪个朋友跟中国联系密切，以跟中国有关系为荣，这是时下以色列的风尚，不足为怪。

研讨课进展顺利。出乎意料的是学生的问题并不多，留出来的半个小时问答时间几乎全成了我跟暑校几位旁听教授之间的问答。讨论极为热烈，直到吃午餐时还有人来继续讨论相关问题。

两百公里之外是烽烟四起，炮声隆隆。校园之内则师生济济，坐而论道，整个上午无一字提及时局。

下午暑校组织旅游。耶路撒冷那些胜地我不知去过多少次了，便没去参加。携妻在Givat Ram校园漫步。这个校园建在耶路撒冷西部的一座山上，东坡是以色列国家植物园。虽然已是旱季天气，校园内仍然奇花斗妍、绿草如茵，苍松翠柏掩映林间小径，实在是以色列最美的大学校园。因口渴找水，忽然想起十三年前初到以色列时，曾在该校园南端简陋的"阿莱夫"宿舍住过一个月，那宿舍旁边有个简朴的小超市，十三年过去，不知那宿舍和超市是不是还在。走到南端，看见宿舍居然还是老样子，那小超市不但还在，而且连内部格局都没什么变化，十三年前放面包的那个角落放的居然还是那种政府补贴的长圆形廉价面包。那时初来乍到，人地两生，又兼囊中羞涩，大米面条都嫌贵，只有这种面包吃起来不心疼，于是天天吃，顿顿吃。如今这种面包香味再次扑鼻而来，把我带回到十三年前的那个八月，仿佛又看见自己在月影稀疏的松林山路间踽踽独行，恍如隔世。

买了两瓶无酒精冰镇黑啤，坐在离宿舍不远的草地树荫下小憩。记起当年进宿舍第一天，迎面的墙上便贴着一条黄蓝色的小标语："以色列国已到危机关头，禁止卖国！"那是中东和平进程刚起步的时代，反对派也刚刚开始活动，但似乎人人都对前景抱着乐观的态度。十三年过去，无数仁人志士为阿以和平呕心沥血，乃至流血牺牲，然而努力越多，灾难越重，无论对哪方来说，都是和亦错，战亦错；进亦错，退亦错；动辄得咎，无往不败。十三年的努力连个和平的影子都没换来，冲突反而越来越血腥，今日更或许发展成一场全面战争。也许阿以冲突确实标志着人类智慧的极限，我们或许有能力征服自然，却永远没有能力征服自己。也许真如《圣经》所言，这块土地的生生息息乃鬼斧神工之造化，人的谋略，只能让神发笑而已。

晚上是暑校的结业晚宴，地点在市中心一家有名的烤鱼馆。馆子在旧城区小街一幢两百年的老宅里。小街错综复杂，没开多远就迷了路。在路边停下看地图，一名显然是下班回家的犹太白领停下来问:"我能帮忙吗?"听清情况后,他看了看我的地图,说这一带的街道改造过了,我的地图已经太旧。随后开始解释如何开到那里去。大概是看出我脸上的表情仍然迷惑不解,他竟一伸手拉开后车门,坐进了车里。"走吧,我带你们去。"他说。沿途聊起来,他一天都从收音机里关心北方战况,急着回家看电视新闻。我们一边开车,一边深感不安。他工作了一天下班回家,还急着去看有关战况的电视新闻。饭馆在他回家的反方向,这意味着他把我们带到饭馆后要多走不少路才能回家。"没关系,今天的天气适合走路。"他安慰我们说。车到饭馆,他还指引我们找到停车场,跟守门的阿拉伯人讲好价钱,看着我们停好车,这才匆匆告别,消失在暮色里。

晚宴上师生之间的气氛仍然欢洽如初,仿佛完全没有战争冲突这回事似的。主菜点了一道蒜蓉汁烤红鼓鱼,那鱼段的脂肪留得恰到好处,吃起来鲜嫩无比,香气扑鼻,唯一的遗憾是黑胡椒研得太细了一点,吃起来缺少若隐若现的辛辣感觉。北方战事正酣,不过是两百公里之外的事情。而此刻我坐在耶路撒冷的夜色里,唯一的不满是美味烤鱼里的黑胡椒研得太细。

对面坐的是暑校一位德国教授的太太。聊起来她二十世纪七十年代初在以色列长达数月的旅游经历。她说那时她在被占领土与以色列本土之间自由出入,如履平地,而且本地的犹太人阿拉伯人也同样自由来往。她在加沙、伯利恒等地都待了不短的时间,那时巴勒斯坦人的生活水平跟以色列相去不远,最重要的是:虽然她有意询问,却几乎感觉不到巴勒斯坦人对以色列的敌意，敌对活动也很少发生，即使发生也多半是外来的武装分子所为。曾几何时，天翻地覆，两边成了老死不相往来的死敌。看来把这里的事情弄糟并不始于二十世纪九十年代的和平进程。人类无论做什么事情，都有越做越好的希望，似乎唯独在这块土地的冲突问题上总是越弄越糟，直到不可收拾。

晚宴结束，国外来的师生都成群走向等在两条街外的巴士，当我们开车经过他们身边时，他们认出了我们。虽然刚刚道过别，却像久别重逢的老友一样，所有人都挥起双手，兴高采烈地向我们呼叫起来。

那一刻，我突然明白了在战争迫近的时刻，我内心的平静从何而来。举天下之精英而尊崇之，聚天下之英才而教育之，此本中国传统人生第一大快事，也是犹太人生的第一快事！人类的力量，原不在于强悍和凶蛮，而在于理性与智慧。在我刚到以色列时，便有一位长者告诉我说："以色列的出色之处不在于打赢了所有战争，挺住了所有压力，而在于在几十年的战火硝烟之中仍有能力建成世界一流的大学，进行一流的研究。在这个麻烦不断的小国里，你仍然能够看到有人在研究艰深的中国哲学问题，而且是高水平的研究。"的确，当犹太复国主义在这块土地上尚未建立起一个像样的军事或者政治机构的时候，犹太人就已经建起了一座像样的大学。而当今天你坐在希伯来大学由一流的学生学者构成的课堂里进行精彩纷呈的讨论时，你不会相信两百公里以外的战争会以以色列的失败而告终。这种自信不仅限于眼前，而且包括未来。金钱有易手的那天，石油有用完的那一刻，真正取之不尽的是人的智慧，是眼前这个让人流连忘返的课堂。人或许无力改变神的诅咒，但当他面对另一个人的时候，未来把握在他自己的手中，把握在他自己的智慧之中。

2006年7月16日　星期天　晴　特拉维夫

半夜到家，倒头便睡，上午被电话铃吵醒，拿起一听，是老欧。电话显然是从街上打过来的，远远的似乎有救护车或者警车的鸣叫。

"我在海法呢。"老欧说。

"海法？"我还睡意蒙眬。

"你没听新闻？真主党的火箭打到这儿来了，刚才收音机里说死了九个人。"老欧说。

"那你还在那儿干什么？"我开始醒过来了。

"无所谓，我打电话根本就不是为这事。你能不能打开《老子》，我有个问题问你。"老欧说。

海法、火箭、伤亡、《老子》，弄不懂这些东西怎么扯到一块儿了。不过我打开了《老子》。

"六十四章。"老欧说。

原来老欧今天约好跟一个朋友讨论《老子》，到了海法，突然想起六十四章的那几个"其"字不知道怎么解，为了在朋友面前露一手，便给我打了这个电话。

那时海法的街头已经空了，居民早已躲进掩体，饭店商场均已关门，真主党的火箭随时还可能打到。老欧却在空旷的街头给我打电话，讨论了半个小时的《老子》第六十四章的那几个"其"字。

于是恭录《老子》六十四章如下：

其安易持，其未兆易谋；其脆易泮，其微易散。为之于未有，治之于未乱。

合抱之木，生于毫末；九层之台，起于垒土；千里之行，始于足下。为者败之，执者失之。是以圣人无为，故无败；无执，故无失。民之从事，常于几成而败之。慎终如始，则无败事。是以圣人欲不欲，不贵难得之货，学不学，复众人之所过。以辅万物之自然而不敢为。

原载于《美文》2006年第9期

阿拉斯加：蓝、白、黄

袁劲梅（旅美）

阿拉斯加不是"小美人"。霓虹灯、酒吧、歌舞场是"小美人"。"小美人"点缀城市，城市以"美人如云"为盛事。阿拉斯加的美是大美。大而简朴的美，大而宁静的美，像一卷没打开的竹简，把远古的故事保留在心里；像一匹新扎染的印花布，把淡泊的哲理写成白褂子蓝裙子。阿拉斯加还有黄金，那就是黄色，一种"人欲"的颜色。我的阿拉斯加游记有"蓝""白""黄"三色，这是我在阿拉斯加看到的三种颜色。每一种颜色都是一段味道独特的故事，像一杯阿拉斯加的三色鸡尾酒，我调，你喝。但愿你跟我一起醉。

蓝色坎奇肯

坎奇肯是一个依山临海的小镇。说它"依山"，它"依"的不是山坡，它"依"的是绝壁。山，是坎奇肯镇的脊梁。说它"临海"，它"临"的不是海滩，它"临"的是深海。海，是坎奇肯镇的前襟。白雾缭绕在坎奇肯镇的"脊梁"上，那山的名字叫"雾富家子";小岛点缀在坎奇肯镇的"前襟"上,那海的名字叫"太平洋"。坎奇肯镇细细长长,挤在山和海的边界上。这里原来只住得下一个人,现在却挤进了一个镇。

1883年,一个叫斯诺的人在这里搭了一个抓三文鱼的鱼棚,住下了。两年后,坡特兰的商人雇用迈克·马丁到这里来了解渔情,到1900年初,马丁和三文鱼行的经理乔治·克拉克在这里开了又一个鱼棚,外加一个杂货店。坎奇肯镇的历史就这样从"太极为一,是分两仪"开始了。并且越分越快,再两年后,大小鱼行就在坎奇肯镇发达起来,人口也增长到八百。镇也就称其为镇了。现在,全镇大概有八千人吧。

坎奇肯镇总是细雨蒙蒙,非常有人情味。北美大陆炎热的盛夏雄赳赳、气昂昂地走到这里,立刻被坎奇肯终日不断的细雨淋得湿漉漉的,只剩下柔软的妇人心肠了。坎奇肯的夏天到处都是母爱的印子。遍地俯卧着的三叶堇密得像母亲停不住的唠叨,街口迟开的郁金香红得像母亲的吻,银色的三文鱼则是被母亲宠坏了的小弟弟,在坎奇肯山溪里肆意蹦跳,这是坎奇肯一年最好的季节。

下了轮船就是镇子。山扑面而来,一溜儿依山而建的小店铺像积木搭起来的童话小屋,或带着海蓝色的木边,或涂着海蓝色的装饰,它们也随着山势,略带倾斜地扑面而来,那里面似乎随时都会走出一个长鼻子老太婆,或美人鱼来。各色店铺最高的也就两三层,并不很新,也不大,却很有味道,鱼的味道、海的味道、山的味道,过去和现在混合在一起的味道,就是没有多少文明的味道。再走两步就是一条流过小镇的坎奇肯山溪，小店铺便沿溪水两边分开，从蓝色的商店变成了棕色的木楼，有木阳台倒映在水里。它们让我想起苏州，或秦淮河，想起那种粽子糖的甜味和小笼包的蒸汽。在坎奇肯，"仁者乐山，智者乐水"都齐全了。

在溪水边的一家泰国饭店吃过午饭，我就领着小儿子去爬"雾富家子"山。一进山，所有长长短短的句子都变得只有一个目的：想变成诗。没有哪座山比"雾富家子"山更应该进诗上画。山里的小径一路在头里牵引，曲折幽静，没有尽头。没走多远，就有薄雾从袖口擦过，温湿得像小狗的呼吸，一团讨好人的气息。脚下的萝藤长着圆头圆脑的叶子，肆无忌惮地向每个空间爬去，恨不能把上上下下的空白都涂绿。树多为松柏，一棵挨一棵，或粗或细，一片连一片，手拉手，肩并肩，它们是守护"雾富家子"山的士兵，它们的营寨铺天盖地，从山脚直连到山顶。

仰望"雾富家子"山，山顶上还有积雪。白雪和白云都停在天上，不言不语，让人分不清它们谁是姐姐，谁是妹妹。我对小儿子说："雪崖滑去马，萝径迷归人。"他不懂，脸上带着无知的笑。我又说："楚山秦山皆白云，白云处处长随君。"这下他懂了。并立刻建议我把这李白诗句改成："雾富家子多白云，白云处处长随鹰"。

在白雪与白云之间，有一两只伸张着翅膀滑翔的老鹰，忽上忽下，小儿子说，他刚才进山的时候，看到导游册上的介绍，"坎奇肯"是特令特印第安人的土语。意思是：展翅的雷鹰。

特令特印第安人占坎奇肯镇人口的16%。他们在家门口，在山洞里，在树丛中立了许多图腾柱。图腾柱也是坎奇肯的一道风景。我们在山间小道上走着，突然，某一拐弯处兀自冒出一根十米高的图腾柱，柱子上刻着一串蓝色的人脸，一律方嘴，大眼，厉鬼一般。但神态，大小，姿势又各色不一。柱子的底色多为赭红色。图腾柱的高大恐怖，让人觉得自己渺小。特令特印第安人不用文字记录历史，这些图腾柱就是他们各家记录的历史故事。这些图腾柱是特令特印第安人的神物，它们保护着自己家族的后代。和我们中国祖宗牌位的功能有点相似。面对高山大海，人不能不敬畏。有的时候，在人头济济的大城市里住着，人们互相抬举，互相壮胆，我们就会忘记这一点。以为人的本事其大无比。但当我孤单地立在山野中冒出来的图腾柱下，仰视着那一串大嘴指向天空的蓝色"天问"，便有一种根植于人类幼年的敬畏心油然而生。当人知道自己渺小的时候，便是他/她不敢大胆妄为的时候。人能有对未知的敬畏，是人的一种智慧。

　　过了图腾柱，山路越来越陡。枯枝颓树夹杂在茂密的丛林里，把一个生命的过程平摊在我们眼前。越往里走越幽深，树木也越粗大。时常有两人抱不拢的枯树躺在路边，听任蝼蚁菌类在它那个巨大的躯体上画地为牢。这里，是一个有"鲲鹏"有"蟪蛄"，有大知有小知、有大年有小年的世界。不过，在没有人烟的时候，这一切原来都是可以齐而为一的。森林和雾让一切不同都可以在它们的庇护下悄悄地，和平地进行。那种"物竞天择"的学说似乎成了人制造出来的紧张，在没有人的地方，花自开，鸟自鸣。并不只是一副你吃我，我吃你的残酷。

走了三个小时山路之后，我们终于碰见了人。一对中年白人夫妻坐在石头上休息。神色平和，笑容可掬。那位太太有蓬松的卷发，穿着宽松的衫子，跟我们打招呼："你们好，我叫玛丽安。"那位先生手里握着根松木拐棍，穿着肥大的短裤，对我们说："我叫汤米。你们还有一小时的路，能到半山腰。"小儿子说："我们想到有雪的山顶。"他们俩笑起来："你们去不了的。那得走两天。"

从他们对地理的熟悉，我猜出他们是当地人。我问："你们是往上走，还是往下走？要是往上，我们可以一起走呀。"

他们两人就笑，说："我们正在这里犹豫要不要再往上走呢。我们得回去给无家可归者杰姆打扫车库了。"

"谁是无家可归者杰姆？为什么要给他打扫车库？"我们在他们对面的石头上坐下来，好奇地问。

于是，我们就听到了一个真的可以证伪"物竞天择"的森林童话，蓝色的，非常符合坎奇肯镇的性质：

杰姆是一个无家可归者。他有文化，但不愿生活在工作的压力下。十二年前他来到坎奇肯镇，在街头公园流浪。有一天，他在玛丽安和汤米家的露天阳台上过夜。以后，就天天在这个阳台上过夜。玛丽安和汤米也就认可了杰姆的行为，并且允许杰姆到他们家看电视和洗澡，只是不能在家里住。因为住在家里就不是无家可归者了。玛丽安和汤米的两个女儿一生下来，阳台上就有杰姆。杰姆和她们一起看电视，有时也一起吃饭，就像是她们家的一个成员。但是她们不懂为什么一到睡觉的时候，杰姆就跑到阳台上去了。天热的时候，她们也会挤到阳台上去和杰姆一起睡。可是，现在她们大了，家里的阳台上总睡着个大男人，让玛丽安和汤米感到不是回事。于是，他们决定把车库打扫干净，让杰姆搬到车库里去睡。玛丽安说，这事他们得做得非常谨慎。因为杰姆非常敏感，自尊心很强，会发脾气。

譬如说：杰姆平常都只喝巧克力牛奶。有一次，有个邻居好心送给他一瓶白牛奶。杰姆就发了脾气，说："你这是侮辱我。别以为我是无家可归者就见什么牛奶都喝。我情愿没有牛奶喝，也只喝巧克力牛奶。"大有"非梧桐不栖，非练实不食，非醴泉不饮"的架势。

还有一次，汤米付给他八块钱一小时的工资，请杰姆帮他打扫两小时院子。杰姆说："请我干活的最低工资是十五块钱一小时。八块钱一小时的工资是辱没我的才能。"汤米立刻道歉，说："那我自己打扫，您就歇着吧。"但是，后来杰姆还是接受了汤米开价的十六块钱。他说，他同意接这个活是因为在汤米家的阳台上住了十二年。结果，杰姆接下活后，把院子打扫得干干净净，一根杂草都不留，不仅打扫了汤米家的院子，连汤米家住的一条街都打扫得干干净净，并且一干干了八个小时。汤米说："我没叫你打扫大街呀。"杰姆又立刻发火："我告诉你我的工作是上等质量的。你要雇我干活，我就是这么干的。"汤米要再多给他钱，他又发火："你又侮辱我啦。说好两小时的工作，就是两小时。别以为我是无家可归者就会多要钱。"

玛丽安和汤米没有和我们一起再往山上爬。他们下山去了，一路商量着怎么让杰姆安安稳稳、不受伤害地搬到车库里去住。我和小儿子继续往上爬。他们那个与坎奇肯的蓝海青山融为一体的童话，让我们一路笑个不停。

等我们爬到了半山腰的小平台上，天地豁然开阔，往脚下看去，不知还藏着多少童话的坎奇肯小镇缩成一个核桃公主的小城池。它那么小，小得就像几个方块字，随便从铅笔盒里拿出一块橡皮，就能把它擦掉。但它前面的海却博大无边，一口大气直蓝到天际。海蓝和天蓝像诗和梦，在海天无痕之处互为倒影。"雾富家子"山勾出的海湾无风无浪，湾里拥着白帆，湾上停着白云。有一个简单的哲理明明白白地写在这段《桃花源记》上：自然有自己和平的颜色。峥嵘险恶的竞争是文明社会制造出来的恐慌。

蓝色坎奇肯用短短的历史，虔诚的敬畏，认真的博爱，酿造出了一杯耐人品味的白兰地。我这个从挤挤杂杂的文明社会过来的人，但愿这杯白兰地越陈越好。

白色基尼瓦

基尼瓦是阿拉斯加的首府。比坎奇肯略多几条小街。这里原来是特令特印第安人的瓦克渔村。1867年美国从俄国手里买下了大片阿拉斯加的土地。1880年理查德·亨利和炯·基尼瓦在印第安酋长窆威的带领下划着独木舟来到这里。1900年阿拉斯加州政府搬到基尼瓦。这里成了城市。

立在基尼瓦码头，代表阿拉斯加人欢迎来客的官方使节是一只母狗，"帕翠·安"。帕翠·安是一只快乐的小狗，1929年来到基尼瓦。她天生就是一个小宠物，但她是一个聋子。不知什么原因，她没有了主人，成了野狗。于是她就自说自话，在基尼瓦的码头上找到了自己的天堂。她整天在水手俱乐部的大堂里转悠，快乐的水手们来来去去，给她食物吃。她不属于哪个人，她属于所有的水手。所有的水手都是她的家人，她是水手中的一员。虽然听不见，可是不知根据什么，只要一有轮船进港，她总是第一个知道，跳起来就向还没见到影子的轮船迎接过去。基尼瓦的女人孩子们就跟在她后面跑，欢天喜地去接远航归来的亲人。基尼瓦人相信帕翠·安能识字，她在水手俱乐部里读了报纸上的轮船时刻表，所以她知道轮船回港的时间。

后来，基尼瓦市有了新规定，所有的狗上街都得戴链子和项圈。有人给帕翠·安弄了一个项圈戴上，但自由快乐的帕翠·安立刻就自己做主，把项圈给扔掉了。如此三番，帕翠·安明确表示了她不喜欢市长的这个新规定。基尼瓦人向市长提出：一个如此端庄的狗妇人，恐怕是不应该用项圈限制的。于是，1934年，市长高德斯坦宣布：帕翠·安作为阿拉斯加人的"官方迎客使节"，不受项圈、狗链限制。1942年，帕翠·安睡觉的时候在海员俱乐部大厅里安然而逝。第二天，基尼瓦的大人小孩都来给她送葬。五十年后，在她的安息之地，艺术家为她立了一个铜像，让她望着码头，成为永远的"官方迎客使节"。帕翠·安的铜像在太阳底下闪着蓝莹莹的白光，用一种纯洁的神情表达了阿拉斯加的人情。

和这种纯洁的神情相通的是司机戴维脸上的神情。戴维领我们去基尼瓦海湾看冰川。那冰川的名字叫"梦登豪"。冰川也在太阳底下闪着蓝莹莹的白光。基尼瓦人像关爱野狗帕翠·安一样爱护他们的冰川。他们关心着冰川的高矮胖瘦。司机戴维一路不停地抱怨环球升温,唠叨着"冰川今年瘦了十六英寸",好像是心疼自家的儿子。

还没靠近"梦登豪"冰川,寒气就已经袭来。眼前白茫茫的一片,不知是冷气还是白云,我们像进了百慕大。等到能看清冰川晶莹洁净的大骨架时,小儿子已经冻得嗷嗷直叫了,一头钻进瞭望室,再也不肯出来了。我继续往前跑,想给这个冰的瀑布、冰的山梁、冰的世界、冰的宇宙照几张相片。结果,照了一张,赶快往回跑。这里是冰雪女王的宫殿。"宫廷美人"们用寒气逼人的"酷"来表示她们的矜持。

这么大的冰川,瘦了十六英寸好像可以忽略不计。但是小儿子突然担心:要是"梦登豪"冰川全化了,会不会就如同冰雪女王驾着她的雪橇,冲出宫殿,卷起洪水滔天,淹没世界?

不想像这样的情境,人们还可以在各地肆意狂想:发电、造车、扔导弹。但是住在冰川边上的基尼瓦人却不能不焦躁不安地关注未来。看着冰川的消瘦,他们束手无策,那不是他们造成的疾病。他们无法控制在世界各地膨胀起来的热气流。戴维说:"我们基尼瓦人真想像喂肥帕翠·安那样喂胖我们的'梦登豪'冰川。没有多久,冰川也会变成濒临危机的物种啦!"

也许,阿拉斯加是许多濒临危机物种的最后避难所。在"梦登豪"冰川白茫茫的海域里,还栖居着很多海洋动物和鸟类。现在,其他地方的城市海滩上恐怕连贝壳都见不到了,可这里的礁石上还挤着各种各样的海洋动物。最可爱的是肥嘟嘟的海象,它们挤在海鸥群里,伸着尖鼻子,旁若无人地呼呼大睡。海鸥飞起落下,在它头上拉屎,它天塌下来也不管,醒了翻个身,吃几条跳到嘴边的三文鱼,接着再睡。这样的日子倒是过得无为而治。

与海象相比,鲸鱼要繁忙得多。因为它们一天要吃三百多条三文鱼。它们得不停地抓鱼。戴维让我们穿上厚棉衣,乘上一只小快艇,去看鲸鱼。戴维已经研究这里的鲸鱼十几年了。他告诉我们鲸鱼有流浪鱼群和家居鱼群。我们要去看的是家居鱼群。家居鲸鱼不迁徙,世世代代都住在一个海湾,过着母系社会的生活。它们在一个老祖母的番族里繁衍,一个家族能有近百条鲸鱼。公鲸鱼到了交配年龄,可以离家浪漫,但是事完之后,不管多么难舍难分,也一定要回到祖母家谋生。这个深水海湾里的每一条鲸鱼都有名字,它们张三李四,一个接一个地鱼跃而上。得意地露出白肚皮,又一头扎下,翻上油亮的黑背脊,接着尾巴一扇,潜入水底,二十分钟也不出来换气。戴维说:"它们在水底母子合作围剿三文鱼呢。"

冰川的寒气使海湾冻得发白。白色的海湾里停着一只小船,小船上坐着一个冻得畏畏缩缩的人。戴维说:那是基尼瓦的警察。他的工作是不让各种船只靠鲸鱼太近,干扰了它们的正常生活。我对小儿子说:"这个守在小船里的警察是我们今天看到的最好看的人。他是阿拉斯加人。"小儿子同意了,还加了一句:"戴维也是阿拉斯加人。"

阿拉斯加和动物世界共享"人情"这个词的内涵。

黄金斯盖维

"白色通道"是一列火车的名字,也是一条铁路的名字。火车跟铁路姓,也是理所当然的事。这条铁路可不是一般的铁路,是一条黄金架出来的铁路,从阿拉斯加最北边的小镇斯盖维的"白色通道"站直通到加拿大境内的犹唐站。

一下轮船,火车"白色通道"号就停在码头上。车头是暗红色的,前面别着一个展翅老鹰的标志,车身黄绿相间。我走到它跟前,觉得它完全没有火车的粗莽,简直就不像一列火车。倒像一个戴着蝴蝶领带,穿着燕尾服的餐厅侍应生,文文雅雅地等着替客人倒酒。火车从"黑脸李逵"变成"侍应生"这里面一定是有故事的。

斯盖维真冷,完全没有最南边坎奇肯镇的温暖。坎奇肯是初夏,这里是寒冬。我和小儿子立刻放弃了逛小镇的打算,匆匆忙忙钻进火车。"白色通道"号车厢里很暖和,玻璃上附着水蒸气,完全是冬天的感觉。小儿子立刻在旅游册里找到了斯盖维冷的原因:斯盖维是特令特印第安人的土语,"北风吹起的地方"。

上了火车,斯盖维镇和铁路"白色通道"的故事就开始了。穿着黑色铁路制服的警察刚吹了哨子,火车"白色通道"就到了下一站"斯盖维镇"。斯盖维镇的好几个建筑很有俄国风格,教堂是天蓝色的圆顶,商店的橱窗里也摆着俄国的连环套娃娃。时时处处提醒着人们这里是真正的北方。

第一个来到这个寒冷角落的非土著人是威廉·摩尔船长和他的儿子白纳德·摩尔。1887年他们在斯盖维河谷东岸住了下来,他们是给加拿大测量队工作的。他们发现一条原来已有的小路可以通到加拿大境内,但是那条路太难走。于是,他们又探出一条可以沿着北边山崖和河流走到加拿大犹唐的"白色通道"。"白色通道"顺着白河逆流而行,又沿着白色的雪山蜿蜒而上,翻山越岭,如同蜀道。

那时候,已经有风声说加拿大西北边的犹唐有黄金,而阿拉斯加是到达犹唐的一条通路。摩尔船长回到他在斯盖维河边的家里,告诉他的儿子,静静等着,会有很多人来采黄金的,还会有人要在这里造铁路的。在以后的日子里,他和他的儿子都在修路,修成这条从斯盖维镇通到加拿大边界苏密特山顶的白色山路。

1898年7月17日,人们听说一艘叫"波特兰"号的轮船载了"一吨"从犹唐附近采到的黄金,开进了西雅图。这个消息给充满欲望的世界一个电击,一下子,发财梦似乎成了可能,无数个黄金热的追随者兴奋得无以复加。人们互相提醒:"赶快到犹唐去,在世界还没有全部挤进犹唐之前,在寒冷的犹唐还没有结冰之前到犹唐去!"当月下旬,第一船采金者就来到了斯盖维。这个"北风吹起的地方"一下子挤满了欲望吹来的热风。小小的斯盖维在几天内就变成了一个镇。不多久，人口就到了两万。据当时人记载，无数只大船小船挤不到岸边，人们抓住什么能漂浮的东西就往岸上划，家具漂在水上，牲口被推下船自己游到岸上。岸边路口一片混乱，到后来，斯盖维镇简直成了黑帮当道的地方了。可大家都盲目地相信这混乱是走向富裕之门的。

黄金，被人赋予了辉煌的价值，它本来柔和的黄色变成了一种它自己完全不懂的灾难。来采金的人一个挨一个，排成一条线，这条线有四里长，他们要在寒冷的雪地里走五百英里山路到犹唐，每个人要带着牲口，牲口得驮着近一千磅重的食物、用具、帐篷。走到冰天雪地之处，每一级台阶都要凿出来。人们你挤我，我推你，生怕一落到队伍之外就被财神踢出大门。三千多个牲口走在这条山路上，成群的累死，死了就被扔到路边的泥泞里。印第安人也被雇来驮东西，一美元一个行李。那是怎样的一种情形呀？！人被欲望和发财梦驱使着，心甘情愿地当着物欲世界的奴隶。

"白色通道"铁路的修建就是这次黄金热的儿子。这条铁路1989年开始建筑，二十六个月完成。在冰天雪地，高山深谷里建这样一条铁路，不知有多少惨烈的故事被压在铁轨之下。人们把这条铁路称作"黄金铁路"。可是，到它完成的时候，黄金热已经过去了。黄金热的结束就像它的开始一样突然，说完就完了。匆匆而来的两万采金者又匆匆而去了，斯盖维的人口减少到只有八百个常住民。

这条黄金铁路还没怎么用，就改变了原来疯狂的目的。它不知所措地躺在山崖峭壁的边缘,盲目地瞪着峡谷里被废弃的临时村庄和一些采金人、修路工留下的孤坟。把一个长长的问号画了五百英里:"人,你们这是怎么啦?!"

到如今,"白色通道"只是一条供人旅游观光的铁路线了。那些本来威风凛凛,准备冲进黄金梦的火车成了破落地主家的孤儿,有些被卖掉了,没卖掉的就变成了现在这种侍应生的模样。

冷却下来的"白色通道"其实是很美的。我和小儿子把鼻子贴在车窗上,看着窗口外倒退过去的树木山石,还有那条像丝绸一样发亮的白河。小儿子问我:"这里没有黄金也是很好看的,为什么人们只认为黄金好看呢?"

这是一个价值标准的问题。山可以是美的,水可以是美的,人的生命也可以是美的,但是,当人的生存空间狭小的时候,人就没有了安全感,另一种东西,譬如说黄金或金钱,就变成了某种安全感的象征。人们要黄金和金钱,其实并不是为了它们的颜色和质地,是为了用它们换来幸福、安全和美。但到最后,人却把占有黄金或金钱本身当成了幸福和安全。这是人性的异化。人性一异化,生命的美感就没有了。所以,不美的是人欲。

"白色通道"两边的雪山,其实是圣洁的,它们是坎奇肯"雾富家子"山的好兄弟。它们原谅了人们强挂在它们脖子上的铁路,依然让太阳在它们有棱有角的冰峰上反射着温柔的光;依然让云雨在它们宽大的峡谷里酝酿着幽怨情愁;依然让瀑布从它们慷慨的指缝里飞流而下;依然把蓝天白云的品质托出来献给人们。

也许，我们只需要蓝、白两色。阿拉斯加的简朴、大气有两种颜色就足够了。在自然里重笔突出黄金的颜色，其实是很可笑的。但是，人们确实把"黄"色加进过阿拉斯加。这是一种对阿拉斯加的误解。

我们的"白色通道"火车终于到了终点站——苏密特山顶。那里，有一个豆角形的浅湖，静静地落在美国和加拿大的交界上。湖底的细沙呈皱纹状，一副苦笑的样子。至此，"白色通道"又原路返回。当人们疯疯癫癫向金钱奔去的时候，终点大概就是这样一副苦笑吧。

我的三色鸡尾酒调好了。你噘起嘴抿一口吧。愿阿拉斯加鸡尾酒的醇厚让你口齿飘香。我再把那个黄金梦的苦笑当作冰块加进你的杯里。干杯！让我们醉而不昏。

原载于《美文》2007年第6期

圣罗伦斯岛和白令海

[美] 巴里·洛佩兹 著

张建国 译

一

远处的那座山叫塞沃库克山（Sevuokuk）。它是白令海圣劳伦斯岛西北角的标志。从我们在海冰上所站的地方向东看，这座山是所看到的最远景观，海面止于它的脚下，东边的天空也被它遮住了一小部分。该山的西侧是陡峭的玄武岩山壁，部分地方被条带状积雪覆盖，山壁下的海滩布满了大鹅卵石；这些鹅卵石本是山体的一部分，后来从山壁上脱落，在海边反复滚动，被海冰磨光。甘贝尔村就位于那一山壁下，我和尤皮可人一起从那个村庄出来，在春季的海冰上捕猎海象。

我相信，我们此刻处在俄罗斯海域中，而且，对这片水域来说显得更加武断的是，我们处于"明天"的区域，在国际日期变更线的东侧。国家之间无论有何种不恰当的限制政策，对尤皮克人来说都没有多大意义，他们在捕猎时尤其如此。鲜血染红了海冰上的白雪，成堆的海象肉、大块大块的象脂、一张张海象皮越积越多，海象牙像奇异的引火物一样被收集到一起——我站在这样的地方，向俄罗斯高高的海岸凝望。我想，就心智类型、具体渴望和对历史的理解而言，住在那里的人的情况同我自己的有所不同，我和我的尤皮克人同伴之间的不同也大抵如此。

像这样在海冰上屠杀海象，让我感到有些不自在。眼前的景象不堪入目，捕猎海象用的小船很脆弱，被捕猎的动物体大有力，所有这些增强了我的不安全感。尽管我尊重本地人简单的生存方式，但杀戮使我感到很不舒服。

我们装完了船。一个船员救了两条狗，它们要么是从俄罗斯的一个村庄跑出来的，要么是被人遗弃在附近海冰上的。数只小船聚拢过来，船员们争相观看这两只狗。它们的毛极短，块头不大，似乎拉不了雪橇，比西伯利亚爱斯基摩犬小。但船员们深信不疑地对我说，这些狗是典型的俄罗斯雪橇犬。

我们以远处的塞沃库克山为参照点，测了所在位置的方位，然后掉头回家，装载的东西包括海象肉、海象皮和一些海豹，冠毛小海雀和厚喙海鸦，以及海象牙和俄罗斯狗。小船靠岸后，我们中的四人用肩膀顶着船，把它推上海滩。我客居的那户人家的一个年轻男子，把我们运回来的东西装到一个雪橇上。他把雪橇挂在他的"丰田"三轮汽车后面，开车穿过雪地向家驶去。该吃饭了。枪和设备，鱼叉、浮标和细绳，额外的衣服和便携式收音机，都被收起来带走了。我是最后离开海滩的人之一，仍在默想着海上捕猎的情景。

无论你以多么世故的心态去面对这些捕猎事件，无论你的人类学知识有多么宽泛，无论你对相关食物有多么喜爱，无论你多么渴望参与捕猎——无论如何，你还是看到动物被杀了。周围弥漫着海象的冰面生息处散发出的、类似畜栏里的恶臭味，弥漫着刺鼻的火药味，目睹海象流血、急促喘息、猛烈荡水等惊心场面，你想到了一些错综复杂的问题——动物是什么？死亡是什么？这些场面触目惊心，很不和谐，但也很平静。猎人们嘴里嘟囔着祈祷语，把一些碎肉丢进暗绿色的海水中——在我脑海中，这一景象与庞大动物受惊时突然睁大眼睛的情景一样恐怖。

我循着一组雪橇轨迹，越过海滩的隆起部分，向村里走去。雪橇滑板在雪地上留下的划痕中间，有一条细细的鲜血痕迹。这条血迹通向一簇用以晾晒动物的肉与皮的支架。雪地上的鲜血是生命在延续的标志——另一种生命在延续的标志。人们常常把鲜血和残忍相混淆。

我把戴着手套的手指放在浮木做的晒肉架上。你很容易对尤皮克人产生好感，尤其是当你被邀请参加基本上是按他们的传统从事的活动时。这次活动的整个过程——动身前去捕猎，猎捕过程，回家，在家里共享食物——让人感觉到一起分享幸福并不难。从这个角度来看，这些人似乎是很能干的人，他们所做的事情无可厚非。你和他们一起旅行时，他们丰富而准确的知识，他们在精神上和技能上的自信，使你清醒地意识到你自己文化中的平庸之处的和不合理之处。

我经常思索狩猎活动。它是因纽特人和大地的关系之最引人瞩目和最简洁明了的体现,然而在局外人看来,这却是最令人困惑和最令人不安的方面之一。因为要应对以货币为基础的经济模式的压力,又因为能很容易买到现代武器,打猎方式改变了。许多因纽特家庭仍旧从这片土地上获取很多食物,但他们现在获取这些食物的方式变了。对他们获取食物的方式最常见的批评措辞是"不是本真的",好像许多年前,时间对尤皮克人来说就已经停滞了。

但是,我为狩猎担忧还有另一个原因——我希望,雅各代表的农牧文明和他的兄弟以扫代表的原始狩猎文明必须永远和解。吉尔伽美什与恩奇都和解并成为朋友,他为恩奇都的死亡感到极度痛苦。我们不知道究竟如何才能弥合文明人和狩猎社会之间的鸿沟。喀拉哈里沙漠的狩猎部族是我们的偏见的典型受害者,荷裔南非作家劳伦斯·凡·德·波斯特对此非常熟悉,他把我们与狩猎文明之间的鸿沟称作我们所创造的"欺骗和谋杀的深渊"。这种社会的存在是我们的警世钟。在某种程度上,狩猎文明是我们书写我们历史时遇到的棘手问题。为了彰显我们优于周围的其他民族,我们调整我们的历史;我们剪断自己同狩猎祖先的关系,因为他们让我们感到不自在。他们看起来与粗野、狂暴的食肉动物太接近。狩猎文化对我们来说太野蛮了。在谴责他们时,我们将其生活方式的衰落看作是不可避免的。然而,对这些狩猎部族的造访者中不乏思维敏锐的人,这些人包括凡·德·波斯特和我在北极提到的其他人;他们提供的证据使我们明白,一些有价值的东西保存在猎人那里。

我满怀同情心，把因纽特人看作hibakusha（"被爆者"）——这是个日语词，意思是"核爆炸幸存者"，也就是继续遭受广岛和长崎原子弹爆炸影响的人。因纽特人被困在一个漫长、缓慢的爆炸过程中。他们所熟悉的健康生活方式正在瓦解。老于世故的文明人以讽刺的口气坚称，因纽特人的见识微不足道，但事实并非如此。

我记得那天自己观察着海里的一群海象并默想：人类使海象变得更通人性是为了让它更易于理解，还是为了缓解自己的孤独？在这片土地上被疏离意味着什么呢？

我曾想，就是在这片土地上，人们努力探寻并最终发现了美。这种深刻、罕见的美的一个特色，是首先要接受复杂的、充满矛盾的景象，并且要宽恕他者。这意味着你已与万物融为一体。

二

我长时间凝视着雪地上的血迹，然后走出村子。我向北走，走向村里房子建在其上的、砂砾岬延伸并没入海冰的地方。在北极旅行，有可能只关注实体景观——动物，明暗景象，以及一些运动形式，这些运动形式能激发我们思索自己看待相关问题的方式，这些问题包括时空、历史、地图和艺术。例如，人们可以只去观察北极熊错综复杂的生存方式。但这片土地看不见的永恒力量，其美丽与恐怖并存的模式，却是永存的。它深刻地影响了从远古到现代的所有文化。土地深刻地影响着我们；我们无论如何必须断定这意味着什么，我们将如何对待土地。

我们与因纽特人之间长期存在的一个文化差异，是接受土地的固有状态呢，还是发挥人的意志力把它变成其他状态。传统因纽特人的生活重任依然是顺应已存在的现实。这已存在的现实，这本真的景观，用阿尔伯特·史怀泽的话说，就是"壮丽中有恐惧，可知中有荒谬，愉悦中有苦楚"。我们并非高度赞赏这些自相矛盾的警句。我们更看重土地的可塑性和可变性。我们认为，地球的状态可以被改变，以保证人类的幸福，为人类提供工作，创造出物质财富和舒适。然后，每一种文化在土地上可发现不同种类的崇拜对象，不同种类的感悟和慰藉。

对我们来说，因纽特人的所有潜在智慧都被我们改变土地的非凡能力遮蔽了。然而，长期存在的、纯粹是针对生物的进化范式强烈暗示，人类的意愿同自然秩序不变的那些方面产生深刻矛盾是不可避免的。在土著文化中探索一些问题，这本身就好像很有道理，这些问题包括：时间和空间以及其他的一些二元对立（杜撰出来的）的本质；期望和发挥意志力之间的关系；梦想和神话在人生中的作用；和大地保持长期密切关系对健康的影响。

我们往往把北极、南极、戈壁沙漠、撒哈拉沙漠和莫哈韦沙漠等地方，看作是原始景观，但事实上根本不存在什么原始的或远古的景观。也不存在永恒不变的景观。没有空无一物或未充分发展的地方。景观是不能通过技术手段改良的。土地充满活力，是有生命的，它是包含所有其他动物的一个大动物。触及有关土地的事情时，我们面临的艰巨任务是接受宇宙论者不断创造的理念，接受物理学家空间和时间自相矛盾的理念，以便看到不同景观的细微之处和易变特性。景观都是神秘的熔炉，酷似它们所包含的各个小部分——诸如北极狐，矮桦树，π介子；也酷似包含着它们的更大的存在物——与猎户座看似不变的马头星云等存在物并驾齐驱的太阳系。景观不仅仅是人类活动的场所。不与景观进行有根本改观的对话，认识不到人与景观之间的相互性，而是试图驾驭景观，或贬抑景观中不尽如人意的状态，这些都显示了人类有些缺乏勇气，显示了人类过分偏爱自己的策划。

走得距塞沃库克山下的村庄越远，我感觉到风越大。我把脸又往派克大衣里缩了缩。积雪在我的靴子下发出吱吱嘎嘎的响声。当我跨过数处被风吹积的厚雪层，走到浅黑色的鹅卵石上时，我的身躯禁不住踉跄了一下。海滩上的鹅卵石在潮湿的寒气中"咔嗒""咔嗒"直响。天空上的紫罗兰色和橙黄色条状晚霞早已开始变暗淡了。它们已变成淡而柔和的色彩，就像潺潺流水，或者星际气流，在缓缓移动。它们已变成了朝霞的颜色。啊，北极上空的天光。

我平稳地站在海冰边缘的卵石上，向北眺望白令海峡，那是真正的亚尼安海峡。它的东边是美国的苏厄德半岛，西边是西伯利亚马加丹地区的楚克奇半岛。两个地方都有古代白令海文化时期居民的墓地，附近的文化遗迹是所有史前北极文化遗迹中最丰富的。1976年夏天，由M.A.奇列诺夫率领的俄国考察队，在楚克奇东南海岸谢尼亚文海峡伊特格兰岛的北岸，发现了一处有五百年历史的文化遗迹。这处遗迹包含一系列弓头鲸头盖骨和颌骨，它们在海滩上被排成两千五百英尺长的一列。这处遗迹同数个石头和陶土建筑结构以及藏肉坑遗迹有关。许多头盖骨现在还笔直地竖在地上，呈现出准确的几何图形。奇列诺夫及其同事认为这个地区是个"神圣的地方"，并把它和一批挑选出来的、技艺熟练的捕鲸人的礼仪生活联系起来，这些捕鲸人代表的文化影响所及，从北面的杰日尼奥夫角一直到普罗维登斯湾，并包括圣劳伦斯岛，这一文化阶段被命名为普努克文化。

三

众所周知，也许鲸骨巷的一些普努克猎人过着一种堪称典范的生活。也许他们很清楚该给鲸鱼说什么话，以便他们在走开时不会感到沮丧，或不会感到鲸鱼的死对他们有什么影响。我想起了我们杀死的海象的面孔，但不知道该对它们说什么话。

还没有哪种文化解决了随着人类意识的增强所要面临的困境：当人们充分意识到所有生命现象中固有的血腥和恐怖时，当人们发现不仅自己的文化而且他们自身也存在黑暗面时，人们如何过一种有道德、有同情心的生活？如果个人生活存在一个真正的成熟期，这时这个人肯定能领会生活过程中的尴尬之处，并接受自相矛盾的生活过程中的责任。人必须生活在矛盾之中，原因是，如果所有矛盾马上都被消除了，生活也将不可持续。一些紧迫的大问题原本就没有答案。面对矛盾，你继续生活下去，让你的生活变得有价值，走向光明。

我在圣劳伦斯岛的西北角站了很久，注视着海冰和远处冰间水道里浅黑色的海水。在暮光下，寒风中，和潮冷天气里，白天的景象像挥之不去的气息围绕着我，这些景象不断地困扰着我，其他相关的记忆像强烈的光线在我周围到处闪烁。我眼前浮现了不同层次的景象——垂死的海象穿过冰冷的绿色海水，这种景象掠过在场的各个猎手的脑海，也掠过一个旁观者的脑海。我想到了这样的观念：即使我在吃海象肉时，这头海象的生命仍在继续。我还想到书中关于海象的文字；想到系在鱼叉上的海象皮绳，在海上拖着用海象皮做的皮划艇。我脑海中浮现重重的弧形海象獠牙，这些象牙来自一个头骨密集的脑袋，该头骨如卵石一样坚实。在村里的房子中，海象肉已经炖熟，热气腾腾的，正等着我回去吃，可我却站在这越来越强的寒风中。在塞沃库克山山脚下，拉布兰铁爪鸟把它们的巢穴建在被弃置的海象头盖骨里。

蓝绿色的海鸥飞了过去。在近岸的冰间水道中可以看到瓣蹼鹬，它的腿犹如树枝。远处，天空中飞翔着数群长尾鸭，还有几只鸸鹋。远方的天空中还可以看到一片阴影，那可能是数千只冠毛小海雀——太远了，很难说清楚。那儿还有鲸鱼——这个傍晚漫步时，我看到了六到八头灰鲸。海冰宛如灰白色的天空。风在水面掀起了波浪。在近岸冰间水道中，一只海豹的尾迹渐渐消逝了。我鞠躬，我向不知道深思熟虑的立法机构或议会、宗教、争辩不休的经济学理论等不知为何物的那些存在物鞠躬，以表达自己对生命的神秘之处的高度认同。

我眺望白令海，然后双手合一，放在穿着派克大衣的胸前，弯下腰向北方深深地鞠躬，向那个充满生命、海冰和海水的伟大海峡鞠躬。我的头低至大地北部边沿上方的那片淡黄色天空。我保持这一鞠躬姿势直到感到背疼，我的脑海里的范畴和意向、计划和思索全被清空了。在我的生命的一个瞬间，我处在地球上一个能给人以丰富体验的美丽地方，我为此鞠躬，以示感激之情。

站在这里，我感到我瞥见了自己的愿望。这片景观和有关动物就像在一场梦的结尾出现的一些景象。真实景观的边沿和我梦到的一些景象的边沿融合了。但我梦见的仅仅是一种模式化景象，某种充满亮光的美丽景象。我想，想象的持续作用使现实和梦想得以结合，这是人类发展的一种表现。人们有意识的愿望是达到一种状态，即使是暂时达到亦可，这种状态像光一样不受约束，可滋养万物，洋溢着智慧和创造力，在这一状态下，人们包容了以前被视为失败的永久性标志的那种黑暗面。

无论那种状态是什么样的世界，它就在前方。那一世界的轮廓，它的蓝图，在大地上清晰可见。基于这一蓝图，我们真的可以期望找到出路。

我再次鞠躬，朝着北方深深地鞠躬，然后转身向南，穿过浅黑色的鹅卵石海滩，向我客居的那一家走去。我对自己看到的所有景象充满感激之情。

原载于《美文》2006年第9期